"인생이란? 정답이 없는 숙제입니다!"

추억이 담긴
시골 풍경 이야기

나문수_자서전

★ 추억이 담긴 시골 풍경 이야기 ★

-글을 쓴 동기-

어느날 아내와 함께 『사전연명 의료 의향서』를 의료공단에 제출하고 집에 돌아온 저는 인생이 부질없는 허상임을 느끼는 순간,

남은 내인생의 삶은 비겁하지 않고 부끄럽지 않는 삶을 마감하고픈 마음에서 지나온 내 인생 삶의 흔적을 찾았습니다.

저의 어린시절을 지나서 학창시절 23년간의 공직생활에서 얻은 삶의 흔적으로 서책 1500여권, 성적통신표, 상.표창장 50여장, 누런 월급봉투 100여장, 공무원증, 추억이 담긴 사진첩일기장 등이 지나온 내 인생 삶의 흔적들로 남았습니다.

저는 잠시 눈을 감고 지나온 내 인생 삶의 흔적들을 곱씹어 생각에 잠길때 유난히 춥고 배고팠던 고난의 어린시절 추억들이 또렷이 기억되어서 철 없던 어린시절 추억들을 한데모아 내 인생 삶의 흔적으로 남기고 싶은 마음에서 필을 잡았습니다.

저의 글 『추억이 담긴 시골 풍경 이야기』는 6·25의 동족상잔의 아픔을 겪었던 우리민족의 비극 역사속에서 어렵고 힘든 고난의 격동기 시대를 살아온 시골농촌 사람들의 춥고 배고팠던 고난의 일상 생활모습들,

그 어렵고 힘든 고난스러운 시골 농촌생활 환경속에서 천진난만한 개구장이 시골 농촌 아이들이 성장해 가는 모습,

그때 그시절 우리네 시골 농촌 마을에 전해 내려오던 민속풍습 미담, 괴담, 야사 등을 어떤 미사여구도 각색도 더 하지도 빼지도 않고 마치 일기쓰듯 그 당시 있었던 사실 그대로를 옮겨적은 일기장 같은 저의 자서 문학 책입니다.

저는 6·25라는 동족상잔의 가슴아픈 상처를 안고 몸과 마음마져 망가진 그 어렵고 힘든 고난의 격동기 시대에 굳은 의지와 용기를 갖고 인내와 성실로 오늘의 우리국가 발전의 터전을 만들어낸 야인들의 철인같은 투지의 일상 생활 모습들을

더하지도 빼지도 않고 그때 그 시절 있었던 사실 그대로를 거짓없이 투시한 저의 글 『추억이 담긴 시골 풍경 이야기』 이 우리 민족 비극역사의 한 단면을 볼수있는 하나의 증표의 글로 남았으면 하는 욕심의 바램도 가져 봅니다.

글 쓴이는 『추억이 담긴 시골 풍경 이야기』 글이 많은 독자님들께 읽혀져서 웃음과 울음의 눈물이 교차하는 감동과 흥분의 설레임 속에 철없던 어린시절 옛 시골 고향 향수를 그려보는 독자님들의 즐거운 시간여행이 되시길 소망합니다.

글쓴이 나 문 수

차 례

● 추억이 담긴 시골 풍경 이야기 "글을 쓴 동기"

◉ 풍습에서

⊙ 학교 생활에서

⊙ 일상에서

『풍습에서』

1. 세뱃 돈

설날은 우리민족의 큰 명절로 온 가족이 한데 모여 조상님께 제사를 올린 다음 음식을 나누워 먹으면서 덕담도 나누고 동네 윗 어른들을 찾아가 세배를 올리는 즐거운 명절이다.

요즈음 세태 변화에 따라 설날전에 조상님 제사를 지낸 후 온 가족이 해외여행을 떠나기도 해서 지금은 온 동네를 돌며 윗 어른들께 세배를 올리는 모습은 찾아 보기가 쉽지 않다.

나 어린 시절 설날에 동네 윗 어른들을 찾아가서 세배를 올렸는데 동네에서 제일 연세가 높으신 윗어른께 제일 먼저 세배를 올린 다음 동네 각 가정을 방문하여 윗어른들께 세배를 올렸다.

지금은 세배를 올리고 나면 윗어른들께서 세뱃돈이라고 돈봉투를 주시지만 나 어린시절 시골에서는 세뱃돈 대신 세배절 값이라고 해서 떡, 과일, 과자 등 설날 음식을 주었다.

이때 시골 아이들은 세배값으로 받을 떡, 과자, 과일 등을 담을 자루를 들고 세배를 다녔는데 온동네 세배가 끝난 아이들은 동네 아이들 놀이마당에 모여 세배값으로 얻어온 떡, 과자, 과일 자루를 걸고 내기 윷놀이 씨름대회 놀이를 하면서 얻어온 떡, 과자

과일 등을 나누워 먹으면서 즐거운 설날을 보냈다.

나는 설날 세배값으로 받아온 음식중 검정깨 다식이 제일 맛이 있어 깨다식 하나에 과자 세개를 주고 바꿔 먹기도 했는데, 나는 지금도 어린시절 설날먹었던 깨다식 맛을 잊을 수가 없다.

우리 집은 작은아들 집이라서 이웃에 사시는 큰아버지 댁에서 조상님 제사를 지내기 때문에 우리집은 설날 음식을 만들지 않고 큰아버지 집에서 모든 설날 음식을 만들어서 제사를 지냈다.

이런 사정을 잘 알고 있는 동네 사람들은 내가 세배를 가면 너희집은 제사를 올리지 않으니 설날 음식이 없겠구나 하시면서 다른 아이들보다 더 많은 설날 음식을 담아 주셨는데 이때 자루에 음식이 가득차면 집에 돌아와 소쿠리에 음식을 담아 놓고 다시 빈자루를 가지고 세배를 다니기도 했다. 설날 온동네를 돌며 세배를 올리고 나면 우리집은 세배값으로 받아온 음식이 제사를 지내는 집보다도 더 많은 것 같았는데 어머니께서는 받아온 설날 음식을 광속에 보관했다가 수시로 나에게 꺼내 주시기도 했다.

옛날 시골인심은 정겹고 따뜻해서 옛말에 "멀리있는 사촌보다 이웃이 더 가깝다" 하는 말이 생겨난 것이 아닌가 생각된다.

세월은 흘러 많은것 들이 변해 가면서 우리명절 세태도 많은 변화를 가져왔다. 조상님 제사 예절도 명절놀이 문화도 계절에 따른 풍속문화도 시대에 따라 변화하면서 점점 사라지는 모습을 보면서 나 어린시절 정겹고 따뜻했던 시골모습이 그리워 지는 오늘이다.

2. 안택 (安宅)

음력설이 지나고 정월 대보름 사이 시골농촌 보통 가정에서는 안택(安宅)이라고 하는 고사(告祀)를 지냈다.

안택은 새해가 시작되는 정월달에 실시되는데 가정의 액운을 쫓고 행운을 맞게 해달라고 술과 떡 음식을 차려놓고 신령님께 제사를 지내는 풍속이었다.

정월달이 되면 우리집에서도 안택고사를 지냈는데 어머님께서는 시루떡 세개와 제사음식을 장만하여 안방 윗목에 차려놓고 스님을 모셔다가 축원을 올리면서 안택고사를 지냈는데 보통 삼일정도 진행되었다.

안택고사는 밤에만 진행되는데 북과 징을 치면서 축원을 하는 스님의 목소리를 들을때는 마치 산사에라도 온 기분이 들기도 했다.

우리집에서 안택을 할때 이웃마을 아주머니, 우리마을 아줌마, 누나들은 저녁식사를 마치고 우리집 안방에 모여 스님의 축원소리에 도취되어 넋을 잃은듯 경청을 하기도 하고, 어떤이는 졸음을 참지 못하고 우리집 안방 구석벽에 기대여 잠을 자다가 스님이 북과 징을 세게 치면서 축원을 올리면 입가에 나온 침을 옷소매로 닦으면서 감았던 눈을 크게 뜨기도 했다.

안택이 끝나는 날에는 귀신을 쫓는 의식으로 대잡기 의식을 갖는데 소나무가지에 문창호지를 썰어 매달고 떡시루 옆에 놓고 신령을 모셨다가 대잡이꾼이 소나무 대를 잡고 스님 옆에 놓인 나무판자 위에 짚고 있으면 스님이 북과 징을 크게 치면서 축원을 하면 대잡이는 소나무 대를 흔들면서 우리집, 부엌, 광, 소외양간, 사랑방, 장독대 등을 돌면서 한참을 뛰어 다니다가 스님 옆 판자에 안착을 한다.

이때 어머니께서는 허리춤에서 지폐를 꺼내 소나무 가지에 돈을 매달아 주면서 두손을 비벼대며 허리를 굽혀 절을 한다.

이때 스님께서는 나씨 가정에 모든 액운을 걷어 오셨느냐고 물으면서 북과 징을 크게 치면서 축원을 올리면 대잡이 꾼이 소나무대를 흔들어대면 스님께서는 잘 알겠다고 하면서 고정 고정하시면서 축원을 올리기도 했다.

대잡이 의식이 끝나고 나면 잠시 휴식시간을 갖고 담배를 피운 다음 마지막 축원을 올린 후 모든 안택의식은 끝이 난다.

안택의식이 끝나고 나면 어머니께서는 큰보자기를 깔고 그위에 떡시루를 업혀 떡을 쏟은 다음 먹기좋게 떡을 썰고 제사상에 차려 놓았던 제사음식을 큰상에 차려 구경오신 손님들에게 대접을 하셨다.

우리집에 구경오신 손님들이 음식을 먹는 동안 어머니께서는 찬장에서 쟁반과 접씨를 꺼내 오셔서 접씨에 두세 쪽식 떡을 썰어 담고 쟁반에 담아 나에게 건너 주시면서 이웃집에 골고루 돌리라고 하셨다.

어머니께서는 고사떡은 많은 사람들이 돌려 먹어야 우리집에 복이 들어 온다고 하시면서 기쁜 마음으로 떡을 돌리라고 당부도 하셨다.

떡쟁반을 들고 이웃집을 돌다보면 손, 발도시리고 귀가시려워서 나는 떡쟁반 돌리는 일이 반갑지가 않았으나 어머님의 간곡하신 당부 말씀에 하기 싫은 일이지만 안 할수가 없었다.

나는 떡쟁반을 돌리면서 안택을 하면 어떻게 우환이 사라지고 우리집에 복이 들어오나 하고 의아심도 느꼈지만 나 어린시절 우리네 부모님들께서는 가정의 안녕과 복을 받기 위한 애절한 마음을 안택이라는 고사 의식을 지내면서 마음의 위안을 삼았고 가정의 안녕과복을 기원하며 안택이라는 토속풍속을 지켜오셨다.

3. 백중(百中) 놀이

백중은 옛날부터 내려오는 시골농촌의 명일(名日)로 음력 칠월 보름날을 백중날로 정해 놓고 즐기던 농촌 풍속이었다.

백중이 되면 시골농촌마을 머슴(일꾼)들은 오일정도 휴가도 얻고 주인으로 부터 보너스 용돈도 두둑이 받고 주인집에서는 술과 떡을 빗고 고기도 장만하여 머슴들의 몸보신도 시켰다.

백중은 시골 머슴들의 명절로 지금의 노동의 날과도 같은 날로 추석, 설, 명절 보다도 머슴들이 더 반기는 날이다.

백중은 시골 오일장터에서 보름동안 각종 놀이가 벌어지는데 이때 시골오일 장터에는 먹거리장터, 장사씨름대회, 장사팔씨름대회도 벌어지고 야외 임시극장도 생겨, 밤영화도 하고, 써꺼스단도 오기도 했다.

백중놀이에서 사람들이 제일 많이 모이는 장소는 뭐니 뭐니 해도 장사씨름 대회였는데 이때 일등을 한 사람은 상품으로 송아지 한마리를 시상 받기도 했다.

백중 놀이터에는 많은 사람들이 모여드는데 이때를 노려 도시에 사는 주먹잡이 또는 쓰리꾼들도 몰려와 시골농촌 사람들 또는 머슴들의 주머니를 털어 달달 거지를 만들기도 한다.

어떤 시골 사람은 쓰리꾼에게 주머니 돈을 통채로 털려 땅바닥에 주저 앉아 통곡을 하기도 하고 어떤이는 놀음 놀이에서 돈을 몽땅 잃고 시계 반지 등을 전당포에 마끼고 돈을 빌려 다시 놀음 놀이터로 가는 이도 있었다.

그 만큼 놀음은 중독성이 강한 폐습임이 분명한것 같다.

백중 놀이터에 오후쯤 되면 많은 사람들이 술에 취해 비틀거리며 활보할때 쓰리꾼들의 행동이 개시되고 어떤 시골 머슴은 술집 아가씨에게 빠져서 주인에게 받은 보너스 용돈을 한자리 술상에서 몽탕 털어먹고 백중놀이 장터를 이곳 저곳 기웃거리다가 저녁때가 되면 힘없이 주인집으로 돌아 가기도 했다.

즐거운 시골농촌 풍습놀이가 놀음판 술판으로 변질되여 시골 사람들 또는 시골 머슴들의 마음에 상처를 주는 풍습이 되는 모습을 나는 직접 보기도 했다.

나는 우리동네 머슴들의 일상을 보아 왔는데 착실하고 줏대가 있고 계획된 생활을 하면서 술, 담배도 먹지도 피우지도 않는 머슴은 칠팔년 남의집 머슴 살이를 하고 나면 초가집도 사고 장가도 가서 새살림을 꾸미고 잘 살아가는 머슴이 있는가 하면 술 잘먹고 놀음 좋아하고 여자 좋아하는 소문난 머슴은 십년이 넘게 남의집 머슴살이를 하면서 어렵게 살아가는 머슴도 보았다.

요즈음 TV에 정선 카지노에서 많은 재산을 잃고 정선 뒷골목 단칸 방이나 거리에서 노숙을 하며 거지생활을 하는 이들의 모습을 볼때 마다 나 어린시절 우리동네에서 술과 놀음으로 방황하면서 남의집 머슴살이로 인생의 절반을 허송세월로 보내던 머슴의 옛 모습이 떠 오르기도 한다.

4. 신파(연극) 공연

1960년초 시골농촌의 문화생활은 말조차 꺼내기가 민망할 정도였다. 밖의 소식을 전해 들을 수 있는 매체로 신문방송이 있었는데 신문은 각마을 리장님 댁에 정부가 지원해서 구독했고, 라듸오 라고 해야 삼사십호 마을에서 한 두집 있을 정도였다.

극장 구경은 엄두도 못 냈고 농사일을 마치고 긴 밤이되면 라듸오가 있는 부잣집 대청 마루나 안방에 이웃 아주머니, 누나들이 모여 라듸오에서 흘러 나오는 유행가나 뉴스를 듣기도 했고 일일 연속극을 듣는 정도였다.

팔월 추석이 되면 대처라고 해서 서울 또는 큰도시로 돈벌이 나갔던 형, 누나들이 고향을 찾아 오는데 이때 형, 누나들은 상그머리, 파마를 하고 신사 양복 양장에 가죽구두 또는 뾰쪽구두를 신고 대두병 약주와 선물보따리를 들고 마을에 들어서면 마을 놀이 마당에서 놀고있던 마을 아이들은 형, 누나들을 바라보며 부러워 하기도 했다.

팔월 추석때가 되면 시골 각 마을마다 신파라고 해서 무대연극

공연을 했는데 이때 마을에서는 술과 음식을 장만해서 연극공연날 온 마을사람 이웃마을 사람들이 연극공연 마당에 모여 연극공연 구경도 하고 노래자랑도 하며 술과 음식을 나누어 먹으며 한가위를 즐겼다.

각 마을 리장님들은 연극공연날이 겹치지 않토록 마을간에 공연 날자를 미리 정해 놓고 마을 사람들에게 알리기도 했다.

우리 마을에서는 연극공연 한달전쯤 리장님과 형, 누나들이 협의해서 대본, 무대장치, 소품 등을 준비했다.

이때 대본은 국민학교 즉 초등학교 선생님, 또는 면사무소 직원에게 부탁해서 옛날 이야기 책에서 나오는 내용을 각색해서 대본을 만들었다. 우리마을 연극 공연날 온마을 사람들이 무대가 설치된 마당에 모여 술과 음식을 준비하고 마을 어르신들은 농악도 준비하며 연극공연 배우들은 사전 예행 연습을 하기도 했다.

연극공연이 시작되기 전 공연마당가에는 횃불이 켜지고 마을 사람 이웃마을 사람들이 인산인해를 이루었는데 이때 외처에 나갔던 형, 누나들은 이웃마을 고향 친구들을 만나 그동안 못다한 이야기를 나누며 즐겼다.

연극공연이 시작되면 마당에 모인 관중들이 모두 공연장을 향해 집중해서 연극공연 장면을 보고 있을 때, 남.여 사랑장면에서 서로 껴안는 장면이 나오자 관중들은 모두 와 하고 함성을 울리며 손벽을 치기도 하고 여기 저기서는 휘바람을 불어대며 야단들이었다. 악당을 향해 권총을 쏘는 장면에서는 소품으로 만든 나무 권총을 들고 악당을 향해 겨우면서 땅하고 소리를 치면 악당은 으어억 하고 쓰러지는데 이때 넘어지는 장면을 얼마나 리얼하게 공연을 하는지 연극무대가 출렁거리기도 했다.

연극 공연장 무대 앞에는 철사줄을 매놓고 마을사람 또는 이웃 마을 사람 외처에 나갔던 형, 누나들이 찬조 기부금을 내면 기부금을 낸 명단을 문창호지에 적어 철사줄에 매 놓고 공개하기도 했는데 이때 외처에 나가 돈을 벌어온 형, 누나들은 서로 경쟁을 하기도 했다.

연극공연이 끝나면 2부행사로 노래자랑이 벌어졌는데 이때 마을 또는 이웃마을에서 노래깨나 부른다는 소문난 사람들은 서로 경쟁을 하며 자기 실력을 과시했다.

노래자랑 부상으로는 양은솥, 양은냄비, 밥그릇, 숫갈 등을 주었는데 양은 솥이나 양은 냄비를 탄 사람은 솥이나 냄비를 머리에 쓰고 재청 노래를 부르기도 했다.

연극공연과 노래자랑 행사가 끝나면 외처에 나갔던 형, 누나들과 이웃마을 형, 누나들 연극 배우들이 한 자리에 모여 뒤풀이를 했는데 이때 이웃 마을 형, 누나들과 우리마을 형, 누나들이 눈이 맞아 결혼을 한 이도 있었다.

5. 현물 축의금

생일잔치 결혼식 등 축하를 드리는 잔치 때 우리들은 축의금을 당사자에게 전달하며 기쁨을 함께 하며 축하했다.

축의금은 현금으로 직접 지불하기도 하지만 요즈음은 온라인으로 현금을 송금하기도 한다.

옛날에는 동네에 결혼 잔치집이 생기면 동네 이웃 사람들은 잔치 며칠전 결혼식을 올릴 집에 모여 각자 자기가 만들어올 잔치 음식을 맡아 잔치전날 잔치집으로 가지고 왔다.
현금대신 현물로 축의금을 대신한 것이다.

떡만드는 솜씨가 좋은 집에서는 떡을 과자만드는 솜씨가 좋은 집은 과자를, 술을 잘 빚는 집에서는 술을 만들었다. 잔치집에서도 술을 빚는데 커다란 옹기독을 땅속에 묻고 술을 담근 다음 뚜껑을 덮고 그 위에 나무터미나 짚터미를 얹어 위장을 했다.

이렇게 술독에 위장을 하는 것은 밀주단속이 많아 이 단속을 피하기 위한 것이었다. 세무서에서도 이 위장행위를 잘 알고 있기 때문에 동네에 밀주단속을 오면 노인이나 어린아이들에게 이동네 잔치집이 있는지 없는지를 파악하고 단속을 하기도 했다.

지금 또렷이 생각나는 일이지만 나어린시절 우리동네에서도 노인네의 말실수로 세무서 직원에게 밀주단속에 걸려 술을 퍼서 개울에 버리는 모습을 본 기억이 떠오른다. 잔치 이틀전쯤 되면 잔치집에서는 돼지를 잡았는데 돼지 잡는 날은 잔치집에 온동네 사람들이 모여 우거지 순대국을 끓여 나누어 먹었다.

돼지를 잡고 돼지 내장과 피를 넣고 무청 씨레기를 넣어 큰가마 솥에서 끓인 우거지 순대국은 정말로 맛이 있었다.

어떤 아주머니는 우거지 순대국을 먹고 맛이 좋다고 집에 노인에게 드리겠다고 바가지에 우거지 순대국을 담아 집으로 들고 가다 넘어져 팔을 다친일도 있었다.

잔친날 잔치집 앞마당에는 채알이라고 해서 커다란 천막을 치고 그 채알아래는 결혼식을 치를 잔치상이 차려졌다.

잔치상이 차려지면 동네 청년들이 가마에 신부를 태워 잔치상 앞에 데려오면 동네 사람들은 잔치상 옆에 둘러서서 잔치 진행 사항을 지켜보며 즐거워 했다.

결혼식이 끝나면 신부는 신랑집 안방에 앉아 동네 아낙네 누나들에게 평가를 받는데 어떤 아주머니가 코도 오똑하고 눈도 크고 키도 큰 것이 절색 미인이라고 칭찬을 하면 동네에서 소문난 푼수쟁이 할머니는 입이 큰걸 보니 밥도 잘먹겠고 건강해 보이고 엉덩이가 평퍼짐하고 큰 것을 보니 애도 쑥쑥 잘 낳겠다고 풍수를 떨자 옆에 있던 사람들이 모두 웃음을 터트리기도 했다.

잔치집 앞마당 바깥 마당에서는 동네사람 이웃동네 사람들이 모여 잔치음식을 나누어 먹으며 잔치집 주인에게 축하도 하고 신랑에게 인사도 했다.

밤이되면 신방이라고 해서 신랑 신부가 잠자리에 들어 가기전 옷을 벗기는 모습을 보여주는 일종의 결혼예식을 하는데 이때 동네 아낙네나 누나들은 방문앞에 모여 문창호지에 구멍을 뚫고 안을 들여다 보며 농담도 하고 웃기도 했다.

신랑 신부가 불을 끄고 잠자리에 들면 이제 잔치가 끝난 것이다.

잔치가 끝난 뒤에도 이웃 사람들은 잔치집에 남아 잔치 뒷처리를 하며 밤을 새우기도 했다.

축의금을 현물로 내던 나어린 시절의 잔치집 행사는 지금도 잊혀지지 않은 동네 공동잔치였다.

6. 정월 대보름날 시루떡 서리

옛날 시골농촌 어느 마을에서나 정월 대보름날 마을공동 소원 기원제를 올리는 풍습이 있었다.

우리 마을에서도 정월대보름 소원 기원제를 올렸는데 이때 마을 리장님과 반장님들은 각 가정을 돌며 찬조금과 쌀을 기부 받았다. 쌀과 찬조금이 모아지면 마을 어르신들은 시루떡과 제물을 마련해서 정월대보름날 우리마을의 수호신인 느티나무 밑에 시루떡과 제사상을 차려놓고 마을 사람들이 모여 마을의 안녕과 각자 소원을 빌며 제사를 지내며 소지를 올렸다.

소지란 신령님 앞에서 부정을 없애고 소원을 비는 뜻으로 한지를 불살라서 한지재를 공중으로 올리는 행위로 한지재가 공중으로 높이 올라가면 부정이 사라지고 바라는 소원이 이루어 진다고 믿는 일종의 풍속 신앙이었다.

느티나무 밑 제사를 올린 후 마을 사람들은 시루떡과 제사음식을 신령님들께서 마음껏 드시라는 뜻으로 곧 바로 제사상을 물리지 않고 그대로 남겨둔채 마을 뒷 동산 봉우리 위에 올라가서 정월대보름 달맞이 횃불 놀이를 했다.

벗짚을 쌓아 놓고 불을 붙이기도 하고 벗짚단에 불을 붙여서 이리저리 흔들기도 했고 마을 아이들은 빈 깡통에 줄을 달아 깡통 속에 마른 소똥이나 광솔나무 조각을 담아 불을 붙여 손에 들고 빙빙 돌리면 깡통불꽃이 원을 그리며 번쩍 번쩍 빛을 내면 마치 도깨비불 같기도 했다. 어떤 아이들은 깡통불꽃을 돌리다 내던져 버렸는데 이 불씨가 산에 옮겨붙어 산불이 나서 횃불놀이에 모인 마을 사람들이 산불을 끄느라고 온동네가 온통 난리가 난 일도 있었다.

다음날 아침 리장님과 마을 어르신들은 느티나무 밑에 모여 제 사상을 물리기전 행사로 농악을 치며 느티나무 주위를 돌면서 여기저기 막걸리도 뿌리고 시루떡도 떼어 던지면서 귀신 쫓는 행사를 했다.

귀신 쫓는 행사가 끝나고 마을 사람들은 제사상을 물리며 시루떡과 음식을 나누어 먹으면서 담소를 나누었는데 이때 리장님은 시루떡 하나가 몽땅 없어졌는데 신령님이 잡수셨나 하고 농담을 하자 마을 사람들은 사람신령님이 잡수셨구먼 보나마나 뻔하지 뭐 아이들 신령님이 잡수셨지 뭐 하면서 웃기도 했다.

재사를 지내던 날밤 나와 몇몇 친구가 느티나무 가지위에 숨겨놓은 시루떡 자루를 메고 마을놀이방에 와서 친구들과 윷놀이를 하 며 시루떡을 나누어 먹으면서 정월대보름 긴 겨울밤을 보내기도 했다.

신기한 일은 느티나무 밑 정월대보름 소원기원제를 올린 후 시루떡과 제사음식을 밤새도록 놓아 두었는데도 산짐승 들짐승 들이 건드리지 않고 먹지도 않았다는 것이다.

아마도 나 어린시절 자연환경이 산짐승, 들짐승들이 자연속 에서 얻을 먹이감이 넘쳐났지 않았을까 하는 생각이 든다.

7. 연 날리기 놀이

겨울방학은 어린 아이들에게는 누구나 즐거워 하는 휴식기로 시골농촌 아이들은 각종 놀이를 하며 산토끼 사냥, 새잡기, 꿩잡기 등을 하며 겨울 방학을 보냈다.

얼음판 위에서는 썰매타기, 팽이치기, 땅에서는 자치기, 구슬치기, 윷놀이, 씨름대회, 줄넘기, 숨박꼭질 놀이를 했지만 음력 설날이 가까워 올때 쯤이면 연을 만들어 연날리기 놀이를 했다.

내가 살았던 고향마을 앞에는 사금을 캤던 논이 있는데 이 텃논은 동서남북이 확트인 곳으로 어른키 두배 정도 높이에 백여평 정도되는 모래 언덕이 있었다.

마을 아이들이나 형들은 이 모래 언덕위에서 씨름도 하고 연날리기도 하며 겨울방학을 보냈다.

음력 설이 가까워 오면 마을 친구들이나 형들은 각자 연을 만들어 이 모래 언덕에 모여 연날리기를 하고 놀았다.

이때 마을 친구들은 누구연이 제일 높이 올라가나 하는 내기도 하고 연줄 싸움을 하며 서로 경쟁을 벌리기도 했다.

　나도 문창호지를 사다 대나무를 깍아 연을 만들어 친구들과 이
모래 언덕에서 연 날리기를 했는데 어떤 이유인지 내연은 조금 날
아 오르다 바람이 세게 불면 연이 빙글 빙글 돌며 높이 올라가지
않았다.

　연줄 싸움을 해도 나는 항시 이기지 못하고 내연을 날려버리
고 해서 나는 속이 무척 상했다.

　이때 우리마을에 연을 기가 막히게 잘만드는 연 아저씨가 한
분 계셨는데 이 연아저씨 아들들은 연 날리기대회나 연줄 싸움
에서 항상 우승을 했다.

　어느날 연을 날리고 놀다 속이 상해 집에 돌아온 나는 어머니
께 내 연이 잘 날지 못해 속이 상한다고 하자 어머니는 연아저씨
에게 부탁을 해서 연을 만들어 주셨다.

　연 아저씨가 만들어준 연을 가지고 모래언덕에 가서 마을 친
구들과 연날리기 내기를 했는데 이번에는 말할것 없이 내가 우
승을 했다. 물론 연아저씨 아들들은 연날리기에 나오지 않았기
때문에 내가 우승을 한 것이다.

　연날리기 대회에서 이긴 나는 기분이 좋아 집에 돌아와 어머
니께 오늘 연날리기 대회에서 내가 우승을 했다고 하자 어머니
는 기뻐하시며 안방 궤짝 농안에서 실타래를 들고 마루로 나오
셔서 나와 함께 내 연굴레에 새실을 감아 주셨다.

어느날 모래언덕에서 형들이 연싸움을 하고 있었다. 연줄 싸움이란 두명이 서로 자기연줄을 상대방 연줄에 맞대고 비벼 상대방연줄을 끊어 연을 멀리 날려보내는 연 싸움이다.

연줄이 끊어진 연은 불어오는 바람을 타고 하늘높이 솟아 올라 멀리 날아 갔는데 어느때는 보이지 않을 정도로 연이 높이 올라 멀리 날아가 연 찾기를 포기할 때도 있었다.

나는 연 싸움에서 항상 이기는 형에게 비법이 있느냐고 묻자 형은 너만 알고 있으라고 하면서 사금파리 사기그릇 조각을 주어 절구에 빠서 가루를 만들어 밀풀을 만들어 섞어서 연줄에 입히라고 가르쳐 주었다.

나에게 비법을 가르쳐준 형은 우리친척집 형으로 나에게 언제나 친절하게 대해주는 내가 좋아하는 형이었다.

형으로 부터 비법을 전수받은 나는 사금파리 사기그릇 조각을 주어와 절구에 넣고 빠서 체로 걸러 고운가루를 만들어 밀가루 풀을 섞어 내 연줄에 입혔다.

며칠 후 모래언덕에서 마을 친구들이 모여 연을 날리고 있었는데 이때 골목대장 친구가 내 연줄에 제 연줄을 대고 연싸움을 걸었다.

나는 아무일도 없는듯 피하는 척하면 이 친구는 계속 내 연줄에 대고 연 싸움을 걸었다.

이때 골목대장 친구 연줄이 끊어지며 연이 높이 날아올라 멀리 날아가자 그 친구는 연을 찾으려고 연을 따라갔다.

이때 나는 골목대장 친구에게 내일도 연싸움 하자고 소리치며 골목대장 친구에게 비아냥 댔다.

정월대보름날 저녁무렵 마을 친구 형들은 모래언덕에 나와 각자 자기연에 소원을 비는 글을써서 하늘높이 연을 날려 보내며 액운을 떠내 버렸다.

연 날리기가 끝나고 저녁이 되면 마을에서는 뒷동산 산봉오리에 올라 제사상과 떡시루를 놓고 고사를 지낸후 떡과 음식을 나누어 먹으며 횃불 놀이를 하며 각자 자기 소원과 건강을 비는 기원을 올리기도 했다.

8. 총각 상여꾼

옛날 시골 동네에서는 곳집이라고 하는 상여를 보관하는 창고가 있는데 대개 동네에서 멀리 떨어진 인적이 드문 외딴 산골 한 모퉁이에 곳집이 있었다.

우리 동네에는 곳집에 귀신이 살고 있다는 소문이 나돌아 훤한 대낮이라고 해도 아이들은 이 곳집을 피해 다녔다. 동네에서 초상이 나면 온동네 사람들은 이 초상집에 모여 밤샘을 하면서 상주와 슬픔을 같이 했다.

당시 70세가 넘어서 돌아가시면 호상이라고 해서 장례를 모시기 하루 전날밤 동네에서 빈상여를 꾸며 초상집 일가 친척집을 찾아가면 일가친척 집에서는 빈상여 앞에 간단한 제사상을 차려놓고 절을 올린 후에 노자돈이라고 해서 돈 봉투를 상여꾼들에게 전해 주는데 이 돈은 동네공동 기금으로 보관했다가 동네에 대소사 일이 생기면 그 비용으로 쓰기도 했다.

내 나이 20세가 되던해 동네에 초상이 났는데 장례를 모시는 날 상여를 멜 사람이 부족하다고 리장이 걱정을 하고 있을때 나는 내가 상여를 메겠다고 나섰다.

이때 동네 어른들은 장가도 안간 총각놈이 웬 상여를 메겠다는 것이냐 말도 안되는 소리하지 말라고 극구 말렸다.

이때 나는 동네 어른들께 이제 낡은 풍습은 버려야 할 때가 되었다고 하며 상여를 메겠다고 나섰다.

나의 강경한 태도에 리장님도 할수 없는지 그럼 어디한번 상여를 메 보라고 승락을 했다. 상여는 양쪽으로 나누어서 보통 20여명이 메는데 상여 한 가운데 자리에 시체를 모시기 때문에 중앙자리는 상여꾼들이 피하는자리였다.

아무것도 모르는 나는 중앙자리를 잡고 상여를 멨다. 상여가 장지로 향해 가는도중 도랑이나 냇물이 나타나면 상여꾼들은 냇가에 멈춰서서 상여 길잡이꾼의 선창에 따라 상여꾼들은 후창을 하면서 장지로 향했다.

이때 상여꾼들이 냇물을 건너가지 않고 상여를 메고 멈춰서서 상여를 이리저리 흔들면 상주는 상여 앞에 나와 큰절을 올린후 상복 옷소매에서 돈 봉투를 꺼내 상여 길잡이에게 건네주면 상여 길잡이는 이 돈 봉투를 상여 밧줄에 매달고 상여를 잡고 냇물을 건너 장지로 갔다.

생애 처음으로 상여를 멘 나는 장지로 가는 도중 시체썩는 냄새에 여간 고통스럽지 않았다.

이때 나는 비로소 상여꾼들이 왜 상여 중간자리를 기피하는지 그 이유를 알게 되었다.

장가도 안간 총각이 상여를 멧다는 소문은 금방 온 동네에 퍼져 무슨 큰일이라도 난것처럼 시끄러웠다. 동네 어르신들은 나를 보면서 눈을 흘키며 미워했다. 내가 상여를 멧다는 소식을 전해 들으신 큰어머니께서는 나를 찾아와 불러 세우더니 갑자기 신고 있던 고무신 한짝을 벗어 들고 내 뺨 양쪽을 때리시며 귀신 물러가라 귀신 물러가라 하시면서 총각놈이 웬 상여를 멧느냐고 야단을 치셨다.

갑자기 당한 일이라 당황한 나는 큰어머니를 바라보고 서 있는데 큰어머니는 총각놈이 상여메면 부정탄다고 하시며 굉장히 화를 내셨다. 나는 큰어머니께 죄송합니다 하고 용서를 빌었다. 큰어머니께서 내 뺨을 신발짝으로 때리신 것은 일종의 시골 정서 풍습이라고 한다. 총각인 내가 상여를 멘 사건은 한동안 온 동네의 큰 이슈거리가 되었다.

나 어린시절 장가안간 총각이 상여를 멘 사건은 사회관습상 용납되지 않는 망동으로 나는 동네 어르신들에게 눈총의 대상이 되기도 했다.

9. 모기 불

　모기불은 옛날 시골농촌마을에서는 여름철 모기 벌레를 쫓는 에프킬라 같은 유일한 살충제 기능을 하는 수단이었다.

　저녁식사를 마치고 나면 아버지께서는 안마당 한모퉁이에 볏짚을 깔고 그위에 왕겨를 쏟아붓고 성냥불을 그어 불을 붙인 다음 왕겨가 타기 시작하면 소외양간 소죽통에서 소가 먹다 남은 생풀을 갔다 왕겨 불 위에다 덮으셨다.

　왕겨와 생풀이 함께 타는 연기는 모기 벌레들에게는 독약중에 독약으로 모기벌레는 아예 근접을 못했다.

　왕겨 타는 연기는 너무나 매워서 나는 콜록 콜록 기침을 해 대며 눈물 콧물을 흘리기도 했지만 나 어린시절 모기 벌레에 안 물리기 위해서는 그 정도의 곤욕은 참아야만 했었다.

　왕겨가 어지간히 타고 연기가 솔솔피어 나올때쯤 되면 아버지께서는 앞마당에 멍석을 깐후 그 위에 돗자리를 내다 까시면서 오늘은 날씨가 더워서 한데(바깥)서 자야겠다 하시면서 사랑방에서 목침과 혼이불을 들고 나오셔서 돗자리 위에서 잠을 청하시기도 했다. 이때 나는 안방에서 베개와 홑이불을 들고나와 아버지 옆에 누워 잠을 청하다 보면 뒷동산 느티나무 위에서 부엉이가 부엉 부엉하고 울어대기 시작한다.

나는 부엉이 울음소리가 귀에 거슬려서 잠이 잘오지 않아 아버지 옆에 바짝 붙어서 잠을 청하다 보면 이번에는 박쥐들이 앞마당 위를 훨훨 날아 다니면서 끽끽 울어대 잠을 잘 수가 없었다.

나는 잠이 잘오지 않아 이리 딩굴고 저리 딩굴고 하다보면 농사일에 고단하셨던 아버지께서는 코를 드렁드렁 고시면서 깊은 잠을 주무셨다.

이른 새벽 앞 논에서는 또 다시 개구리 맹꽁이 들이 서로 경쟁이라도 하듯 개골개골 맹맹하고 울어대기 시작한다.

나 어린시절 시골농촌의 여름밤은 개구리 맹꽁이들이 펼치는 밤의 향연 같은 음악회가 열리는 낭만의 밤이기도 했다.

새벽녁쯤 오줌이 매러워 내가 눈을 부비면서 일어나면 아버지께서는 호롱불 밑에서 멍석을 만들고 계시다가 벌써 일어나느냐 모기는 안물리고 하시면서 날이 새려면 아직 멀었다.

그러니 이제 방에 들어가 더 자거라 난 이제 소죽을 쑤어야겠다 하시면서 소 여물간에 가서서 삼태기에 소 여물을 잔뜩 담아 사랑채 쇠가마 솥에 넣고 구정물을 부운다음 아궁이에 장작불을 붙여놓고 닭장으로 가셔서 닭모이를 주시곤 하셨다.

아침을 먹고 책보를 들고 아버지께 학교 다녀 오겠다고 인사를 드리면 아버지께서는 소죽을 쑤시면서 장작불에다 고구마 감자를 구워서 보자기에 싸 놓았다가 나에게 주시면서 학교가서 쉬는 시간에 친구들과 사이좋게 나누워 먹어라 당부도 하셨다.

40이 넘어서 늦둥이 막내 아들을 낳으신 아버지께서는 내가 몸이 약해 친구들에게 늘 매를 맞고 집에 오는 아들의 모습이 안타까워서 교제용 미끼로 감자 고구마를 구워 나에게 건너 주셨던 것이다.

나는 지금도 아버지께서 구워주시던 감자 고구마 맛을 잊을수 없다.

10. 집터 다지기

지금은 집을 지을때 땅을 파서 지하실이나 주차장을 만들지만 옛날 시골농촌에서 새집을 지을때는 집터 땅바닥을 평평하게 고른 다음에 건축물을 세울 자리는 땅바닥 보다 두세자 즉 60에서 90cm 더높게 터를 단단히 다진다음 그 위에 건축물을 세워 집을 지었다.

집터를 단단히 다지기 위해서는 기구가 필요했는데 이때 시골 농촌에서는 돌뫼라는 기구를 만들었는데 돌뫼는 청장년 7~8명이 들어 올릴수 있는 큰바위돌을 새끼 밧줄로 얽어매서 바위돌이 빠지지 않게 만든 다음 새끼밧줄 사이 사이에 손잡이 줄을 길게 달아매 돌뫼라는 기구를 만들었다.

집터를 다지는 날 주인집에서는 술, 떡, 팥죽을 준비하고 집터 고사를 지냈는데 이때 마을 사람들은 주인집에 모여 고사를 지낸다음 술, 떡, 팥죽을 나누어 먹어가며 마을 청장년 들이 밤늦도록 집터를 단단히 다졌다. 집터를 다지는 일은 마을에서 힘깨나 쓴다는 청장년 7~8명이 돌뫼 손잡이 줄을 잡고 바위돌을 높이 처들었다 땅바닥에 내려치며 집터를 단단하게 다져 나가는 힘든 일이었다.

이때 길잡이라고 해서 마을 어르신 한분이 돌뫼 손잡이 줄을 잡고 이 집터에 집을 짓고 아들 딸 많이 낳고 하고 선창을 하면 손잡이 줄을 잡고 있던 집터다짐이 청장년들이 후창을 하고 길잡이 어르신이 이 집터에 집을 짓고 천석지기 부자되고 선창을 하면 집터 다짐이 청장년들이 후창을 해가며 밤늦도록 집터를 다져 나갔다.

옛날 우리 조상님들은 아들, 딸 많이 낳은 집은 복받은 집이라고 하면서 존경과 부러움을 사기도 했다.

요즈음 시골농촌에는 아기울음 소리를 들을 수 없고 시골농촌의 초등학교는 문을 닫고 폐교하고 있다고 한다.

대학교에는 신입생이 없어 학과를 줄이거나 아니면 통폐합을 진행하고 있다고도 한다. 정부는 이런 추세로 인구가 감소하면 국가 존폐위기까지 우려된다고 하면서 인구정책을 국가의 제일 정책과제로 추진 한다고 한다.

1970년초 나는 예비군 훈련을 받았는데 그때 예비군 훈련장에는 시.군 보건소 직원이 출장나와서 정관수술을 권장해 가며 아이낳는 일을 막았다. 정관수술을 받는 사람은 예비군 훈련을 면제시켜 주기도 했다. 이때 나는 훈련장에서 보건소직원에게 이렇게 인구억제 정책을 하다가는 삼사십년 후에 사람이 모자라 난리가 날텐데 정부의 인구감소 정책은 잘못된 정책이 아니냐고 물었더니 보건소 직원이나 군상사 까지도 지금 무슨 헛소리를 하느냐고 하면서 나에게 면박을 주기도 했다.

국가의 구성 3요소로 국민, 국토, 주권이라고 배웠다. 국가 구성의 첫번째인 국민이 없다면 그 국가는 없어지고 이 지구상에서 존재할 수 없는것 아니겠는가? 불과 삼사십년 앞 미래도 못내다 보는 정부의 잘못된 정책운영 기가 막힐 일이 아닌가 하고 그 당시 나는 몹씨 화가났다.

나는 우리조상님들의 선견지명 스러운 지혜에 감격하기도 한다. 우리 조상님들은 돈 많은 부자 보다도 아들 딸 많이 낳은 가난한 집을 존경했고 부러워 했다.

나 어린시절 동네 어르신들은 먹는 복은 타고 난다고 하시며 애 낳는 일을 두려워 하지 않았다.

나는 문득 문득 임신과 출산에 대한 의문점을 느끼기도 하는데 신기한 의문점은 먹고 살기조차 어려운 가난한 집에는 아들 딸이 많았고, 밥술깨나 먹고 사는 부잣집에는 아들 딸이 적거나 아예 낳지 못하는 집이 있었다.

이때 아들 딸이 없는 집은 양자를 들이거나 아니면 작은댁을 얻어 아이를 낳기도 했다.

나 어린시절 우리 마을이나 이웃마을의 실상을 보았을 때 먹고 살기가 어려운 집에는 아이들이 보통 7~8명씩 되는데 부잣집은 많으면 4~5명 아니면 1~2명 이었다.

 나는 이런 실태를 볼때 임신과 먹는 음식과의 어떤 연계 관계가 성립하지 않나 생각된다. 인구정책에서 연구해볼 어떤 과재가 아닌가도 하는 생각이 들기도 한다.

 오늘에 와서 생각해 볼때 나는 옛날 우리 조상님들이 아이 많이 낳는 일을 경사스럽고 존경의 대상으로 여겼던 조상님들의 선견지명 스러운 지혜에 감탄을 금할 수 없다.

11. 신작로(자동차길) 보수작업

지금은 우리나라 국도지방도 할것 없이 아스팔트나 세멘트로 포장이 잘 되어 있어 자갈길 도로를 보기가 어렵지만 나 어린시절 국도. 지방도 할것없이 자갈밭길 도로가 많았다.

군청과 면사무소에서는 각 마을별 호수별로 사람을 동원해서 이 신작로(자동차길)길을 보수했는데 이때 마을 사람들은 이 작업을 신장로길 부역이라고 불렀다.

신작로길 보수작업은 상반기 하반기로 나누어 1년에 두번 실시했는데 마을리장님은 각호별로 책임 할당량을 정해주고 신작로길 옆에 모래자갈 터미를 만들고 도로변 뚝방 풀도 깎고 도랑도 치고했다.

우리집은 세식구 뿐이라 아버님께서는 신작로길 보수작업을 할때는 일요일 날을 선택해서 나와 함께 작업을 했다.

신작로길 보수작업을 하러 가는날 아침식사가 끝나고 아버님께서는 지게에 소쿠리를 달고 그 소쿠리위에 얼그미, 삽, 괭이, 쇠시렁, 호미, 낫을 얹고 나는 어머님께서 싸주시는 점심 보따리를 들고 아버님 지게 뒤를 따라 우리집에서 3km 쯤 떨어진 신작로길로 갔다. 신작로(자동차길)에 도착하자 일부 마을 사람들이 각자 자기집 할당 모래 자갈 터미를 만들고 있었다.

아버님과 나는 신작로길 옆으로 흐르는 개울물 한 가운데 들어가서 얼그미를 대고 개울바닥을 괭이 쇠시렁으로 긁어가며 모래와 자갈을 담아 개울 뚝방에 모아 놓았다. 흐르는 개울물 한가운데 들어가 괭이로 개울 바닥을 긁어서 모래 자갈을 모으는 작업은 여간 힘든 일이 아니었다.

한나절 동안 모래 자갈을 개울 뚝방에 모아 놓은 다음 점심을 먹으려고 아침에 개울 뚝방 아까시아 나무가지에 걸어 놓았던 점심밥 보자기를 풀자 점심밥 바가지와 반찬그릇 보자기에는 개미떼가 새까맣게 붙어서 마치 분봉한 꿀벌 뭉치 같았다.

아버지께서는 개울 뚝방에서 망초 대궁을 꺽어 밥보따리에 붙어있는 개미떼를 털어 내시면서 개미를 먹으면 약이 된다고 하시며 어서 밥 먹자고 자리를 잡고 앉으셨다.

모래자갈 채취에 힘이 들었던 나는 배가 몹씨 고팠던 때라 허겁지겁 밥을 먹자 아버지께서는 꽤나 배가 고팠던 모양이구나 하시며 빈 양재기를 들고 뚝방 밑 논옆에 있는 웅덩이 샘물을 떠와 나에게 마시라고 주시며 천천히 꼭꼭 씹어 먹거라 체할라 하시며 걱정을 하셨다. 나는 이 샘물 먹어도 되느냐고 아버님께 반문을 하자 아버님께서는 이 웅덩이 샘물은 추운 겨울철에도 얼지 않고 여름철에는 얼음짱 같이 찬물이라고 하시면서 저 산 밑에 있는 외딴집이 식수로 쓰는 샘물이라고 하셨다.

점심식사를 마치고 나와 아버님께서는 아까시아 나무그늘 밑에서 낮잠을 잤는데 나는 그냥 곤한 낮잠에 빠져 버렸다.

잠에서 깨어나 보니 아버님께서는 개울 뚝방에 모아 놓았던 모래자갈로 신작로길 우리집 할당 모래 자갈 터미를 만들어 놓고 신작로길 옆 뚝방풀을 깎고 계셨다.

나는 미안한 마음에 제가 할일은 없느냐고 묻자 아버님께서는 지게에 있는 삽가지고 도랑이나 치라고 하셨다.

우리집 할당 책임 모래 자갈 터미를 다 만들고 난 나와 아버님이 길 옆 뚝방에서 잠시 쉬고 있을 때 하루에 두세번 다니는 정기노선 버스가 모래 먼지를 이르키며 자동차 까스를 내뿜고 지나가고 있었다. 무슨 이유 인지는 몰라도 나는 자동차에서 내 뿜은 매연 연기 냄새가 그리 싫지가 않았다.

신작로길 보수 작업을 마치고 집으로 돌아오는 길 신작로 길 옆 가로수 미루나무 가지에는 참새 떼가 날아 들었는데 일시에 많은 참새떼가 날아드는 모습은 마치 뭉개구름이 하늘 위를 흐르는 모습과도 같았다.

집에 도착하자 아버님께서는 너는 오늘 피곤할것 같으니 얼른 목간하고 쉬거라 나는 쇠풀을 베러가야 하니까 하시며 지게에서 연장 삽, 괭이, 호미, 쇠시렁 등을 내려 놓으신 다음 다시 지게를 지고 들로 나가셨다.

옛날 우리 부모님은 힘들고 고달픈 농사일 가사일을 해가시며 자식들 공부시키고 먹여 키우셨다.

나 어린 시절 힘들고 고달픈 부모님의 일상이 머리에 떠올라 가슴이 절여오는 오늘이기도 하다.

12. 참새 떼 쫓기

지금은 농기계로 농사를 짓기 때문에 모내기철이 되어도 시골 농촌 들판에서 사람보기가 어렵지만 옛날 시골농촌에서는 모내기 철만되면 온 들판이 사람들로 북적였다.

오유월에 모내기가 끝나고 여름동안 온갖 정성을 다해 벼농사 관리를 하다보면 어느새 9~10월이 되어서 시골농촌의 들판은 황금물결 이루듯 파란들판이 누런 들판으로 변한다.

지금은 시골농촌에서도 미루나무 찾아 보기가 힘들지만 나 어린 시절 자동차길 옆에는 전봇대 보다도 더 높은 미루나무가 줄지어 서 있었고 논두렁 밭두렁가에도 미루나무가 많았다.

가을철이 되어 시골농촌 들판이 누런 들판으로 변하면서 벼알이 익어갈 때쯤 참새떼들은 미루나무 가지위에 앉아 있다가 순식간에 논으로 날아들어 익어가는 벼알을 까 먹었다.

세어보지는 않았지만 짐작으로도 한번에 수백마리의 참새떼가 논으로 내려 앉았다.

참새떼가 논에 내려앉아 벼알을 까먹을 때는 누런논에 군데 군데 까만 구름떼 모양이 보이는데 이게 참새떼들의 모습이었다.

이 때쯤 시골 농촌에서는 5일시골 장터에 나가서 간시매 즉 통 조림 빈 깡통을 주워 와서 깡통 한가운데 구멍을 내 끈에 돌맹이 나 못을 달아 깡통종을 만들었다. 논두렁 한곳에 터를 잡고 나 무기둥을 세우고 볏짚 이엉을 쳐서 새쫓는 보초막을 짓고 논에 는 새끼줄을 늘어 매 군데군데 깡통종을 매달아 놓고 보조막에 서 새끼줄을 흔들어 새를 쫓기도 하고 보초막에서 양은 양재기 를 들고 두들겨 새를 쫓아 냈다.

참새떼들도 식사 시간이 정해져 있는 듯하다 아침 새벽녘에 날아와 벼알을 까먹고 점심때는 숲속이나 들로나가 벌레를 잡아 먹기도 하고 나무가지 위에서 쉬며 낮잠을 자다가 저녁때가 되면 약속이라도 한듯 어김없이 논으로 날아 들어 벼알을 까먹었다.

아이들은 학교를 가기 때문에 아침 새쫓기는 아버지가 맡았고, 저녁 새쫓기는 주로 아이들이 맡았다.

나도 새쫓기 당번이 되어 저녁새 쫓기를 주로 했는데 학교에 서 돌아와 어머니가 미리 준비해 놓으신 간식 찐고구마 또는 보 리개떡을 들고 우리논 새쫓는 보초막에 나가 양은 양재기를 두 드리며 새를 쫓았는데 참새떼가 한꺼번에 날아 논두렁에 있는 미루나무 가지위로 날아가는 모습은 장마철 비구름이 몰려오는 구름떼 같았다.

새를 쫓는 동안 간간히 메뚜기를 잡았는데 이때 메뚜기가 얼마나 많았는지 하루에 메뚜기 한사발 이상 잡기도 했다.

참새떼들이 저녁이 끝나면 모두가 날아가 잠자리에 들면 나는 잡은 메뚜기를 들고 집에와서 어머니께 도시락(변또) 반찬을 만들어 달라고 했다.

지금은 메뚜기 요리를 찾아볼 수 없지만 나 어린시절 시골농촌에는 가을철 별미 반찬으로 메뚜기가 최고였다. 메뚜기 도시락 반찬을 싸들고 학교에 가서 점심시간이 되어 반 친구들과 함께 도시락을 먹을 때 반 친구들은 모두 몰려와 메뚜기 반찬을 나누어 먹었는데 이때 메뚜기 한마리에 짱아치 세쪽 네쪽과도 맞 바꿔 먹기도 했다.

그 만큼 메뚜기 값 가치가 높았다.

팔십을 바라보는 황혼에 나는 시골농촌 들녁이 누런색으로 변해 있는 농촌 풍경을 볼때마다 어린시절 논두렁 보초막에서 깡통종을 울리면서 양은 양재기를 두드리며 참새떼를 쫓던 어린시절 나의 모습을 상상해 보면서 메뚜기 도시락 반찬의 고소한 맛을 느껴 보기도 한다.

13. 못다한 효

"아버님의 뼈를 빌어 어머님의 살을 빌어 이내일신 탄생하니 한두살에 철을 몰라 부모은공 갚을손가?"
회심곡의 한 귀절이다.

인간은 어느 누구나 부모님의 은공으로 이 세상에 태어나서 흙에서 살다 흙으로 돌아간다.
본제 인간의 삶이란 "공수래 공수거" 아니던가?

밤하늘에 빛나는 크고 작은 많은 별처럼 많고 많은 이세상 인간들 그들 각자 인생이 천차만별 가지각색 요지경속 같은 인생일진데...

어떤이들은 자신의 영달과 부를 얻기 위해 남을 시기하고 저주하며 비겁하고 추잡스러운 인생을 사는 이가 있는가 하면 반대로 어떤이들은 자신의 영달과 부를 얻기 보다는 남을 배려하고 사랑을 베푸는 미덕을 즐기며 보람되고 멋진 인생을 사는 이들도 있다.

이 세상에서 누구를 제일 존경하느냐고 묻는이가 있다면 나는 내 부모님을 제일 존경하고 사랑한다고 자신있게 말할 수 있다.

내 부모님은 평생을 받는 사랑보다는 주는 사랑을 미덕으로 아시고 배고파 찾아 오는이 밥상머리찬밥 나누어 드셨고 동냥아치

대문 앞에 서 있으면 빈 바가지 손에 들고 쌀독을 향해 걸어 가시면서 있으면 있는대로 없으면 없는대로 남들에게 나누어 주는 사랑, 미덕을 즐기시며 일생을 살아오신 분들 이시다.

내 부모님은 못배운것이 한이되어 못가진 것이 죄스러워서 험한일 힘든일 마다 하지 않고 밤 낮으로 일하시면서 식구들 건사해 가며 고리채 장리쌀 얻어 서울 유학보내 자식 대학공부 시키신 분들이시다.

내 부모님은 일생동안 자신의 인생 삶 모두를 오로지 자식들 앞날 걱정하시며 헌신하시다가 자식들로 부터 보상, 사랑을 받을 때쯤되어 인생의 숙명인 죽음의 길 거역할 수 없어 이승을 떠나는 마지막 길목에서 보리차 몇 모금씩 마셔가며 남은 명줄이어 가시던 순간 가쁜 숨 몰아 남기신 말씀 "동지간에 우애있게 잘들 살아라" 하는 마지막 유언 남기시고 작아지신 몸 삼베 무명 몇조각에 싸여 영면길 떠나신 분들이시다.

자식들 성장하여 효도하고 싶어도 기다려 주시지 못하고 숙명의 죽음의 길 떠나신 내 부모님, 부모님 살아 생전 못다한 효에 가슴아파 흘러내리는 회한의 뜨거운 눈물이 원고지를 적신다.

『학교 생활에서』

1. 대학 등록금

내일은 내가 풀도 뜯기고 목욕도 시키면서 애지중지 사랑했던 우리집 누렁이 황소가 팔려가는 날이다.

어제 저녁에 아버지께서 누렁이 황소죽에 귀한 흰콩도 한바가지 넣고 볏짚 여물, 콩잎, 건초까지 섞어서 맛있는 소죽을 쑤시는 모습을 보았기 때문이다. 늘 진행된 일이지만 우리 집은 소를 오랜동안 기르지 않고 황소를 팔아야 했다. 다른 집들은 암소를 키워서 송아지도 내키고 농사일도 시키면서 몇년씩 오랜동안 소를 키우지만 우리집은 오랜동안 소를 키울수가 없었다.

서울에서 대학을 다니시는 형님 대학등록금을 상반기 하반기로 나누워 1년에 두번씩 내야 했기 때문이다. 우리집은 항상 소 두세 마리씩 키우면서 상반기에 큰 황소 한마리를 팔면 또 송아지 한마리를 사고 후반기에 큰 황소 한마리를 팔면 또 송아지 한마리를 사서 키우면서 형님의 대학 등록금을 마련했다.

대학 교정에 우골탑이 서 있는 이유를 나는 알수가 있다. 그 당시 큰 황소 한마리를 팔면 논 두마지기(400평)를 사고도 돈이 남았으니 현 싯가로 논 1평에 10만원을 기준으로 할때 큰 황소 한마리

값이 4,000만원으로 평가되는바 큰황소 한마리는시골 농가의 큰 재산이며 부자의 상징이기도 했다.

나 어린시절 1950년대 시골 농가에서 서울에 있는 대학 유학이란 만인들의 선망이며 우상이기도 했다.

그 당시 형님의 1년간 대학 등록금을 마련하려면 큰황소 두세마리 쌀 20여가마 팔아야 했는데 논 2000평, 밭 1500평 농사를 짓는 우리집 형편으로서는 형님의 대학 등록금 마련을 위해서는 장리쌀 빚 10여가마를 얻어야 대학 등록금을 낼 수가 있었다.

장리쌀 10여 가마는 이자가 붙어 다음 해에는 쌀 열다섯가마를 갚아야 했는데 우리집은 농사지은 쌀로는 빚을 갚을 수가 없어서 아버지께서는 공사판에 나가서 돈을 벌기도 하셨다.

우리집은 항상 빚을 청산 못하고 살았기 때문에 나의 부모님들은 농사일 공사판일에 찌들어 얼굴에 주름살만 늘어갔다.

어머니께서는 늘 말씀 하시기를 나서방 누구엄마 소리가 듣기 싫다고 하셨다. 누구 어르신 누구자당님 소리가 듣고 싶으셨던 것이다.

나의 부모님들은 서방소리 누구엄마 소리가 듣기 싫어서 장리쌀 빚까지 얻어 형님을 대학공부시켜 자식을 출세시켜 가슴에 맺힌 한을 풀고 싶었던 것이다.

우리집 누렁이 황소가 팔려가는날 이른 아침 나는 외양간에서 소죽을 먹고 있는 누렁이를 어루만지며 눈물을 뚝뚝 떨구고 있는데, 누렁이도 내 마음을 알고 있는지 내가슴에 제 얼굴과 목을 비벼대면서 혓바닥으로 내 얼굴을 할기도 했다.

　나는 누렁아 부디 부잣집에 팔려가서 맛있는 소죽도 많이 먹고 아프지 말고 오랫동안 건강하게 살아야 한다 하고 인사말을 전했다.

　누렁이가 소죽을 다먹고 난후 아버지께서는 누렁이에게 코두레, 목두레를 새것으로 교체하신후 마치 쇠톱을 접어서 만든 소 털고르기 기구로 누렁이 털을 고르시며 몸단장을 시키셨다. 누렁이 몸단장을 마친후 아버지께서 누렁이를 앞 마당으로 끌고 나오시면 부엌에 계시던 어머니께서 부지갱이 막대를 들고 나오셔서 누렁이 궁둥이에 부지갱이 막대를 쓱쓱 문지르시면서 누렁아 잘가거라 소죽도 제대로 얻어 먹지도 못하고 에이 불쌍한것 부디 부잣집에 팔려가 아프지 말고 건강하게 살아야 한다 하시면서 앞치마로 눈물을 훔치시며 부엌으로 뛰어들어가셨다.

　어머니께서 누렁이 궁둥이에 부지갱이 막대로 검정숯가루를 묻히시는 일은 우시장에 가서 소값을 많이 받게 해 달라는 소원을 비는 의식 행위로 그 당시 시골농촌의 토속 풍속이기도 했다.

누렁이가 아버지손에 이끌려 동네 밖길을 나설때 내가 누렁이를 따라가면서 훌쩍훌쩍 울고 있으면 아버지께서는 애야 학교 늦겠다 어서 학교가거라 하시면서 나를 돌려 보내기도 하셨다. 나는 눈물을 닦고 누렁이가 끌려가는 뒷 모습을 바라보면서 한참동안 서 있으면 누렁이는 나와 헤어지는 것이 서운한지 우엉 우엉 소리를 내면서 뒤돌아보고 또 돌아보고 하면서 아버지를 따라 걸어갔다.

학교에서 집에 돌아온나는 누렁이가 있던 외양간을 먼저 찾았다. 누렁이가 잠자던 외양간은 깨끗하게 청소가 되어있고 소죽통은 말끔하게 비어 있었다.

어머니께서 외양간과 소 죽통을 청소해 놓으신 것이다.

방으로 들어온 나는 화가 치밀어 책보따리를 방바닥에 내 팽개치고 밖으로 나와 아침에 누렁이가 끌려가던 고갯길을 멍하니 바라보며 누렁아 누렁아 하고 불러 보았다. 그러나 그 어디에서도 누렁이의 대답소리는 들을수가 없고, 누렁아 누렁아 하는 메아리 소리만 들려왔다.

해가 서산으로 기우러 어둠이 닥아올 때쯤 저멀리서 송아지 한마리를 끌고 오시는 아버지 모습이 흐미하게 눈에 들어왔다.

나는 누렁이 생각도 잊은채 아버지에게 달려가서 새로 사오는 송아지를 반기며 이송아지 얼마 주셨느냐고 물어 보았다.

아버지께서는 이놈이 좋은 놈이라 비싸게 주고 샀다 하시면서 이송아지가 네형 대학등록금 밑천이니까 네가 풀도 잘 뜯기고 해야 한다하시며 나에게 송아지 꼬삐를 넘겨 주셨다.

이제 나는 새로 사온 송아지와 또 다시 일상의 생활이 시작되는 순간이다. 만남의 기쁨과 헤어짐의 슬픔에 가슴을 조였던 나 어린 시절의 옛 추억이 만들어지는 것이다.

2. 월사금 (수업료)

내가 국민학교 즉 초등학교 다닐때는 학교에 월사금을 냈다. 얼마나 냈는지는 기억이 나지 않지만 쌀한말 값 정도 였던것 같다. 그 때는 현금이 없는 집에서는 쌀로 월사금을 내기도 했다.

월사금을 제때 내는 사람은 한반 60명에 반 정도였고 나머지 사람들은 기일을 넘기거나 못내는 사람도 있었다.

수업 종료시간 담임선생님은 월사금을 못낸 사람들을 교단 앞으로 불러모아 월사금 납부 독촉장을 나누어 주시며 부모님께 갔다 드리라고 했다.

월사금 납부 독촉장을 받고있던 자리에 한 친구가 눈물을 글썽거리다 울음을 울기 시작했다.

담임선생님께서는 그 친구를 따로 불러 상담을 하신후 오후 수업이 끝나고 그 친구네 집을 방문하셨다. 그 때는 담임선생님이 각 가정을 방문하는 제도가 있었다. 나중에 안 일이지만 그 친구는 부모님이 안계셔서 할머니 집에서 학교에 다니고 있었다.

담임 선생님은 친구네 집을 방문하신 후 그 친구의 월사금을 대신 내 주셨다.

　담임 선생님께 월사금 납부독촉장을 받아들고 집에 돌아온 나는 어머니를 찾았으나 어머니는 집에 계시지 않았다.

　해가 서산에 넘어가 어둑 어둑할 무렵 들에서 일을마치고 집에 돌아오신 어머니는 머리에 쓰고 있던 수건을 벗어 온 몸을 털면서 가운데 가마솥에 밥한 양재기 퍼 놓았는데 먹었느냐고 나에게 물으셨다.

　나는 밥 안먹었다고 하자 어머니는 내 눈치를 보시더니 뭐 할 말이라도 있는거냐 하고 물으셨다.

　나는 이 때다 하고 주머니에서 월사금 납부독촉장을 꺼내 어머니께 드리자 어머니는 벌써 월사금 낼 때가 되었나 하시며 내가 내일 월사금 갔다 낼테니 걱정 말라고 하시며 저녁준비를 하러 부엌으로 들어 가셨다. 어머니가 월사금을 직접 갔다 내시겠다고 하셨지만 나는 불안했다. 학부형과 담임선생님이 면남할 기회는 운농회 또는 소풍때와 월사금을 낼 때가 유일한 기회였다.

　담임선생님과 면담하는 어머니들은 우리애가 공부 잘 하느냐 싸우지 않느냐 말썽을 부리지는 않느냐 하는 질문이 대부분 이었다.

다음날 아침 어머니는 광에서 쌀자루를 들고 나오셔서 마루에 갔다 놓으시며 이따가 내가 학교갔다 월사금 낼테니 담임선생님께 말씀드리라고 하시면서 얼른 학교갈 준비해서 학교에 가라고 하셨다. 등교하는 길 여기 저기에 어머니 또는 누나들이 머리에 쌀자루를 이고 학교로 가고 있었다.

월사금 납부 독촉장을 받은 친구들의 월사금을 내러가는 어머니 누나들의 모습은 늘 보아왔던 일이기도 하다. 아침 조회시간 담임선생님께서는 오늘 월사금 가지고 온사람 손들어 보라고 했다.

나는 얼른 손을들고 이따가 어머니께서 쌀가지고 오신다고 말씀드리자 그래 알았다 하시며 손을 내리라고 했다.

월사금 납부 현황 파악을 마치신 담임선생님은 학교창고에 가셔서 쌀을 가지고오신 어머니 누나들과 면담을 하고 계셨다.

어머니께서 아침일찍 학교에 안오신 것이 나에게는 다행스러운 일이라고 생각했다. 며칠전 사소한 일로 친구와 싸우다가 담임선생님께 들켜서 꾸중을 들은 일이 있었기 때문이다. 오후에 현물인 쌀을 가지고 오면 그 때는 학교소사 아저씨가 쌀을 받아 창고에 보관했다. 소사란 학교 잔일을 맡아서 하는 보조직원을 말한다.

점심시간이 지나고 오후 수업이 시작될무렵 나는 깜짝 놀랬다. 어머니께서 담임선생님을 뵈러 교실로 오신 것이다. 어머니를 만나신 담임선생님은 우리들에게 자습을 하라고 말씀하신 후 어머니와 함께 교무실로 가셨다.

친구들은 나에게 다가와서 야 느엄마 많이 늙었다. 혹시 할머니 아니냐 하고 빈정댔다. 그도 그럴것이 사십을 바라보는 연세에 늦둥이로 나를 낳으셨으니 다른 친구들 어머니보다 늙으신 것은 당연한 것이다.

학교 수업이 끝나고 집에 돌아온 나는 어머니 눈치를 보며 주저주저 하자 어머니는 웃는 얼굴로 너 요즈음 공부도 열심히 하고 성적도 많이 올라 갔다고 선생님이 말씀하셨다고 하시며 기뻐하셨다.

나는 조렸던 마음이 풀리면서 담임선생님께서 내가 친구와 싸운일을 어머니께 말씀드리지 않은것에 감사했다. 선생님은 좋은 것만 말씀하시고 나쁜것은 말씀하시지 않았다.

담임선생님의 배려에 나는 담임선생님이 존경스러웠다. 선생님 고맙습니다 하고 나는 마음속으로 다짐했다.

공부 열심히 해서 선생님, 부모님 은혜에 보답하겠다고...

3. 글방 이야기

글방이란 사사로이 한문을 가르치는 공부방으로 서당 또는 학방, 학당 이라고도 한다.

내가 살던 시골마을 산밑 외딴터에 글방이 하나 있었다. 글방 선생님을 훈장이라고 불렀는데 훈장님은 한복 바지 저고리에 버선을 신고 바지 끝에는 댄님을 매고 상투 머리위에 뿔건을 쓰고 3자 정도 되는 긴 담배대를 윗저고리 목덜미 뒤에 꽂고 책상다리 자세로 앉아서 몸을 좌우로 흔들며 한문을 가르쳤다.

글방에는 국민학교를 졸업하고 상급학교 진학을 못하는 아이들이나 또는 국민학교를 중퇴하고 아예 한문만 배우는 아이들도 있었는데 이웃 마을 아이들까지 한문을 배우러 와서 평균 20여명 정도의 아이들이 글방을 다녔다.

글방문을 여는 시간은 오후 1시 부터 오후 6시 까지 5시간 한문을 가르쳤는데 오후 1시에 문을 여는 것은 아이들이 농사일을 거들어야 했기 때문이다. 나는 학교에 다녀온 후 가끔 글방에 놀러 갔었는데 그 때마다 글방아이들의 천자문 읽는 구성진 목소리가 인상적이었다.

하늘천 땅지 검을현 누루황 집우집주하고 한문책을 읽고 나면 한사람씩 훈장님 앞에 나와 절을 한 다음 독대학습을 받는데 한문책을 읽다 틀리기라도 하면 눈을 감고 몸을 똑바로 하고 앉아 있던 훈장님은 목덜미 뒤에 꽂었던 긴 담배대를 뽑아 한문책을 읽고 있던 아이의 어깨를 툭치면서 정신을 어디다 두고 있는고 하고 질책을 하면 그 아이는 처음부터 다시 한문책을 읽었다.

한문을 배우는 아이들은 훈장님 급여로 상반기에 보리쌀, 다섯 말 하반기에 쌀 다섯말를 냈다.

그 당시 우리 시골마을 머슴의 일년 급여로 쌀 7~8가마 였는데 훈장님의 1년 급여가 보리쌀 10가마, 쌀 10가마 합계 20가마 였으니 훈장님의 급여는 대단한 거금이였다.

글방에서는 한문책 한권을 다 떼고나면 장원 축하라고 해서 떡을 만들고 술을 빚어 장원 축하연을 벌였는데 이때는 글방을 안다니는 마을 아이들도 글방에 가서 떡을 얻어 먹기도 했다.

국민학교를 졸업하고 글방공부 4~5년 다닌 아이들중 좀 똑똑한 사람은 당시 면사무소, 우체국, 지서 등에 급사로 취직을 했는데 급사생활 몇년후 공무원이된 형들도 있었다.

그 당시에 모든 행정사무는 한문을 많이 사용했기 때문에 글방공부를 한사람이 공직으로 많이 배출 되기도 했다.

우리 속담에 "훈장(선생) 똥은 개도 안먹는다"는 말이 있다. 그 만큼 훈장하기가 힘들고 어렵다는 뜻이다.

내가 국민학교 다닐때는 선생님의 그림자도 밟지 말라고 배웠다. 그 만큼 선생님을 존경하고 흠모하고 선생님 말씀에 복종하면서 공부를 했다.

요즈음 방송신문에 선생님이 학생에게 폭행당하고 모욕당하고 심지어 감금까지 당하고 있다고 하는 뉴스보도를 듣고 보면서 세상이 변해도 너무 많이 변한것 같아 마음이 허전하고 씁슬하기도 한다.

4. 쥐꼬리 숙제

6.25 전쟁이 휴전되고 삼시세끼 밥먹기가 어렵던 1950년대 시골 농촌에는 무우, 배추, 감자, 고구마, 늙은호박은 쌀, 보리 대용으로 많이 이용 되었다.

무, 감자는 땅속에 구덩이를 파서 보관해 놓고 먹었고 배추는 김치를 담가 먹었고, 고구마 늙은호박은 통가리 라고 해서 수수깡으로 발을 엮어서 윗방이나 사랑방에 둥그런 원통을 만들어 보관했다.

우리집은 안채에 방이 2개가 있었고 사랑채에는 대문 사랑방, 광, 소외양간이 있었다.

가을 추수가 끝나고 겨울철이 오면 학교에서 쥐꼬리를 가져오라는 숙제를 냈다. 쥐꼬리 숙제를 하려면 쥐를 잡아야 하는데 이때 쥐약을 놓기도 하고 쥐덫, 쥐차우를 놓고 쥐를 잡았다.

우리집은 윗방에 통가리를 만들어 놓고, 고구마와 늙은 호박을 저장해 놓고 먹었는데 이때 쥐들은 윗방 방문 문창호지를 뚫고

들어와 고구마 호박을 긁어 먹었다. 어떤 때는 낮에도 쥐가 들어
와 숨어 있기도 해서 나는 쥐에 놀라 윗방가기를 꺼려했다.

학교에서는 쥐꼬리 숙제를 내면서 쥐꼬리 숫자에 따라 학용품을
부상으로 주었는데 나는 한번도 부상을 타지 못했다. 쥐꼬리를
못가져 갔기 때문이다.

학교에서 돌아온 나는 어머니께 오늘 학교에서 쥐꼬리를 가져
오라는 숙제를 냈다고 말씀드리자 어머니는 헌치마 하나를 꺼내
자루를 만들어 놓으시고 나에게 초저녁에 일찍 잠을자고 이따
밤중에 쥐를 잡자고 하셨다.

나는 어떻게 쥐를 잡느냐고 어머니께 말씀드리자 이따가 내가
시키는 대로만 하면 된다고 하셨다.

한밤중 나를 깨우신 어머니는 나에게 등불과 나무막대기 하
나를 주시면서 내가 마루에 나가서 이자루를 쥐구멍에 대고 있
을 때 너는 윗방에 올라가서 이 막대기로 통가리를 두들겨 쥐를
쫓으면 된다고 하셨다.

드디어 행동개시 어머니는 윗방 방문 쥐구멍에 자루를 대놓고
나에게 얼른 윗방으로 가서 통가리를 두들겨 쥐를 쫓으라고 했다.
내가 윗방으로 들어가 통가리를 두드리자 쥐떼들이 한꺼번에 우르
르 몰려나와 윗방문 쥐구멍으로 도망을 쳐 어머니가 대놓은 자루
안으로 몰려 들어가 서로 끽끽 거리며 야단 들이었다.

이때 어머니는 자루 주둥이를 끈으로 동여매서 안마당으로 나가 자루를 땅바닥에 내려 놓고 미리 준비해둔 나무막대로 자루를 쳐서 쥐를 죽였다.

어머니가 땅바닥 자루를 치는 소리에 잠을 깬 아버지는 안마당으로 나오시면서 밤중에 웬 야단들이냐고 하셨다. 어머니는 학교에서 쥐꼬리 가져오라는 숙제를 냈다고 해서 나와 어머니가 쥐를 잡았다고 하자 아버지는 엊저녁에 광에 쥐덫을 놓았는데 쥐가 잡혔나 하시며 광으로 들어 가시더니 쥐덫에 걸린 생쥐 한마리를 들고나와 쇠꼬챙이로 찔러 죽이셨다.

어머니는 헌 보자기를 아버지께 건네 주시면서 쥐꼬리를 짤라 보자기에 싸 달라고 하시고는 나와 함께 방으로 들어와 잠을잤다. 다음날 아침 학교갈 준비를 할때 아버지는 보자기에 쥐꼬리를 싼후 들고가기 좋게 끈으로 손잡이 까지 만들어 주셨다.

학교가는 길 친구들은 서로 쥐꼬리 몇개씩 가지고 가느냐고 물으며 학교에 가서 담임선생님께 드렸다. 내 쥐꼬리 보자기를 풀어보신 담임선생님은 웬걸 이렇게 많이 가져 왔느냐 오늘 쥐꼬리 숙제는 백점이다라고 칭찬을 해주시며 공책 두권과 연필 두자루를 부상으로 주셨다.

집에 돌아온 나는 오늘 쥐꼬리 숙제 백점 맞아서 공책과 연필을 타 왔다고 말씀드리자 어머니는 기뻐하셨다.

옛날의 우리 어머니들이나 오늘의 우리 어머니들 모두가 자식들의 100점 소원은 똑 같은것 같다.

5. 땔감나무 장작 숙제

삼시세끼 밥먹기가 어렵던 가난했던 시절, 어쩌다 새 연필 한자루를 사서 칼로 깍다보면 연필한자루를 다 깍도록 연필심이 나오지 않고 연필속이 텅빈 불량품이 많았다.

고무(지우개)가 없어서 글씨를 쓰다 잘못썼을 때는 손가락에 침을 발라 공책(노트)글씨를 문지르다 보면 공책(노트)종이가 뻥 뚫어져 구멍이 나기도 했다.

어떤 친구들은 몽당연필(작은연필)에 나무막대를 실로 꽁꽁 동여매 글씨를 쓰기도 하고 공책(노트) 살돈이 없는 친구는 형이나 누나가 쓰다 남은 공책(노트)을 사용했다.

내가 국민학교(초등) 다니던 때는 마루바닥 교실이었는데 교실마루 바닥에 나무옹이 구멍이 많아 친구들은 몽당연필, 몽당크레용 고무(지우개) 칼 등을 교실마루 바닥밑에 많이 빠트리기도 했다.

이때 꾀 많은 친구는 쉬는 시간에 교실마루바닥 밑에 기어 들어가서 친구들이 빠트린 연필 고무(지우개) 크레용, 칼 등을 주위와서 본인이 사용하기도 하고, 다른 친구에게 구슬이나 딱지와 바꾸기도 했다.

　내 어린시절 간혹가다 서울에 일가 친척이 있는 친구는 생일선물로 친척이 사다준 책가방을 메고 학교에 와서　하얀종이 공책, 연필, 고무, 칼　12가지 색갈 크레용 필통을 자랑하며 으시대기도 했다.

　내가 국민학교 2학년때 서울에서 대학을 다니는 형님이 품팔이(아르바이트)를 해서 번 돈으로 고리땡 바지와 도꾸리(털실 윗옷) 윗옷을 생일선물로 사와서 나는 신이나서 형님이 사다준 옷을 입고 학교에 갔는데 이때 친구들이 내 앞에 모여들어 옷을 만져 보면서 야 이옷 상당히 좋은데 엄청 따뜻하겠다 하면서 이옷 누가 사다 준거냐고 물으면서 부러워 하기도 했다.

　추운 겨울이 되면 각반 교실에는 나무 장작을 때는 철판난로가 하나씩 설치되는데 각반 주번은 등교동시 나무장작 몇개비를 배급 받아와서 난로불을 땠다.　학교에서 배급하는 나무장작으로는 땔감이 턱없이 부족해서 어떤 날은 일찍 수업을 끝내기도 했는데 이때 담임선생님은 수업 종료시간에 각자 집에서 나무장작 2개비씩 자져오는 숙제를 내기도 했다.

　집에 돌아온 나는 아버지께 학교에서 나무장작 가져오라는 숙제를 냈다고 말씀드리자 그래 알았다 내가 내일 나무장작 한 지게를 학교에 갔다 드려야 겠다 하시며 넌 걱정말고 숙제 일찍 하고 자거라 하시며 우리집 땔감으로 준비해둔 참나무장작을 마당에 쌓아 놓았다. 아버지 말씀을 듣고 나는 신이나서 내방으로 들어가서 산수 숙제를 하는데 기분이 좋아서 그런건지 산수 문제가 척척 잘 풀렸다.

다음날 아침 나무 장작지게를 지고 학교에 가시는 아버지 뒤를 따라 학교에 가면서 나는 기뻐하실 담임 선생님의 얼굴을 상상해 보기도 했다.

학교에 오신 아버지께서는 담임 선생님께 인사를 드리고 가지고온 나무장작을 우리반 교실 뒷편에 쌓아 놓고 집으로 가셨다.

아침 조회시간 담임선생님께서는 나를 교단 앞으로 불러 내 칭찬을 하시면서 우리반 친구들에게 박수를 보내라고 요구하셨는데 나는 공부는 반에서 중상정도 였지만 나무장작 숙제는 1등을 한 것이다.

상급 학년이 되면서 오후 수업이 있는데 이 때는 집에서 도시락을 싸오는데 도시락이 없는 친구는 양은 양재기에 밥을 담고 사기종자기(반찬그릇)에 반찬을 담아 밥위에 얹어서 광목보자기에 싸서 가져 오기도 했다.

점심시간 30분전 철판 난로위에 각자 도시락을 싸놓고 데웠는데 이때 힘이센 대장친구 도시락은 맨 밑으로 놓고 그 위에 다른 친구들 도시락을 첩첩이 쌓았다.

점심시간 힘이 센 대장친구 도시락은 누릉지가 되었는데 이 때 대장친구는 윗밥을 다 먹고 남은 누릉지를 조각을 내 누릉 지 한조각에 밥 두숟갈씩 바꾸어 먹었는데 대장친구는 욕심이 많아 미군부대에서 나온 커다란 스푼(숟갈)을 주머니에 넣고 다니면서 다른 친구들 도시락 밥을 퍼먹었는데 힘에 밀린 친구 들은 그 어느 누구도 거절을 할 수 없었다.

시골농촌에서도 오지산골에 사는 친구들은 도시락 대신 찐고 구마, 감자, 개떡 등을 점심식사 대용으로 가져오는데 이때 도 시락을 싸온 친구와 고구마 감자를 바꿔서 먹기도 했는데 나는 이때 고구마가 더 좋아서 많이 바꿔서 먹었다.

6. 까치 새끼 키우기

　요즈음 시골산골 동네에서도 까치 울음소리나 아기울음소리 들기가 어렵다고 한다.　그러나 옛날 시골산골 동네에서는 까치울음 소리는 늘 듣던소리 였고, 아침일찍 일어나 까치 울음소리를 듣는 날은 길일 이라고　해서 어르신들은 기뻐하셨다.

　노인들은 까지울음 소리를 듣고나면 시집간 딸이나 군대에간 아들에게서 기쁜 소식이 올것이라고 믿기도 했다.

　내가 살았던 우리동네 앞 개울 뚝방에는 전봇대 보다도 더 높은 미루나무가 줄지어 서 있었는데 이 미루나무 꼭대기에 까치들이 집을 짓고 새끼를 까서 떼지어 살았다.

　우리집 뒤 밭 뚝방에도 미루나무가 몇그루 서 있었는데 돼지밥을 주고 부엌으로 돌아오신 어머니는 나에게 오늘아침 까치가 요란하게 우는 것을 보니 네 형한테서 편지가 오겠다 하시며 기뻐하셨다.

　형님은 나보다 열한살이나 위였는데 내가 국민학교 입학할때 서울에서 대학을 다녔다.

어머니는 밥을 퍼서 식사상을 차릴때 마다 밥한그릇을 더 퍼서 가마솥 옆에 뚜껑을 덮어 놓고 두손을 모우고 꾸벅꾸벅 절을 하면서 형님의 안녕을 빌었다.

이 무렵 나의 친구중에 나무를 잘타서 다람쥐라는 별명을 갖고 있는 친구가 개울 뚝방 미루나무에 올라가 까치 새끼를 잡아와서 자기집 헛간에서 키웠는데 그 친구네 집에 놀러가면 까치새끼가 친구를 졸졸 따라 다니기도 하고 친구의 손짓에 따라 친구 머리 위를 날다가 친구 어깨위로 날아 앉아 친구가 주는 먹이를 입을 쩍쩍 벌리고 받아 먹었다.

동네 친구들은 다람쥐 친구의 까치새끼 재롱에 취해 모두가 까치새끼를 키우고 싶어 했다.

나는 어떻게 하면 까치새끼를 키워볼 수 있을까 하고 궁리를 하다 새로운 묘안이 떠 올랐다. 학교에서 애완 동물을 키워보고 이에 대한 일지를 써오라는 숙제를 냈다고 하는 거짓말이 생각 났다.

저녁식사가 끝나고 잠자리에 들기전 나는 안방어머니께 찾아가서 학교에서 애완동물을 키우고 일지를 써오라는 숙제를 냈다고 거짓말을 했다.

내 말을 듣고 계시던 어머니는 애완동물이 무엇이냐 하고 물으셨다.

나는 이 때다 하고 생각하고 공포심이 많은 개구리, 두꺼비, 도마뱀, 뱀, 새새끼 같은 것이라고 말씀드리자 어머니는 멈짓 몸을 움추리시더니 징그러운 소리 하지 말거라 하고 일축해 버렸다.

나는 어머니 옆에 붙어 앉아 숙제 안해가면 년말 통신표에 꼴찌하면 어머니가 책임지라고 하자 그게 성적점수에 들어가느냐 하시면서 그럼 까치새끼를 키워 보라고 승락을 하셨다.

나는 기쁜 마음에 밤새도록 잠이오지 않아 뜬눈으로 밤을 새우고 아침 일찍 다람쥐 친구에게 찾아가 까치새끼를 얻어 왔다.

까치새끼를 얻어온 나는 소외양간 옆에 매달려 있던 병아리 집을 꺼내 까치새끼를 넣고 공책 겉장에 동물사육일지 라고 커다랗게 써서 매달았다.

어머니 아버지께 학교에서 숙제를 낸것처럼 위장을 한 것이다. 아침 식사 시간 어머니는 까치새끼는 자주 손대면 죽는다고 하시며 잘 키우다가 제 어미한테 돌려보내 주라고 했다. 아버지도 들에서 돌아오실때 가끔씩 개구리를 잡아오셨다.

까치새끼를 키운지 한달쯤 되었을때 까치새끼는 제법 날기도 하고 울음소리도 어미까치 닮아갔다.

나는 매일 매일 일기쓰듯 동물사육 일지를 썼다.

어느날 학교에서 돌아온 나는 깜짝 놀랬다.

병아리집에 있어야 할 까치가 없어졌다.

저녁때 어머니께서 들에서 돌아오셨는데 나는 눈물을 글썽거리며 까치가 없어졌다고 했다.

어머니는 아무것도 모르는 소리라고 하시면서 딱 잡아 뗐다. 나중에 안 일이지만 어머니께서는 나와 한반에 다니는 동네 친구에게 동물을 기르고 일지를 써오라고 숙제를 냈느냐고 물어보신 것이다.

아무것도 모르는 친구는 그런 숙제 안냈다고 하자 어머니는 까치새끼를 날려 버린 것이었다. 나는 어머니가 미웠지만 언젠가는 떠나가야 할 까치 새끼이기 때문에 마을을 돌려 먹었다.

까치야 너의 엄마 아빠 만나 잘 크거라 하고 마음속으로 빌어주었다.

미루나무 위에서 까치 울음소리가 들릴때 마다 나는 내가 키웠던 까치가 나를 알아 보지나 않나 하고 기대도 해봤다.

이별은 사람이나 짐승이나 똑같이 슬픈일인 모양이다.

7. 어린이 향우반

제3공화국 박정희 정부는 경제개발 5개년 계획과 더불어 많은 정책을 수립하여 추진 했는데 농촌의 가난 탈피와 자립육성을 위하여 각 마을별로 재건청년회, 재건부녀회, 4-H회, 향우반 등 각 단체를 만들어 이 단체들을 활용하여 농촌소득증대와 생활환경개선 사업을 추진하면서 농촌은 많은 변화를 가져왔다.

요즈음 아이 낳기를 꺼려해서 시골농촌에서는 아예 아기 울음소리를 들을 수 없다고 하는데 나 어린시절 우리마을 30여호에 자녀들이 100여명이나 되어 한가정당 평균 3명이 넘었고, 제일 많이 낳은 집은 열두남매를 낳은 집도 있었다.

그 당시는 전쟁시절이었고 의료시설도 빈약해서 아이들 사망율이 높아 아이들이 많이 죽었지만 시골농촌의 아이 울음 소리는 늘 들을수가 있었고, 마을 골목마다 아이들 노는 모습을 언제나 늘 볼수 있었다.

마을 어르신들은 아이 많은 집을 하늘에서 복을 내려 주신것 이라고 하면서 자식 많은 집을 부러워도 했다. 나는 늘 의문점을 가졌는데 이상하게도 살림 살이가 넉넉치 못한 집에는 자식이 많고 먹고살기가 넉넉한집은 자식이 적었다. 생활의 빈부에 따라 임신과 출산에 연관성이 있지 않나 하는 생각을 해보는데 식생활이 어떤 영향이 있는 것 같은 생각이 들기도 한다.

내가 국민학교(초등학교) 다니던 시절 학교에서는 각 마을별로 어린이 향우반을 조직해서 어린아이들의 반공정신, 협동정신 등 정신 교육과 동시에 자립정신과 함께 몸소 실천하는 생활습관 고취를 위하여 향우반 별로 소득사업도 추진했다. 마을에 노는 땅을 이용하여 농사나 채소를 재배하기도 하고, 토끼, 닭, 염소 등 가축을 기르기도 했다.

이 무렵 정부에서는 농촌사람들의 소득 향상과 영양 공급을 위해서 각 마을별로 주위 여건에 따라 흑염소단지, 산양단지, 토끼단지 등 중소가축단지를 만들어 외국에서 개량된 가축을 들여와 농촌에 분양했다.

우리마을은 토끼 사육단지를 만들어 집집마다 토끼를 키웠는데 우리마을 향우반에서는 집터가 넓은 우리집에서 향우반 토끼를 길렀다. 향우반 회원들은 낭번을 정해 놓고 돌아가면서 토끼를 키웠는데 새끼토끼를 키우기 시작해서 5개월 정도가 되면 어미토끼가 되면서 새끼를 낳는데 토끼 숫자는 급격히 늘어났다.

어미토끼는 한번 출산에 평균 5마리 이상 새끼를 낳는데 30일 정도 지나면 어미젖을 떼고 분리 독립하는데 향우반에서는 새끼

토끼를 시골 5일장에 내다 팔아서 향우반 공동기금을 만들었다. 년말이 되면 학교에서는 각마을 향우반 별로 심사평가를 하는데 이때 소득사업 평가가 제일 많은 점수를 받아 향우반 공동기금이 많은 향우반이 상을 받기도 했다.

마을 향우반에서는 향우반 공동기금으로 과자, 음료수, 학용품을 구입하여 어린이 놀이마당에 마을노인 아줌마 아저씨들을 모셔놓고 각자 장기 자랑이나 노래자랑을 하면서 즐거운 하루를 보내기도 했다. 이때 장기 자랑 노래자랑에서 우승한 아이에게는 학용품이 부상으로 지급되었다.

나 어린시절 향우반 활동운동은 어린이들에게 공동체의식, 협동심, 자립심을 키워준 국민운동이었다.

이 농촌계몽운동이 발전하여 새마을운동으로 이어졌고 이 새마을운동은 농촌도시 모두를 변화시킨 우리나라의 대표적인 대국민운동이 된 것이다.

8. 학교 길

옛날 시골농촌 아이들의 학교길은 엄청나게 멀었다.
10리(4km) 길은 보통이고, 먼 길은 20리(8km)가 넘는 학교길도
있었다.

그 당시 국민학교(초등학교) 한 학급의 학생수는 50명에서
60명 이었고, 학교에서는 교실이 부족해서 저학년(3학년 이하)은
오전반 오후반으로 나누어 학교 수업을 했다.

학교를 갈 때는 한동네 친구와 윗동네 친구들이 한곳에 모여
보통 7~8명이 떼를 지어 학교를 다녔는데 이때 힘이 가장 센
친구가 대장이 되어서 명령을 내리면 나머지 친구들은 대장의
명령에 따라 행동하도록 우리들만의 규율을 정하기도 했다.

40세가 넘은 연세에 늦둥이로 태어난 나는 어머니 젖을 제대
로 먹을 수가 없어서 이웃 아줌마 또는 친척 아줌마 들의 동냥
젖을 얻어 먹고 쌀죽으로 성장했으니 몸이 약해서 다섯살이 되
도록 걸음도 제대로 못걷고 집안에서만 뱅뱅돌며 벽의 흙을 파
먹고 자랐다고 했다.

내가 태어났던 정해년(1947년)에 우리동네 35호에서 9명의 아이가 태어났는데 그들중 4명은 5살이 되기 전에 죽었고, 나머지 5명만 겨우 성장했다.

나 어린시절 삼시세끼 밥먹기가 힘들었던 시골농촌에서 태어난 아이들중 반 정도는 어린나이에 세상을 떠나는 고난의 슬픈 시절이었다. 늦둥이 아들을 낳으신 나의 부모님은 몸이 약한 나를 위해 온갖 몸보신 음식을 해주셨지만 나는 잘 먹지 않아 몸은 빼빼 말라있고 황소 눈깔만한 커다란 눈망울만 얼굴에 걸려있고 콧물을 질질 흘리면서 밖에 나가지도 않고 집안에서만 뱅뱅돌며 놀았다고 나보다 16살이나 위인 누님께서 늘 말씀하시면서 내가 널 업어 키웠다고 자랑을 하시기도 했다.

나보다 16살이나 위인 누님은 6·25전쟁중에 미군들의 처녀 유부녀 습격이 무서워 누님이 20살 되던 해 아버지께서 이웃동네로 시집을 보냈고 나보다 11살이나 위인 형님은 서울에서 대학을 다니셨기 때문에 우리집은 아버지, 어머니, 나 세식구 뿐이었다.

내 나이 8살이 되어 국민학교(초등학교)에 입학을 한 나는 몸이 약해 부모님들께서 교대로 나를 업어서 등교 시켰는데 이때 나는 1교시 수업이 끝나고 쉬는 시간이 되면 몰래 집에 돌아왔다는데 나의 국민학교 1학년 학교생활은 말이 아니었다.

국민학교 2학년이 되어서 겨우 나의 힘으로 친구들과 학교를 다녔는데 이때 어머니께서는 몸이 약한 내가 늘 걱정이 되어서 우리동네 친구들중 힘이 가장센 대장친구를 우리집에 놀러오라고 해서 시골 5일장날 사다 놓으신 비과 과자도 친구에게 주고 밥도 먹이고 하시면서 나를 잘봐 달라고 대장 친구에게 칙사 대접을 하셨다.

오후반이 되어 학교 갈 때는 점심밥을 먹고 가야 하는데 이때 어머니께서는 투가리 (옹기그릇)에 흰쌀을 넣고 화로 장작불에 밥을 지어서 김치와 나물 참기름을 넣고 김치 볶음밥을 만들어 나와 대장 친구에게 맛있게 먹고 학교들 잘다녀 오라고 하시면서 또 나를 잘 부탁한다고 대장에게 부탁을 하셨다.

그 당시 학교를 가고 올때는 우리동네 윗동네 친구들이 한곳에 모여 보통 7~8명이 떼를 지어 학교를 다녔는데 친구들은 학교를 오고가면서 멀쩡한 넓은 우마차길을 내버려 두고 폭이 좁은 개울 뚝방길이나 논두렁 밭두렁 길로 학교를 다녔다.

이때 힘이 센 대장친구가 앞장을 서서 길을 걸어가면 나머지 친구들은 대장 발자국을 밟고 그 뒤를 따라 학교들 오고 가도록 우리들만의 규율을 정해 놓았다. 이때 학교 등하교 길은 나에게는 어렵고 힘든 학교 길이었다.

그 당시 시골 아이들은 책가방을 메고 학교를 가는 것이 아니라 광목보자기에 책과 공책을 싸서 책보따리를 어깨에 메고 학교에 다녔다. 대장 친구 뒤를 따라 길을 가다보면 도랑물 개울물을 건너야 하는데 몸이 약한 나는 힘이 없어서 도랑물 개울물에 빠져서 학교를 다녀야 했다. 여름철에는 물에 빠져 다녀도 괜찮지만 추운 겨울철에는 나에게는 곤욕스럽고 힘든 학교길 이었다.

생각다 못해 나는 어머님께 이사실을 말씀드렸드니 어머니께서는 대장친구를 야단치시는 것이 아니라 대장친구에게 뇌물을 주시는 것이었다.

어머니께서는 일요일날 집에서 키우는 큰장닭 한마리를 잡아 삶아 놓으신 다음 나에게 대장친구를 데리고 오라고 하신후 대장친구와 나에게 맛있는 닭고기도 먹여 주시면서 떡과 조청까지 내주시며 대장친구에게 나를 잘봐 달라고 거듭 부탁을 하셨다.

그 다음날 학교길에서 대장친구는 나에게 자기 책보따리를 건네주면서 오늘부터 너는 내 뒤를 따라오지 말고 개울 뚝방길로 우리들을 따라오라고 나에게 특혜를 주었다. 어제 먹었던 닭고기와 떡, 조청의 효력이 난 것이다.

이때 다른 친구들이 나에게 특혜를 준것에 대하여 항의를 하자, 야 너희들은 키도 크고 힘도 세지만 재는 늦둥이 서리배(가을철 늦게 깐 병아리) 라서 힘이 없으니 우리가 좀 봐 주자 하면서 재 어머니가 학교에 가서 선생님께 일러 바치면 우리 모두 벌받을 것 아니냐 하면서 너희들 뭐 불만있어 하고 대장 친구가 엄포를 놓자 다른 친구들 모두가 찍소리도 못하고 알았어 하고 꼬리를 내렸다.

그날 이후 나는 다른 친구들과 달리 편안한 길을 택해 친구들과 학교를 다닐수 있었다. 대장 친구의 특혜 명령 사실을 안 어머니께서는 대장 친구에게 고맙다고 하시면서 집에 보관하고 있던 튀밥과 비과 과자를 주셨다.

나 어린 시절 국민학교(초등학교) 학교길은 많은 추억을 남긴 즐거움과 괴로움을 함께 했던 학교 길이기도 하다.

9. 외나무 다리

　나의고향 시골마을 통학길에는 개울폭이 40여 미터쯤 되는 큰 개울이 있었다.

　이 통학길은 우리 마을을 비롯해 인근 10여개 마을 300여호 주민들의 일상 생활 통로길로 면소재지와 연결되어 있고 이 길로 시골 5일장도 다니고 초,중등 학생들의 등·하교 길이면서 면소재지에 있는 방앗간에 곡식을 찧으러 다니는 우마차 길이었다.

　이 통학길 개울에는 외나무 다리가 놓여 있는데 인근 마을 주민들이 공동작업으로 만든 다리로 가을 추수가 끝나면 겨울이 오기전에 이 외나무 다리를 보수해서 추운 겨울철에 개울물을 건너지 않고 외나무 다리를 이용해서 오고갔다.

　외나무 다리를 만들때는 산에서 굵은 나무를 베어와서 서로 엇갈리게 다리기둥을 세운 다음 그 다리기둥 위에 긴 통나무를 얹고 그 위에 소나무 가지를 얹어 새끼줄로 얽어맨 다음 그 위에 잔디 떼를 얹고 가마니로 덮어서 외나무 다리를 만들었다.

　여름철 큰 홍수가 나면 이 외나무다리가 장마비에 떠내려 갔는데 이때 장마비에 떠내려가다 개울 뚝방 버드나무 가지에 걸린 통나무를 인근 주민들이 건져 올려 개울뚝방에 쌓아 놓았다가 여름이지나 가을 추수가 끝나고 나면 부족되는 통나무를 보충해서 다시 외나무 다리를 만들었다.

여름 홍수가 크게난 날 아침 등교길 이 외나무다리가 놓여있는 개울 뚝방에는 인근마을 주민 등교길 학생, 학부형들이 몰려나와 장마비에 떠내려가는 외나무 다리를 바라보면서 난리들이었는데 어떤이는 땅바닥에 주저 앉아 소리내며 우는 이도 있었다.

이 통학길 개울에 수심이 조금 낮은 개울뚝방 양쪽에 서 있는 큰미루나무에는 튼튼한 동아 밧줄을 서로 연결해 매놓고 개울물이 어른 허리쯤 정도 흐를 때에는 부모님 형.삼촌들이 등교길 어린 아이를 등에 업고 새끼줄로 동여 맨 다음 이 동아 밧줄을 잡고 개울을 건너 학교에 보내기도 했다.

학교 수업이 끝나고 집으로 돌아오는 하교길에는 부모님, 형, 삼촌들이 하교시간에 맞춰 이 개울 뚝방에 미리나와서 기다리고 있다가 아이들을 하교시켰다.

나의 등·하교길 외나무다리 폭이 60㎝ 정도로 한사람이 겨우 건너 다닐수 밖에 없어서 이쪽 사람이 외나무다리를 건너가면 저쪽 반대편 사람은 개울 뚝방에서 기다리고 있다가 서로 교차해서 외나무 다리를 건너 다녔다.

이때 어린 아이들은 이쪽 저쪽 양편으로 편을 가르고 외나무 다리 위 중간 쯤에서 가위 바위 보로 승부를 가려 진사람이 다리위에 쪼그리고 앉아 있으면 이긴 사람이 진사람의 머리위를 건너 뛰어 넘어가는 놀이였는데 이때 다리위에서 떨어져 개울 물에 빠진 아이들은 물에 젖은 옷을 개울 뚝방 잔디에 널어놓고 젖은 옷이 마를때 까지 개울에서 물고기도 잡고 목욕도 하면서 놀다가 옷이 다 마르면 잡은 고기를 버드나무 가지에 꼬여 집으로 가져와 매운탕도 끓여 먹기도 했다.

이때 중학생 형들은 이 외나무다리 위에서 여학생 누나들을 괴롭혔는데 심술쟁이 형들은 양쪽 개울 뚝방 뒤에 숨어 있다가 여학생 누나들이 외나무다리 중간쯤 왔을때 개울 뚝방에서 뛰어나와 양쪽 길을 막고 누나들에게 심술을 부리다가 개울가 빨래터에서 빨래를 하던 인근 마을 아줌마 큰 누나들에게 야단을 맞기도 했다.

어느날 하교길 나는 친구와 이 외나무다리 위에서 누가 더 힘이 센가 서로 떠밀기 놀이를 하다가 힘이 약한 나는 다리 위에서 떨어져 다리를 다쳐 중학생 형들이 나를 업고 집에 데려다 주었는데 나는 며칠동안 결석을 하면서 집에서 침을 맞으며 발목을 치료하기도 했다.

외나무 다리가 놓여 있는 개울 양쪽 뚝방에는 미루나무가 줄지어 서 있는데 가을철 추수때쯤 미루나무 가지위에는 수 많은 참새떼가 몰려 들었다.

이때 중학교 형들은 고무줄 새총을 가지고 와서 개울에서 돌멩이 실탄을 주워 새총으로 미루나무 가지위에 날아든 참새를 잡아 개울가에 모닥불을 피워놓고 구워 먹었는데 나의 친척이 되는 중학생 형이 나에게 구운 참새 고기를 주어서 나는 맛있게 참새고기를 먹었다.

성인이 되어 직장을 다닐때 참새구이 포장마차집을 찾아 동료들과 소주잔을 나누면서 어린시절 친척 형에게 얻어 먹었던 새총으로 잡은 참새고기맛을 생각하면서 나는 고향 향수에 젖어보기도 했다.

그후 세월은 흘러 나의 어린시절 통학길에는 튼튼한 콩크리트 다리가 놓여졌고 수많은 사연의 추억을 안겨준 환상의 외나무다리는 자취도 없이 사라졌다.

10. 도장 부스럼 종기

오늘날 우리 일상생활은 모든 것이 풍족하고 먹을 것도 많아 너무 잘 먹고 넘쳐나서 발병하는 병이 너무나 많다.

비만이 만병의 근원이라고 하고 소아비만이 늘어나기도 하고 새로운 각종 바이러스 병이 생겨 모든 이들의 건강을 걱정하는 시대가 되었다.

옛날 못먹던 시절 먹었던 음식이 오늘날에는 건강식이 되는 것을 볼때 옛날 우리 조상님들의 지혜에 놀라지 않을 수 없다.

먹고 입는것 모든것이 부족했던 어린시절 헤어진 옷도 수선해서 형제 자매간에 내려 입었고 명절이 되어 운좋게 운동화 하나 얻어 신으면 아까와서 사람들이 볼때는 운동화를 신고 걸었고 사람들이 보지 않는 곳에서는 운동화를 벗어들고 맨발로 걷던 어린시절 나의 모습이 생생하게 떠오른다.

배고프고 춥고 어렵던 모든것이 부족했던시절 각종 종기와 부스럼 질병이 많았다.

머리통 뒤통수가 튀어나온 사람은 곰배라는 별명이 붙었고 뒤통수가 넓적하면 넓죽이, 한쪽 뒤통수가 쑥 들어가면 삐뚤이 라는 별명이 붙어 친구들간에 놀림감이 되기도 했던 어린 시절 이었다.

도장 부스럼이라고 해서 얼굴뺨에 마치 도장을 찍은 것 같은 붉은 반점이 나무 나이테 같은 모양을 했는데 이 병은 전염이 되기도 해서 친구들간에 접촉을 꺼리기도 했었다.

나는 국민학교 다닐때 이 도장 부스럼이 생겨 오랫동안 많은 고생을 했다. 이 도장 부스럼은 서로 부딛치면 전염이 된다고 해서 친구들 간에 놀이를 할때도 경계 대상이었고 학교에서도 친구들간에 따돌림 대상이 되어 많은 스트레스를 받아 학업성 적도 떨어지기도 했다.

어머니는 내 도장 부스럼을 치료한다고 시골오일장날 떠돌이 약장사에게서 신비의 만병통치 고약을 사서 내 얼굴에 발라 주셨는데 이 고약을 도장부수럼 주위에 바를 때마다 얼굴이 화끈 거리고 머리통이 아파서 한참동안 모든 신경이 얼굴로 집중 되기도 했다.

이 고약을 바르기전 소독을 한다고 세수물에 소금 한줌을 넣어 소금물로 세수를 하면 눈이 따겁고 얼굴이 따금거려 스트레스를 많이 받기도 했다.

나는 학교에 가면 친구들에게 놀림도 받고 왕따를 받기도 해서 학교가기가 싫어 학교길 중간에서 놀다 학교를 결석하기도 했다.

그만큼 나 어린시절 도장부스럼은 많은 어린이들을 괴롭히는 무서운 질병이었다.

어느날 밖에서 놀다 집에 돌아오자 아버지는 나를 부르셨다. 아버지 부름에 아버지께 다가 가자 아버지는 접씨에 담은 기름을 내 얼굴에 발라 주셨다. 이때였다 내 얼굴에 기름을 바른 나는 얼굴이 바늘로 찌르는것 같이 따겁고 머리통이 터질것 같아 온 안마당을 뺑뺑돌며 아우성을 치자 안채 부엌에서 저녁준비를 하시던 어머니가 웬일이냐고 하시며 나를 품안으로 안으셨다.

나는 엉엉울면서 어머니께 고통을 호소하자 어머니는 아버지에게 애 죽일려고 그러느냐 하시며 아버지를 원망했다. 아버지는 누가 그러는데 싸리가지진이 도장 부스럼에 특효가 있다고 해서 발라 주었더니 저 야단 이라고 하시며 별것 아닌듯 헛기침을 하시며 조금만 참으면 된다고 하셨다.

나는 너무나 고통스럽고 스트레스를 받아 저녁밥도 먹지 않고 일찍 잠자리에 들었다.

내가 일찍 잠을 자는 동안 어머니는 싸리가지 나무진을 또 발라 주셨다.

아버지가 어머니께 당부드려 밤중에 내 얼굴에 발라 주셨는데 잠결이라 그랬는지 나는 고통을 느끼지 못했다.

다음날 아침 나는 깜짝 놀랬다. 내 얼굴에 붉은 도장을 찍었던 도장 부스럼 자국이 흐미하게 변해 버렸다.

싸리나무 가지 진이 약효를 본 것이다.

아침 세수를 했는데도 고통이 없었다.

아침 식사시간 내 얼굴을 보신 부모님들은 모두가 놀라시며 아버지는 거봐라 싸리가지진이 도장 부스럼을 고친 것이다. 밥먹고 학교 가기 전에 한번 더 발라라 하셨다.

학교가기전 어머니는 접씨에 담은 싸리가지진을 내 얼굴에 발라 주셨는데 신기한 일이다. 어제 저녁 그렇게 고통을 느꼈던 아픔이 하나도 아프지 않았다.

학교에서 반 친구들을 만나자 내 얼굴을 본 친구들은 눈을 동그랗게 뜨며 놀라면서 너 무슨 약을 발랐는데 얼굴에 도장부스럼이 없어 진거냐고 야단 들이었다.

대 다수 친구들도 도장 부스럼이 생겨 고통스러워 했던 시기이기 때문에 친구들에게도 신기한 일이었다.

니는 친구들에게 아버지가 싸리나무가지 진을 얼굴에 발라 주셨는데 이렇게 도장부스럼이 없어 졌다고 하자 친구들 모두가 나도 집에 가서 싸리나무가지 진을 발라야 겠다고 했다.

며칠이 지난후 우리반 친구들의 얼굴에 붉은 반점의 도장부수럼이 사라졌다.

내 말을 듣고 반 친구들도 싸리나무가지 진을 바른 것이다.

그후 도장 부스럼에 싸리나무가지 진액이 특효라는 소문이 입에서 입을 통해 교내 전체에 퍼져 도장부스럼 특효약으로 싸리나무 진액이 등장하게 되었다.

내 나이 팔십이 가까와 오는 지금 이시간 나는 거울을 바라 볼 때마다 코흘리개 어린시절 고통스러웠던 도장 부스럼 자국이 흐미하게 나타나는 모습을 보면서 어린시절 고통스럽고 창피하고 무서웠던 도장부스럼 추억이 또렷이 떠 오른다.

11. 담배 건조실

1960년 초반 시골농촌에서는 담배농사와 누에치기 농사가 많았다.

그 당시 정부에서 수출장려 품목으로 잎담배 누에고치가 주를 이루고 있었다.

나 어린 시절 한동네에서 20~30% 농가가 담배농사나 누에치기 농사를 했다. 담배농사를 짓기 위해서는 담배잎을 말리는 건조실이 필요한데 건조실 높이는 보통 칠팔미터 정도였다. 담배밭에서 남자일꾼이 담배잎을 따와서 건조실이 있는 마당에 쌓아 놓으면 동네 아낙네 또는 이웃동네 아줌마들이 품아시 또는 품팔이로 담배잎을 담배줄에 꼬여 건조실 문앞에 차곡차곡 쌓아 놓는다. 한창 일이 바쁠때는 주인집에서 우깨(두급)라고 해서 담배잎 한줄 꼬이는데 일정 금액을 주었는데 나도 일요일날 담배잎을 꼬여주고 돈을 받기도 했다.

담배잎을 건조실 시렁에 매는 작업은 주로 밤에 했는데 담배 건조실에서 일을 하다 담배 냄새에 취해 사람이 쓰러지기라도 하면 이때 동치미 국물을 한사발 먹이고 부채질을 해주면 담배냄새

에 취해 쓰러졌던 사람이 정신을 차리고 멀쩡하게 일어나기도
했다.

담배잎을 건조실 시렁에 다 달고나면 공기창문과 출입문을 물에
갠 흙으로 밀봉을 한후 건조실 아궁이에 장작을 피우고 장작불
위에 분탄을 물에 개서 삽으로 아궁이에 넣고 불을 땠다. 담배불
때는 작업은 담배 잎질을 좌우하는 담배농사중 가장 중요한 작
업으로 어떤집은 담배불 때는 기술자를 고용해서 담배불을 때
기도 했다.

우리 이웃집에서도 담배건조실 두채를 가지고 담배농사를 지었
는데 그 아저씨는 우리동네에서 담배불 때는 기술자로 소문이
나 있었다. 담배불을 땔때 밤에도 불을 조절해야 하기 때문에
들마루를 아궁이 옆에 놓고 잠을 자며 담배불을 땠는데 이때
아저씨는 고구마나 감자를 구워 먹기도 하고 가끔 동네 아이들
에게 나누어 주기도 했다.

동네 아이들은 군고구마나 감자 생각이 나면 학교에서 집으로
돌아올때 이 아저씨네 건조실을 가는데 심술궂은 아저씨는 동네
아이들에게 군고구마 먹고 싶지 않느냐고 하면서 살살 약을 올리
기도 하셨다.

학교를 파하고 십리길을 걸어온 동네 아이들은 배도 고프고
군고구마도 먹고 싶어 너나 할것없이 군고구마 좀 주세요 하고
말하면 이때 심술궂은 아저씨는 자 군고구마 먹고 싶은 사람은

씨름을 해서 이긴 사람은 군고구마 두개, 진사람은 꿀밤 한대씩 맞기로 하자하고 제안을 했다.

나는 몸이 약해 힘쓰는 내기는 도저히 이길 자신이 없어서 묘안을 생각해 냈다.

아저씨 씨름 내기를 하면 다치기도 할수 있고 옷도 찢어지고 더러워 져서 집에 가면 어머님께 야단맞을 테니 퀴즈놀이 내기가 어떠냐고 제안을 했다. 그때 아저씨는 그래 그것도 괜찮겠는데 너희들 그럼 퀴즈내기로 하자 지금부터 내가 퀴즈 문제를 낼테니 아는 사람은 빨리 답을 말해라 하시면서 자 문제다 잘 듣고 답을 말해라 하시며 춘향이와 이도령이 결혼을 했을까 못했을까 하고 문제를 냈다.

이때 어떤 친구는 했어요 하고 말하기도 하고, 또 어떤 친구는 못했어요 하고 말하면 문제를 낸 아저씨는 둘다 틀렸다 하시면서 아궁이에서 군고구마을 꺼내려 하다가 삽을 아궁이 앞 바닥에 도로 내려 놓았다.

동네 친구들은 아저씨 둘중에 하나는 맞잖아요 그러니 누구에게라도 군고구마를 주셔야지요, 하고 항의를 하면 아저씨는 이 놈들아 춘향이와 이도령은 결혼을 한것이 아니라 잔치를 한거여 그러니 둘다 틀린거지 하시면서 동네 친구들을 어안이 벙벙하게 만들기도 하셨다.

이때 동네 친구들은 아저씨 얼굴을 쳐다보며 멍하니 서 있으면 아저씨는 껄껄 웃으시면서 아궁이에서 군고구마를 꺼내 동네 친구들에게 나누어 주시며 너희들 군고구마 먹고 공부도 열심히 하고 부모님 말씀도 잘듣고 서로 싸우지 말고 학교 잘 다녀야 한다고 당부도 하셨다.

나와 친구들이 아저씨가 꺼내주신 군고구마를 맛있게 먹고 있을때 아저씨는 춘향이와 이도령이 그네 밑에서 만난것은 잔치고 옥에 갇혔다가 이도령을 만나 한양 이도령네 집에 가서 사는 것은 결혼을 한거여 그러니 너희들이 다 맞는 답을 한거여 말씀하시면서 우리들을 놀린것이 재미가 있는지 껄껄 웃어댔다.

나는 고향에 갈때면 지금은 없어진 나 어린시절 건조실 터를 바라보면서 아저씨께 군고구마를 얻어 먹었던 옛 추억에 잠겨 보기도 한다.

12. 소 풍

어린시절 소풍은 누구에게나 가슴설레게 했던 기억이 있을 것이다.

소풍 전날밤 밤잠을 자다 말고 밖에 나와 하늘을 처다보며 비가 오겠는지 바람은 불지 않을지 근심 걱정으로 밤잠을 설쳤던 경험이 있을 것이다.

소풍 며칠전 나는 어머니께 소풍날 용돈은 얼마 주실 것인가? 김밥과 달걀은 삶아 주실것인지 약속을 받았었던 기억이 떠오른다. 이때 어머니는 알았다. 다 알았으니 걱정말고 얼른 잠이나 자거라 내일 학교가야 하지 않느냐 하시며 화답(和答) 하셨다.

시골 5일장날 어머니는 집에서 키우던 장닭 두마리와 찹쌀 한말을 내다 팔아서 김밥 재료와 눈깔사탕 두봉 비과 과자 두근을 사오셨다.

어머니가 시장에서 사온 눈깔사탕은 크기가 호두알만 하고 단단하기가 돌덩이 같아 눈깔사탕 한알을 입에 넣고 빨아 먹으면 두세시간 지나야 다 먹을 수 있었다. 비과 과자는 엿 같아서 입에 넣기만 하면 슬슬 녹으면서 단맛을 내기 때문에 나 어린 시절 시골 농촌 아이들에게는 인기있는 최상의 유명한 과자였다.

소풍가는 날 아침 어머니는 궤짝농에서 내 새옷을 꺼내 입혀 주시면서 꼬쟁이 속주머니에서 십원짜리 지폐 세장을 내 손에 쥐여주시며 잃어먹지 말고 잘 간수해라 그리고 점심시간에 사이다 사서 달걀삶은 거 먹을 때 마시고 소풍가서 체하면 큰일나니 잘해라 당부하시며 김밥과 삶은 달걀 10개를 반으로 나누워 싸주시면서 달걀 5개는 점심시간때 담임선생님께 갖다 드리라고 당부를 하시며 대문 밖까지 따라나와 배웅을 하셨다.

나 어린시절 내가 다니던 국민학교는 전교생이 1,000명 정도 되었는데 한 학년에 4-5반까지 편성되어 있어 교실이 부족해서 저학년(3학년 이하)은 오전 오후 반으로 나누워 수업을 했다.

내가 다니던 국민학교 시절에는 동생보다 두세살 위인 형, 누나들이 같은 학년으로 동생과 함께 학교를 다녔는데 이때 형, 누나와 같이 학교에 다니는 친구는 형, 누나의 힘을 믿고 같은 또래 친구들에게 으시대기도 하면서 친구들을 괴롭혔다.

소풍가는 날 전교생이 학교 운동장에 모여 교장선생님의 훈시와 당부 말씀을 듣고 각 학년 반별로 줄을 지어 걸어서 소풍지로 갔다.

소풍지를 향해 걸어 가면서 반별로 구호도 외치고 노래도 부르면서 걸어갈 때 구호나 노래 소리가 작으면 담임선생님께서는 호르라기를 세게 불으시며 더 큰소리로 노래를 부르라고 응원도 하셨다.

소풍지에 도착하면 각 반별로 담임선생님의 주의사항을 듣고 각자 또는 짝궁끼리 모여 집에서 가져온 음식을 먹으면서 소풍을 즐겼다. 이때 소풍지에는 장사꾼이 따라오는데 과자 음료수를 놓고 팔기도 하고 장난감, 딱지, 뽑기 풍선 등을 팔기도 했는데 나는 장난감은 너무 비싸 사지 못하고 풍선을 사서 입으로 불어 바람을 넣어 놀기도 했다.

점심시간 부모님이 따라 온 친구는 담임선생님을 모시고 부모님과 함께 식사를 했는데 큰 반합에 흰쌀밥과 고기반찬 달걀말이, 김, 새우, 멸치볶음 김밥, 과일, 과자, 음료수를 차려 놓고 식사를 했다.

나는 아침에 어머니가 싸주신 삶은 달걀 다섯개를 담임선생님께 갔다 드릴 용기가 나지 않았다. 너무나 초라해 창피한 마음이 들어 담임선생님께 드릴 삶은 달걀을 동네 친구와 먹어 버렸다.

점심식사가 끝나고 나면 보물찾기 놀이가 벌어지는데 소풍때마다 나는 보물딱지를 찾지 못했다. 어떤 친구는 보물딱지를 네 다섯장씩 찾아서 사탕이나 삶은 달걀과 바꾸어 먹기도 했다.

보물찾기 상품으로는 공책, 연필, 고무, 크레용, 필통 등 주로 학용품이었는데 상품 전달이 끝나고 나면 담임선생님께서는 보물딱지를 찾지 못한 아이들을 한곳에 모이게 한후 남은 상품을 하나씩 나누어 주기도 했다.

보물찾기 놀이가 끝나면 소풍이 종료되는데 이때 소풍지에서 가까운 동네에 사는 친구들은 곧 바로 각자 집으로 돌아갔다.

집에 돌아온 나는 어머니께 인사를 하는데 어머니는 그래 소풍은 재미 있었느냐 삶은 달걀은 담임선생님께 갔다 드렸니 하고 나에게 물으셨다. 나는 엉겁결에 나도 모르게 네 하고 대답했다.

어머니는 내 눈치를 보시면서 얼른 씻고 저녁먹어라 하시면서 저녁상을 차리시려고 부엌으로 들어 가셨다.

그날 저녁 나는 어머님께 거짓말을 한것이 마음에 걸려 저녁밥을 제대로 못먹고 중간에서 숟갈을 놓았다.

추억의 즐거운 소풍이 어머니께 거짓말을 하게 만든 소풍이 되고 말았다. 나는 지금도 그때 소풍을 생각하면 나도 모르게 씁슬한 웃음이 나오기도 한다.

13. 국민학교(초등학교)운동회

나 어린시절 국민학교(초등학교) 운동회는 어린이들 운동회라기 보다는 면민 체육대회 같았다.

국민학교 운동회날에 어린이 남녀노소 할것없이 면내 주민들이 한데 모여 어린이들 운동 구경도 하고 내빈운동, 졸업생운동 각 리동별 달리기 경주도 하고 농악도 치면서 즐거운 하루를 보냈다.

국민학교 운동회는 추석날을 기점으로 하루 전후해서 운동회날을 정했다. 운동회날이 정해지면 학교에서는 운동회 개최 1개월 전쯤 각 학년별, 반별, 운동종목을 지정하고 오후 시간을 이용하여 돌아가면서 운동연습을 했다.

운동회날 운동경기로는 단체경기, 학년별 단체경기, 각반별 경기, 줄다리기, 내빈경기, 졸업생경기, 리동별 달리기, 경주대회등이 진행되었다.

사실 나는 운동회를 좋아하지 않았다.
몸이 약한 나는 학교 공부중 체육시간이 제일 싫었다.

달리기를 하면 맨날 꼬찌였고 턱걸이는 3번을 못 넘겼고 팔굽혀 펴기는 10번선을 넘어보지 못했다. 성적도 6학년이 될때까지 체육은 "양" 아니면 "가" 였다. 다른 과목은 중상 정도로 상장도 타고 수.우.미중 우수가 많았다.

운동회날 2~3일 전쯤 학교 운동장에는 각종 운동경기를 위한 준비작업이 진행되었는데 학교 운동장 위에는 국기대봉을 중심으로 부채살 모양의 만국기가 설치되었고 운동장 바닥에는 각종 운동경기 라인이 설치 되였다.

운동장 한 모퉁이에는 청군, 백군 응원석이 설치되였고, 응원석 중심에는 개선문과 승리문 아취가 높게 설치 되였는데 아취에 표현된 표어로는 "몸도 튼튼, 마음도 튼튼" "이기고 돌아왔다, 승리는 우리의 것, 어린이는 나라의 보배" 등의 표어가 기억된다.

운동장 한 중앙 높은 교단을 중심으로 좌측에는 교직원 천막, 내빈천막, 남자 졸업생천막, 기타천막 등이 쳐졌고, 우측에는 진행석천막, 양호실천막, 여자 졸업생천막, 기타 천막 등이 쳐졌다.

교원석천막 책상위에는 각종 경기 우승자들에게 줄 부상품과 드로피가 놓여 있는데 교장선생님 앞에는 국민학교 1학년 학생키 보다도 더 높은 대형 드로피가 놓여 있었다.

천막안 좌석의자에는 교원천막에는 교장, 교감 선생님 본면 이웃학교 교장선생님, 중학교 교장선생님, 이웃면 국민학교 선생님도 오셨다. 내빈석에는 면내 높은 분들이 다 오셨다. 면장님, 부면장님, 지서장님, 차석님, 우체국장님, 역장님, 금융조합장님, 유관단체장님 들이 오셨다.

내가 국민학교 다니던 시절 우리학교 경계선 울타리로 미루나무가 줄지어 서 있었고 운동장에는 타원형으로 프라다나스 나무가 줄지어 심어져 있었는데 프라다나스 나무잎이 넓어 시원한 그늘을 만들기도 했다.

운동장 한곳에는 먹거리장터 음식점들이 천막을 치고 음식도 팔고 각종 어린이 장난감 가게도 있었다.

운동회날 전교생은 운동복을 입고 운동모자를 쓰고 운동회 개회식에 참석하여 국민의례와 교장선생님훈시, 체육주임 선생님의 운동회개최 내용 설명이 끝나고 각자 자기 위치로 돌아가서 경기가 시작되었다.

운동경기가 시작되면 확성기에서는 음악이 흘러나오고 청군, 백군 응원석에서는 응원 단장의 응원기빨 움직임에 따라 짝짝이 박수도 치고 고함도 치면서 운동장은 온통 고함 목소리와 박수 소리로 넘쳐났다.

나는 운동회날 달리기 경주로 부모님을 모시고 뛰는 경기가 싫었다. 나의 부모님은 그 당시 50세 가까운 연세로 운동회 때마다 나는 맨날 꼴찌였다. 생각다 못해 어머니께서는 운동회날 누님을 불렀는데 나보다 16살이나 위인 누님과 같이 달리기를 했지만 간신히 꼴찌에서 2번째로 골인해서 나 국민학교 시절 운동경기에서 꼴찌를 면해본 유일한 일이었다.

점심시간이 끝난후 오후 경기로는 줄다리기, 내빈경기, 졸업생 경기, 각리동별 달리기 대회가 진행되는데 이때 각 리동에서는 가지고 나온 농악을 치며 출전 운동선수를 응원하면서 운동장으로 몰려나와 축하 공연을 하기도 했다.

리동별 달리기 대회에서 일등을 한 부락에서는 기마전 자세를 하고 출전선수들을 태우고 운동장을 돌며 부락자랑을 하기도 했다.

나 어린시절 국민학교 운동회는 나에게 별 흥미를 느끼지 못한 추억으로 기억된다.

14. 수학여행 〈견학〉

학창시절 기억에 오래 남는 것으로 소풍, 운동회 수학여행을 꼽을 수 있다.

나 어린시절 수학여행은 우리들은 나드리 견학이라고 했다.

내가 국민학교 즉 초등학교 5학년때 우리지방 국회의원님은 자유당소속 정상희님 이셨다. 내가 60년이 더 지난 지금에도 정상희 국회의원님을 기억하고 있는 것은 한장짜리 달력 때문이다.

매년초가 되면 국회의원님이 보내주는 한장짜리 달력이 있었는데 국회의원 달력이 우리집에 전달되면 어머니께서는 벽장문에 달력을 붙여놓고 사용했다.

우리집은 간식거리를 벽장속에 넣어두고 먹었는데 조청, 콩엿, 튀밥, 비과 과자 등은 나에 전용품이었다. 나는 이 간식을 꺼내 먹을 때 마다 하루에도 몇십번씩 벽장문을 열고 닫았기 때문에 벽장문에 붙어있는 달력을 보게되어 지금도 정상희 국회의원님의 성함을 기억하고 있다.

내가 국민학교 5학년때 정상희 국회의원님의 찬조 초청으로 서울 나드리 견학을 가게 되었다.

서울 나드리 견학을 가기전 1주일쯤 담임선생님께서는 서울 나드리견학 사전 준비 사항을 전달하셨다. 준비 사항으로 깨끗한 검정교복 상의 옷깃에 하얀 카라달기 교복 단추달기, 빵떡 교모, 교표, 이름표 등을 준비시키셨다.

집에 돌아온 나는 어머니께 서울 나드리 견학 준비사항을 말씀드리자 어머니께서는 흰카라를 2장 만들어 똑딱 단추를 달아 주시며 더러워지면 바꿔 달라고 하시며 교표 교복단추를 놋그릇 닦는 약으로 닦아 반짝반짝 빛나도록 해 주셨다.

서울 나드리견학은 각 반별로 일정을 잡아 3차례로 나누어 견학을 갔던 것으로 기억된다.

우리반 60여명이 서울 나드리견학을 떠나는 날 반 친구들 담임선생님 인솔보조 선생님들은 기차역 앞에 모여 인원점검과 주의사항 등을 숙지하고 기차에 몸을 싫었다.

우리가 타고가는 기차는 증기기관차였고 객실안 의자는 나무판자 의자로 고정식 이었고 유리창문은 위 아래로 열고 닫는 철제창문 이었는데 이때 창문을 내려닫다 손가락을 치어 손톱이 까맣게 변해 고통을 겪었던 친구도 있었다.

기차에는 남자 승무원 아저씨와 여자 승무원 누나가 타고 있었는데 남자 승무원은 기차표를 점검하며 기차가 각역을 통과할때 기를 가지고 신호를 보냈고, 여자 승무원 누나는 기차가 중요 도시를 통과할 때마다 인근지방 역사와 유원지 중요 사적지 등을 소개하기도 했다.

먼동이 트기전 출발한 우리일행은 서울역에 도착하자 오후 늦은 시각이 되었는데 우리들은 서울에 도착하여 담임선생님 인솔선생님들의 지시에 따라 곧 바로 KBS중앙방송국을 견학했다. 점심식사는 기차안에서 준비해온 음식으로 해결했다.

KBS중앙방송국 견학시 기억되는 것은 아나운서 아저씨의 뉴스보도 장면과 일일연속 방송극 녹음장면을 본것이 기억되는데 녹음실에는 마이크 앞에 성우들이 대본을 들고 녹음을 했고, 그 옆에는 효과음을 내는 아저씨들이 각종 소품을 들고 효과음을 내고 있었다. 녹음실 안에는 효과음을 내는 각종 소품들이 보였다.

KBS중앙방송국 견학 후 방송국 바로 옆에 있는 리라국민학교를 견학했다. 리라국민학교 견학시 기억되는 것으로 제일 먼저 떠오르는 것이 학교건물이 벽돌건물로 우리학교 나무판자 건물과 대조적이었다.

리라국민학교에는 강당도 크고 다용도실에는 각종 오락기구, 피아노, 풍금, 가야금, 건문고, 기타 나팔 농악 등이 있었고 설명들은 것중 지금 기억되는 것은 학교안에 스케이트장이 있다는 것이었다.

리라국민학교를 견학한 후 남산구경을 한후 남산밑에 있는 조그만한 여관에서 1박한 것으로 기억된다.

다음날 우리 일행은 국회의사당과 창경궁안에 있는 동물원 식물원을 견학했다.

국회의사당에 도착한 우리들은 정상희 국회의원님의 안내로 국회의사당 방청석 의자에 앉아서 국회의원님들의 회의 진행사항을 견학한 후 국회의사당 여기 저기를 견학했다.

국회의사당 견학을 마친 우리 일행은 창경궁에 도착하여 동물원 식물원을 견학했다.

동물원 견학시 기억되는 것은 코끼리 사자 호랑이 원숭이 등 동물을 구경했던 것이 기억되지만 특별히 창경궁 정문에 키다리 아저씨가 근무했던 것으로 기억되는데 키다리 아저씨의 키는 보통 사람 두배나 되는것 같았다.

식물원 견학시 기억되는 것은 유리온실안에 이름도 모르는 각종 식물이 자라고 있었는데 특별히 기억되는 것은 야자나무와 바나나 나무가 자라고 있던것 같고 유리온실 안에는 온습도를 조절하기 위해 철제 난로와 각종 온습도기가 설치되어 있던 것이 기억된다.

식물원 견학이 끝난 다음 식물원 앞에서 단체기념 사진을 찍었는데 삼각대위에 커다란 사진기를 얹어놓고 검은 보자기로 사진기를 덮고 사진사가 보자기 안에 들어가 사진을 찍을 때 사진사 옆에 조명사 아저씨가 조명기구를 터트릴 때 펑하는 소리와 함께 불꽃이 튀어 우리들을 놀라게 했다.

단체 기념사진 촬영이 끝나고 정상희 국회의원님께서 직접 나오셔서 우리들에게 학용품을 선물하셨는데 나는 지금도 기억되는 것이 알록 달록한 무늬가 있는 필통이 생각난다.

모든 견학이 끝나고 집으로 돌아오는 길은 청량리 역에서 출발하는 중앙선 철로길을 택했는데 제천을 거쳐 충북선으로 갈아 타고 충주를 거쳐 주덕역에 도착하는 코스였다.

돌아오는 여행에서 지금 생각나는 것은 똬리굴 터널이야 기다. 똬리굴 터널은 태백산맥을 지나는 지하터널로 세계에서도 찾아 볼수없는 나선형 철길로 경사도가 높아서 앞 뒤에 기관차를 달아 앞에서 끌고 뒤에서 밀어서 똬리굴을 통과한다고 설명했다.

똬리굴 터널을 지날때 우리들은 창문을 꼭꼭 닫았지만 문틈으로 들어오는 연기 냄새 때문에 코가 매웠고 눈물까지 났으며 여기 저기서 기침소리가 요란했다.

똬리굴을 빠져 나오자 모두들 창문을 열고 큰숨을 쉬며 아이구 살겠다 하며 눈물을 닦던 모습이 기억된다.

똬리굴을 나와 제천으로 오는 길 중기기관차로 오는 도중 기차는 숨이찬지 더욱 느린 속도로 달리는 듯한 느낌이었다. 제천역에 도착한 우리 일행은 충북선 제천발 조치원행 열차시간을 맞추기 위해 1시간 정도 역 광장을 나와 기다리던중 나는 군장병들이 역광장에 모여 인원점검을 받는 모습을 보았다.

담임선생님님의 설명에 의하면 훈련소 기초훈련을 마친 초보군인들이 각자 근무할 부대로 가기 위해 밤열차를 기다리고 있다고 했다. 군인들은 밤에 열차를 이용하여 각 부대로 이동한다고 했다.

1박 2일간의 서울견학 나드리 여행은 나에게 새로운 세상의 신기한 감동과 느낌을 준 옛 추억을 만들어준 수학여행이었다.

15. 겨울방학

나 어린시절 겨울은 바람도 유난히 많이 불었고 굉장히 춥기도 했다. 보통 섭씨 마이너스 20℃를 왔다 갔다 하는 날이 긴겨울 동안 반 이상을 거쳤으니 얼마나 추운 겨울인지 짐작이 갈것이다.

당시 시골농촌 아이들은 솜바지 저고리를 입었는데 아랫도리가 시려워서 바지 맨끝 발목 부분에 댄님을 매서 바지속으로 새어들어오는 바람을 막기도 했다.

겨울 방학은 크리스마스를 전후해서 다음해 2월초순까지 사오십일 정도 방학을 했는데 이때 겨울 방학 숙제로 방학책풀기, 국어책읽기, 산수책 문제풀기, 글짓기, 그림그리기, 공작품 만들기 등 방학숙제를 냈다. 어떤 친구들은 방학책 살돈이 없어서 방학책 풀기 숙제는 아예 하지 못하는 친구들도 있었다.

긴 겨울방학이 시작되면 시골농촌 아이들은 썰매타기. 팽이치기. 딱지치기, 구슬치기, 자치기, 연날리기 등 놀이를 하면서 겨울방학을 지냈다.

가을 추수를 마치고 겨울이 닥아올 때 쯤이면 마을 청년형들은 우리 마을에서 제일 큰 논에 개울물을 가두어 마을공동 썰매장을 만들었는데 내가 살았던 우리시골 마을에는 개울뚝방을 끼고 산과 연결된 곳에 논길이가 100m 정도 되는 긴논에 썰매장을 만들었다.

　마을 썰매장에는 온동네 아이들이 모여 썰매를 타고 놀았는데 이때 논두렁 한 모퉁이에 모닥불을 피워놓고 언 손. 발을 녹이면서 고구마도 구워먹고 젖은 옷도 말리고 했는데 나도 솜바지를 모닥불에 태워먹고 집에 들어가 어머님게 야단을 맞기도 했다.

　긴 겨울방학이 끝날때쯤 해동이 되면 시골농촌에서는 논두렁, 밭두렁을 태우는 지불놀이가 있는데 이때 나와 마을 친구들이 개울뚝방에 양쪽으로 편을 갈라 불싸움을 하던중 갑자기 회오리 바람이 몰아쳐 개울뚝방불이 산으로 옮겨 붙어 삽시간에 산불이 나고 말았다.

　이때 불싸움을 하던 나와 친구들은 소나무가지를 꺽어 불을 끄기도 하고 당황한 어떤 친구는 윗저고리를 벗어 산불을 꺼보지만 아이들 힘으로는 역부족이었고, 드디어 마을 사람들이 총동원되어 산불을 껐는데 결과는 산 500여평 정도를 태웠고 놀랄 일은 산불이 난곳에 들어있던 묘지 3장을 태운 것이다.

　불을 끄고 난후 묘지임자는 산불을 낸 나와 친구들을 불러놓고 야단을 쳤는데 그때 나와 친구들은 묘지 임자 앞에 무릎을 끓고 앉아 눈물을 뚝뚝 떨구면서 용서를 빌었다.

묘지 임자에게 야단을 맞고 난후 나와 친구들은 부모님께 또 다시 야단을 맞고 결국 불을낸 아이들 부모님이 볏짚을 썰어 불에탄 묘지와 주변에 뿌리고 사죄의 제사를 올리는 것으로 묘지 임자와 합의가 되었다.

지금도 나는 시골고향에 가면 산불일이 생각나서 가끔 뒷동산에 올라 변해가는 고향 마을의 모습을 보면서 어린시절 추억에 잠겨 보기도 한다.

16. 교실마루 밑 몽당연필 줍기

내가 국민학교 즉 초등학교 다니던 시절 학교건물이 목조건물이었는데 교실 골마루로 구분되어 있고 교실바닥은 나무판자로 군데군데 나무가지 옹이 구멍이 뺑뺑 뚫여 있었다.

교실바닥은 땅위로 1m정도 높게 설치되어 있고 공기가 드나들 수 있는 공기창이 설치되어 있었다.

내가 국민학교 다니던 1950년대 학용품이라고 해야 연필, 고무 재끼장 즉 공책 정도였고 미술도구, 크레용, 물감, 같은것은 한반 60명 정원에 10여명 정도였다.

어떤 친구들은 형, 누나들이 쓰다 남은 몽당연필에 나무가지를 깍아 실로 동여매 연필심이 다 달토록 썼고 몽당 크레용은 종이로 싸서 쓰기도 했다. 이렇게 모두가 어렵던시절 변또 즉 도시락을 싸오는 사람은 60명 정원에 반 정도였고 변또(도시락)라고 해봐야 꽁보리 밥에 김치 또는 무짱아치가 고작이었다.

시골농촌에서도 더 깊은 산골 오지마을 친구들은 밥대신 찐고구마 또는 개떡을 보자기에 싸서 가져와 점심을 먹었는데 이때 나는 도시락밥과 찐고구마를 바꿔 먹었는데 찐고구마 맛이 밤보다 더 달고 맛이 있어 학교수업이 일찍 끝나는 날 친구을 따라 친구네 집에 가서 고구마 캐는 일을 도와주고 고구마를 얻어와서 집에서 부모님과 같이 쪄서 먹었다.

점심시간이 되면 도시락을 못싸온 친구들은 밖에 나가서 놀았는데 이 점심시간을 이용해서 어떤 친구는 교실 밑바닥에 들어가서 몽당연필을 주어와서 딱지나 유리구슬과 바꾸기도 하고 도시락 밥을 나누워 먹기도 했다.

교실 밑 바닥 나무판자는 대못으로 박았기 때문에 나무판자 밑은 대못끝이 삐죽 삐죽 튀어나와 있었다.

어느날 점심시간 나는 몽당연필을 줍고 싶어 교실 밑 바닥으로 기어 들어가 몽당연필을 줍고 있었는데 한참후 목아지가 너무나 아파서 꾸부렸던 목아지를 드는 바람에 대못끝에 머리통을 찢겨서 피가 얼굴에 흘러 내렸다. 당황한 나는 마루바닥을 기어 공기창으로 니오지 바깥에서 놀고있던 친구들이 나를 보고 놀라서 나를 교실로 데리고 가서 얼굴의 피를 닦아 주었다.

반장은 교무실로 가서 담임선생님을 모시고 왔는데 나를 보신 담임선생님은 깜짝 놀라시며 나를 데리고 양호실로 가서 응급치료를 한후 교실로 돌아와서 나와 한마을에 살고 있는 친구에게

나를 데리고 집으로 가라고 조퇴를 시키시며 나에게 손편지를 써서
어머니께 갔다 드리라고 했다. 나는 친구와 함께 집에 돌아와 어머
니께 담임선생님 편지를 건네주자 어머니는 깜짝놀라 내머리통을
비집어 보시더니 아이구 크게 찢어졌구나 안되겠다 박선생한테
가서 꼬매야 되겠다 하시며 광으로 가서 쌀자루를 들고 나와 나를
데리고 십리길을 걸어서 박선생 야매 병원으로 갔다.

　박선생님은 일정시대때 서울에서 일본사람이 운영하는 병원
에서 일을 했는데 그때 배운 의학상식을 갖고 고향에 내려와 요즘
말하는 동네병원을 운영했다. 박선생님은 내 머리를 헤집어 보
더니 가위와 칼로 상처난 부위를 깨끗하게 정리한 후 내 상처 부
위를 꿰 맺는데 마취도 없이 생으로 꿰매는 바람에 나는 얼마나
고통스러웠는지 얼굴은 온통 땀으로 범벅이 되었고 지금 솔직히
말하지만 그때 나는 오줌을 싸서 바지가 홈빡 젖었다.

　박선생님은 내 상처부위를 꿰맨다음 궁둥이에 주사를 놓고 약
몇알을 어머니께 드리면서 며칠 치료를 받아야 하겠다고 했다.
어머니는 치료비로 가지고온 쌀자루를 박선생님 사모님께 전해
드리고 다시 오겠다고 인사를 한후 나를 데리고 집으로 왔다.
박선생님이 병원을 차린 마을은 어머니의 친정마을로 어머니는
박선생님을 잘 알고 계셨다. 저녁때 들에서 돌아오신 아버지는
어디서 들으셨는지 내가 다쳤다는 소식을 알고 계셨다. 아버지는
나를 보시더니 뭐하다 그랬느냐 친구와 싸웠느냐 하시며 내머리

통을 살펴보신 후 어머니께 꽤 많이 다친것 같은데 내일 면소재지 5일장터 병원에 가서 치료 받으라고 했다. 5일장터 병원은 정식허가를 받은 우리면에 단 하나뿐인 병원이다.

학교에 가지 못하고 집에서 치료를 받고 난 일주일후 나는 처음으로 학교에 갔다. 나를 본 학교 반 친구와 담임선생님은 나를 반기며 기뻐들 했다. 아침 반 조회시간 담임선생님은 나를 앞으로 불러내 반친구들 앞에 세워놓고 내가 다친 사항을 설명하면서 못에 찔려 파상풍에 걸리면 생명이 위험할수 있다고 하셨다. 담임 선생님의 말씀을 들은 반 친구들은 모두가 놀랐다.

교실 밑 바닥 몽당연필 줍던 내 사고는 반친구들에게 공포감을 느끼게 한 추억이 되었다.

17. 바가지샘 오줌싸기 사건

우리 마을에서 1km쯤 떨어진 아랫마을 학교 통학길 옆에는 바가지로 물을 퍼서 식수로 이용하는 일명 박샘이 있었다.

이 박샘은 아이들 통학길 옆에 있어서 우리들은 목이 마르면 언제나 이 박샘물을 떠서 마셨다. 이 박샘은 땅속에서 물이 솟아올라 넘쳐서 박샘 한곳을 뚫어 이 물이 도랑으로 흐르게 해 놓고 이 도랑가에 빨래터를 만들었다.

이 박샘을 이용하는 집은 10여호 정도로 이 박샘에서 가장 가까운 집에 살고 있는 할머니 한분이 이 박샘을 관리하고 계셨다.

무더운 삼복 더위 어느날 할머니께서 박샘에 물을 길러 오셨을때 땀을 뻘뻘 흘리며 책보를 어깨에 메고 힘겹게 걸어오는 아이들을 보시고는 애들아 여기 얼음짱 같은 박샘물 한모금 먹고 땀좀 식히고 가거라 하시며 표주박으로 박샘 물을 떠서 아이들에게 먹여 주셨다.

어느날 학교에서 돌아오는 길에 우리 동네 친구들은 이 박샘물을 떠 마시면서 바가지 물을 서로 상대방에게 뿌려가며 장난을 치고 있을 때 우리 친구의 왕초가 제안을 했다.

야 우리 친구들 중에 누가 뱃짱이 제일 쎈가 내기한번 해보자 하며 누가 이 박샘에 오줌을 싸겠느냐고 내기를 걸었다. 물장난을 치고 있던 친구들 모두가 서로 눈치를 보고 있을때 왕초가 나에게 눈을 찡긋하면서 신호를 보냈다. 나에게 박샘에 오줌을 싸보라는 것이다. 왕초는 우리 친구들 중 힘이 제일 쎌 뿐만 아니라 싸움도 잘해 위 아래 마을 형들도 이 친구를 함부로 하지 못하는 장사 친구였다.

이 왕초 친구는 나에게는 형같은 친구로 내가 친구들에게 핀잔을 맞을 때는 내편을 들어주었고, 힘을 쓰는 일이 있을 때는 나 대신 일을 해주는 나에게는 둘도없는 친구였다.

이 왕초 친구가 나에게 호의를 다하는 것은 내 어머님의 정성이었다. 늦동이 막내로 태어난 나는 몸이 약해 언제나 밖에서 친구들에게 얻어 맞고 울고 들어오는 울보였다.

어머니께서는 내 사정을 잘 알고 힘이쎄고 싸움을 잘하는 이 왕초 친구에게 과자 떡 같은 음식을 대접하며 나를 잘봐 달라는 부탁을 늘 하셨다.

친구들 모두가 왕초 눈치를 보면서 못하겠다고 말할때 나는 이 때다 하고 내가 오줌을 싸겠다고 나섰다. 친구들 모두가 놀라서 나를 바라보고 있을 때 나는 박샘 위에 올라서서 바지를 내리고 박샘에 오줌을 싸고 있었다. 이때 친구들과 왕초는 잽싸게 도망을 갔다.

박샘 관리를 하는 할머니께서는 우리 친구들이 박샘에서 장난을 치고 있는 모습을 보시고 박샘으로 나오신 것이다.

나는 엉겁결에 바지를 올리려고 했지만 겁이 나서 그런지 바지를 빨리 올리지 못하고 허겁지겁 나대고 있을 때 할머니께서는 내 옷 자락을 붙잡고 나를 보신 할머니께서는 너 윗동네 작은 나서방 막내 아들이지 이놈 너 어디 혼좀 나보라 하시며 나를 놓아주지 않았다. 바지를 중간쯤 올린 나는 있는 힘을 다해 할머니 손을 뿌리치고 나몰라라 하고 도망을 쳐 집에 돌아왔다.

집에는 아무도 없었다. 어머님 아버님께서는 들에 나가셨기 때문에 집은 텅비어 있고, 답사리 그늘 밑에서 잠을 자고 있던 흰둥이 "메리"가 나에게 닥아와 꼬리를 흔들고 있었다.

들일을 마치고 집에 돌아오신 부모님께서 저녁준비와 소죽을 끓이고 계실때 아랫마을 박샘관리 할머니께서 우리집을 찾아 오신 것이다. 사랑채 대문간에서 소죽을 끓이고 계시던 아버지께서는 할머니를 보시자 깜짝 놀라시며 어이구 할머니 어쩐일로 우리집까지 오셨느냐고 하시며 반가워 하셨다.

내 부모님께서는 이 박샘 할머니를 잘 알고 계셨다. 아버지를 보신 할머니께서는 이집 막내 아들놈 어디 갔어요 아 글쎄 이집 막내 아들놈이 우리 박샘에 오줌을 깔리지 않았겠어 내가 붙잡았는데 내 손을 뿌리치고 도망을 쳐서 내가 저녁에 집을 찾아 왔다고 하시며 화를 참지 못하셨다.

할머니를 모시고 안채로 들어오신 아버님께서는 어머님께 아 그 말썽꾸러기 그 놈이 할머니네 박샘에 오줌을 쌌다잖어 애 어디 갔느냐고 하시며 화를 내셨다.

아버지 말씀을 듣고 난 어머님께서는 할머님께 허리를 굽실 거리며 할머니 손을 잡고 용서를 빌면서 할머니를 마루로 안내했다. 위방 문구멍으로 이 광경을 바라보고 있는 나는 오도가도 못하고 숨을 죽이고 있을 때 어머님께서 위방 문을 열고 들어오시며 이놈아 어쩌자고 먹는 샘물에 오줌을 쌌느냐 천벌을 받으려고 그런짓을 했느냐 하시며 아 썩 나와서 할머님께 용서를 빌라고 하셨다.

어머님께 끌려나온 나는 할머님 앞에 가서 무릎을 꿇고 앉아 눈물을 뚝뚝 떨구며 잘못했다고 용서를 빌었다.

할머님께서는 내 다른 놈 같으면 그냥 두지 않겠지만 내가 너의 아버지 어머니 심성이 착한것을 잘 알고 있는터라 이번만은 용서를 할테니 다음 부터는 그런짓 하지 말라고 나를 타일러 주셨다.

나는 할머님께 다시는 그런짓 하지 않겠다고 말씀을 드린 후 절을하고 내방으로 들어왔다.

저녁식사를 마치신 아버님은 두레박과 빗자루 바가지를 가지고 큰아버님댁 일꾼을 데리고 아랫마을 박샘물을 퍼내고 깨끗하게 청소를 했다.

다음날 학교가는 길에 박샘을 들여다 보니 박샘은 새로 만든 것 같이 깨끗했다. 나는 미안한 마음에 박샘에 대고 꾸벅꾸벅 절을 하며 내가 잘못했다고 용서를 빌었다.

지금 생각하면 웃을일 같지만 그 당시 마음조이고 무서웠던 순간은 지금도 잊을 수 없는 나 어린시절 공포를 느꼈던 추억이기도 하다.

18. 땅벌 소동사건

내가 다니던 시골 국민학교(초등학교) 등.하교길에는 1㎞도 넘는 긴 농수로 길이 있었는데 이 농수로 양쪽으로 어른키 보다도 높은 뚝방이 있었다.

이 농수로 뚝방 중간쯤에 땅벌집이 있었는데 이 땅벌은 이 길을 오고가는 사람들을 공격해서 일부 학생들은 이 길을 피해서 멀리 돌아 등·하교 하기도 했다.

심술궂은 친구들은 남들보다 일찍 등·하교 하면서 이 땅벌집을 건드려 벌들이 등교하는 학생들을 공격해서 벌에 쏘인 학생이 눈이 퉁퉁부어 앞을 볼수없게 되자 같은마을 친구가 벌에 쏘인 친구를 데리고 집으로 돌아가기도 했다.

우리마을 아랫마을에 여선생님 한분이 계셨는데 여선생님은 이 농수로 길을 이용해서 출·퇴근을 하셨는데 같은 마을 여학생 네 다섯명이 선생님과 함께 학교를 가기도 했다.

가을 어느날 아침 일찍 나는 친구와 함께 등교를 하면서 땅벌집 가까이 왔을때 나는 친구에게 우리 벌집을 건드려 놓고 뚝방뒤에 숨어서 여학생들이 벌에 쏘이는 꼴을 보면 재미있지 않겠느냐 하고 의견을 제시하자 겁이 많은 친구는 들키면 네가 책임지겠느냐 하고 별로 관심이 없는 것 같아 보여서 나는 걱정하지마 내가 다 책임질께 약속을 했다.

키가 큰 친구는 뚝방에 서있는 아까시아 나무가지를 잘라 벌집 출입구를 건드리기로 했고 키가 작은 나는 신발주머니에 흙을 가득담아 가지고 있다 벌이 출입구로 나오면 흙을 출입구에 뿌리기로 했다. 임무가 결정된 나와 친구는 벌집가까이 와서 친구가 나무 막대로 벌집 출입구를 건드려 벌이 밖으로 나오자 나는 신발주머니에 담아온 흙을 벌들에게 뿌려대기 시작했다.

이때 벌들은 사방으로 흩어져 우리들 머리위를 윙윙 거리며 날고 있었다. 나와 친구는 벌들을 피해 벌집에서 20m 정도 떨어진 농수로 뚝방 뒤에 숨어서 등교하는 여학생들이 벌에 쏘이는 꼴을 훔쳐 보고 있었다..

이때 아차 이게 웬일인가 나와 친구가 뚝방뒤에 숨어서 숨을 죽이고 벌집을 지켜보고 있을 때 아랫마을 여선생님과 같은 마을 여학생 네 다섯명이 이 벌집이 있는 농수로 길을 따라 등교하고 있었다.

나와 친구는 몸을 낮추고 땅벌집을 주시하고 있을때 땅벌집 가까이온 여선생님이 양산을 이리 저리 저어가며 벌을 쫓으면서 여학생들에게 빨리 뛰어서 도망가라고 외쳤다. 여학생들은 선생님의 외침에 따라 뜀박질을 하면서 땅벌집을 벗어나려 했지만 일부는 벌에 쏘였는지 울기까지 했다

양산으로 벌을 쫓던 여선생님도 더 이상 안되겠다는 판단을 했는지 양산을 쓰고 뛰기 시작했다. 여선생님이 뛰기 시작할 때 양산이 올라갔다 내려갔다 하면서 춤을 추자 나와 친구는 웃음이 나와 킥킥 거리고 웃으면서 재미있어 했다.

여학생과 선생님이 벌에 쫓기는 모습을 구경하던 나와 친구는 논두렁 사이길로 여선생님 보다도 더 먼저 학교에 왔다. 학교에 도착한 나와 친구는 탄로가 나면 어쩌나 하고 걱정을 하면서 벌에 쏘인 학생들이 어떻게 되었나 하고 기다리면서 교실에서 친구들과 놀았다.

아침 교실 조회시간 담임 선생님께서는 오늘 등교하는 길에 여선생님과 학생 3명이 벌에 쏘여 양호실에서 치료를 받고 있다고 알리면서 요즈음 벌의 활동이 강해 벌에 쏘이면 위험할 수 있으니 산이나 들에 나갔을때 각별히 조심들 하라고 당부를 하셨다. 나와 친구는 담임선생님의 말씀을 듣고 우리들이 너무 심한 장난을 한것 같아 부끄럽기도 했다.

학교 공부가 끝나고 집으로 오는 길, 나와 친구는 땅벌집이 있는 곳에 와서 땅벌들의 동태를 살폈더니 땅벌들은 아무 이상 없이 평소와 같았다. 나와 친구는 아무일 없이 끝난 벌집소동 사건에 승리의 기쁨을 맛보았다.

나와 친구는 기쁜 마음으로 집으로 돌아오면서 애국가를 불렀다. 하느님이 보우하사 우리들 만세 하고 소리높여 불렀다.

19. 화장실 오물 투척사건

1960년 초반 내가 다녔던 시골농촌 중학교는 남.녀 공학이었다. 남녀 학생이 같은 반에서 수업을 받았기 때문에 서로 잘 보이기 위해서 시샘을 해가며 없는 용기를 내면서 질문을 하며 관심을 끌었다.

주말 고사가 끝나고 나면 담임선생님께서 시험문제에 대한 복습수업을 하는데 이때 시험지 위부분에 빨간글씨로 점수를 표기한 시험지를 나누어 주시며 90점 이상 높은 점수를 받은 반 친구들을 교탁 앞으로 불러내 세워놓고 반 친구들이 박수를 치게 하셨고 50점 밑으로 낮은 점수를 받은 친구들은 교탁앞으로 불러 세워 놓고 시험지를 가슴에 대고 반 친구들애게 공개시킨 다음 남학생은 여학생 책상 사이를 여학생은 남학생 책상 사이를 빙빙돌게 하면서 수치심을 받게 벌을 주셨다.

지금 같으면 인권침해다 과잉훈계다 뭐다해서 사회 문제거리가 되겠지만 나 어린 시절 선생님의 체벌은 교훈이었고 사랑이었다.

그래서 선생님의 그림자는 밟지도 않는다는 스승님의 존경과 명령 복종은 학생들의 의무였고 책임이었다.

그 당시 내가 다니던 시골 농촌학교는 교실과 화장실이 별채로 구분되어 있었고 수세식이 아닌 재래식 화장실로 분뇨를 한곳으로 모으는 분뇨 탱크가 있는데 그 깊이가 어른키 두배 정도로 깊어서 내가 다니던 국민학교에서 어린학생이 학교 화장실 분뇨 탱크에 빠져 죽은 일도 있었다.

이 때 화장실 분뇨탱크 밖으로 똥오줌을 퍼내는 구멍이 나있는데 이 구멍에는 똥 오줌을 퍼내는 똥바가지가 걸쳐 있었다.

내가 다녔던 시골농촌 중학교는 1주일에 2시간씩 실업교육 시간이 있는데 이 실업시간에 농사에 대한 이론과 실습을 겸해서 수업을 받았다.

실습시간에는 김도 매고 거름도 주는데 이때 화장실 분뇨 탱크에 모인 똥 오줌을 똥통에 담아 밭에 뿌리기도 하고 논에 들어가 모도 심고 했다.

어느날 실습시간 밭에서 풀을 뽑다 반친구 한사람이 이름도 모르는 풀잎을 뜯어 먹었는데 갑자기 입에서 거품을 내뱉고 목구멍에서 피가 올라오더니 그대로 쓰러졌다.

나와 친구들 실업 선생님이 당황해 하면서 쓰러진 친구를 리어카에 싣고 2㎞ 정도 떨어진 면소재지에 단 하나뿐인 병원에 가서 응급처치를 해서 다행스럽게 친구의 목숨을 건졌다.

그때 친구를 리어카에 싣고 뛸때는 숨도 차지 않았다.

나중에 안 일이지만 친구가 뜯어먹은 풀잎은 독초로 생명을 잃을 수도 있는 야생 독초라고 했다.

내가 중학교 다니던 시절에는 나보다 두세살 더 많은 형, 누나들이 나와 동급생으로 학교를 다녔는데 이때 형들은 밤새도록 공을 들여 연애편지를 써서 학교에와서 쉬는 시간 또는 점심시간에 자기가 좋아하는 여학생이 변소에 들어오는 것을 본 후 변소 뒷벽에서 훔쳐보고 있다가 뒷 창문사이로 연애편지를 넣어 주는 장면을 나는 가끔씩 보기도 했다.

어느날 점심을 일찍먹고 화장실에서 볼일을 보고 나오던 나는 화장실 뒤편 오물 탱크 구멍에 분뇨를 퍼내는 똥바가지가 걸쳐 있는 것을 보고 장난기가 발동을 했다.

여자 화장실 뒷벽에 숨어 있다가 여학생이 볼일을 보고 있을 때 똥바가지로 분뇨를 퍼담아 화장실 안 구멍으로 뿌리는 장난이 생각난 것이다.

얼마쯤 지났을 때 여학생 화장실 문여는 소리가 들리고 급하게 볼일을 보고 있을 때 나는 똥바가지에 담은 오물을 화장실 안 구멍으로 뿌렸다.

신기한 일이다 화장실 안에서는 아무 인기척이 없는 것이다. 나는 궁금한 나머지 화장실 뒷창문을 살짝 열고 화장실 안을 들여다 보는 순간 나는 기절을 할뻔 했다. 여자 체육선생님이 나와 눈이 마주친 것이다. 황당한 나는 아무 생각도 없이 뛰기 시작했다. 목적지도 목적도 없이 그저 앞만 보고 뛰고 있는데 누가 내손을 붙잡고 나를 세웠다.

여자 체육선생님이 뒤쫓아 와서 나를 붙잡은 것이다. 나를 부동자세로 세우신 체육선생님은 차려하고 명령을 하시더니 눈깜짝할 사이에 내눈에서 번개불이 보였다. 체육선생님이 내뺨을 두어대 갈긴 후 내 귀를 틀어잡고 흔드시며 수업 종료하고 집으로 가기전 교무실 체육선생님 책상 앞으로 오라는 명령을 하고 교무실로 들어 가셨다.

교무실로 들어가시는 여자체육선생님 얼굴을 힐끔 처다 보았는데 몹씨 화가난 성난 얼굴이었다.

교실로 돌아온 나는 그냥 집으로 갈까 하고 생각하다가 부모님을 또 다시 학교에 오시게 할 수 없어서 수업이 끝나고 나는 두근거리는 가슴을 안고 교무실로 체육선생님을 찾아갔다. 여자 체육선생님은 책상 앞에 백지와 연필을 놓고 내가 오기를 기다리고 계셨다. 체육선생님 앞에서 반성문을 쓰면서 나는 담임선생님이 계시나 하고 두리번 거리자 밖에 나갔다가 교무실로 들어오신 담임선생님이 나를 보시더니 이놈 또 장난을 쳤구먼 하시며 이놈 장난꾸러기 대장 입니다. 체육선생님 이놈 좀 혼좀 내 주십시오 하시며 내 머리통을 툭툭치시며 혀를 끌끌 치셨다.

그렇다 담임선생님 말씀대로 나는 소문난 장난꾼이었다.

여학생들이 실습실로 실습을 하러 가면 나는 여학생 도시락을 꺼내 홀랑 뒤집어 놓고 속을 파 먹고 다시 홀랑 뒤집어 놓기도 하고 쉬는 시간에 개구리나 항가치 메뚜기를 잡아 호주머니에 넣고 있다가 여학생 윗옷 흰카라 위에 살며시 얹어 놓아 놀라게 하기도 했으며 여학생 빈도시락 통에 개구리를 넣기도 하는 장난을 치기도 했다.

이때 마다 나는 담임선생님에게 매도 많이 맞고 반성문도 수십번 쓰기도 했던 소문난 장난꾼이었다.

내 반성문을 읽어 보시던 여자 체육선생님은 이놈 반성문 한두번 써본 솜씨가 아닌데 하시며 나에게 너는 인문계로 진출하면 되겠다 하고 말씀하신 후 돌아가라고 명령을 하셨다. 교무실을 나온 나는 후 하고 한숨을 쉰 다음 꽁지가 빠지도록 빠른 걸음으로 교실로 돌아왔다.

지금와 생각해도 코흘리개 어린시절 왜 그렇게도 말썽을 부렸는지 남보다 장난이 심했는지 피식 웃음이 나온다.

나의 부모님은 사십이 넘어 막내 늦동이로 나를 낳으셨는데 내가 태어날 때 얼마나 비실했는지 살아있는 것만으로도 하느님께 감사를 드렸다.

그저 죽지말고 살기나 해라 남에게 욕많이 얻어 먹으면 명이 길다고 하더라 하시며 마을로 학교로 이웃 마을까지 찾아 다니시며 내 장난에 대한 용서를 빌고 또 빌고 굽실 대시며 막난이 막내 아들을 키워 주셨다. 회한의 눈물이 원고지를 적시는 순간이다.

 아버님, 어머님 죄송하고 또 죄송합니다. 못난 늦둥이 막내 회심의 눈물을 올립니다. 용서 하십시오.

 60년이 더 지난세월 이 글을 쓰는 순간 나는 체육선생님의 모습이 사진을 보듯 또렷하게 떠오른다.

 키는 보통키에 얼굴은 동글 납작하고 코는 오똑하고 눈은 크고 짧은 캇트머리에 균형잡힌 날씬한 몸맵씨 달리기를 잘하시던 여자 체육선생님 오윤주 선생님...

 나의 장난기를 멈추게 하셨고 사랑으로 말썽꾸러기 제자를 가르쳐 주신 오윤주 체육선생님 보고 싶습니다. 선생님...

20. 내생애 최초의 서울구경

　내 생애 최초의 서울나드리 여행이었다.

　내 나이 열살쯤 국민학교 즉 초등학교 3학년 때로 기억된다. 서울에서 대학교를 다니는 형은 집에 내려오지 않아 어머니는 1년에 두서너번 정도 서울을 갔다 오셨다.

　여름방학이 되어 어머니는 나를 데리고 형을 보러 가자고 했다. 나는 서울 구경을 할수 있다는 기쁜 마음에 밤잠을 설쳤다. 방학 기간 동안에도 형은 집에 내려오지 않고 서울에서 품팔이 즉 아르바이트를 한 것이다.

　서울 가는 날 이른 아침 어머니는 쌀 서너말과 된장 고추장을 담은 작은 항아리를 챙긴 다음 겨란 한 구러미 열개를 삶고 베보자기에 밥을 싸 담은 다음 무짱아치, 김치를 담아 서울 올라갈때 먹을 점심 식사준비를 하셨다. 이른 아침 식사를 마치고 아버지는 지게에 쌀자루와 된장, 고추장, 항아리를 얹고 면사무소 소재지에서 잠시 정차 출발하는 버스정류장에 와서 짐보따리를 내려 놓으신 다음 다시 집으로 되돌아 가셨다. 나와 어머니는 하루에 두번 다니는 서울행 뻐스에 짐을 싣고 몸을 실었다. 이때 정기뻐스는 맹꽁이 뻐스라고 불렸는데 뼈스 모양이 찝차 모양을 하고 있었고 뼈스 뒷 꽁무니에는 짐보따리를 싣는 시렁이 달렸고 뼈스 앞문에는 여자차장이 운임을 받았고 뒷문에는 조수라고 하는 남자가 뒷문관리를 했다.

뼈스가 출발해서 서울로 오는 도중 도로는 비포장 자갈밭길로 차가 지날때 마다 흙먼지로 앞이 잘 안보일 정도였고, 뼈스가 흔들릴 때마다 뼈스안 여기 저기서는 어이쿠 어이쿠하는 승객들 신음소리와 차 멀미로 구토를 하는 사람들도 있었다. 한참을 달려오던 뼈스가 갑자기 멈춰 서더니 꼼짝도 하지 않자 이때 운전수와 조수가 뼈스에서 내려 뼈스를 고쳤는데 무려 한시간이 넘도록 뼈스를 고치기도 했다.

이때 뼈스는 미국서 드려온 중고차로 고장이 많았다. 찻길 도로에서 뼈스를 고치고 나면 조수가 뼈스 앞머리 쪽으로 가서 엔진 시동을 거는 기구를 돌리자 뼈스는 검은 연기를 내품으며 시동이 걸려 다시 출발하기도 했다. 얼마쯤 달렸을까 이번에도 도로 한복판에서 뼈스가 멈췄다. 이때 차엔진속을 드려다 본 운전수가 조수에게 도로가 옆 도랑에서 양동이에 물을 퍼와서 엔진에 물을 넣은 다음 다시 시동을 걸어 뼈스를 출발시키기도 했다.

서울로 올라오던중 지금의 경기도 이천쯤으로 기억되는데 이곳에서 뼈스가 한 30분 정도 정차를 하고 점검을 하는 동안 뼈스 승객들은 각자 자기가 집에서 가지고온 점심도시락을 꺼내 점심식사를 하기도 했다. 이때 나와 어머니도 집에서 가지고온 도시락과 겨란을 먹으며 뼈스 출발을 기다리고 있을 때 뼈스에 올라온

차장 누나가 변소갔다올 사람은 빨리 용변을 보고 오라고 일러주기도 했다. 지금 같으면 한시간 이내에 왔다 갔다할 서울길이 무려 아홉시간이 넘어 어머니와 내가 서울에 도착했다. 서울뻐스 정류장에 도착한 어머니는 여기 저기 지게를 지고 서있던 지게꾼에게 닥아가 흥정을 한다음 지게꾼이 쌀자루와 된장, 고추장 항아리를 지고 나와 어머니는 형의 자취방으로 왔다.

 형의 자취방에 왔을때 형은 밖에서 아직 돌아오지 않았다. 나와 어머니는 안집 주인에게 인사를 드린 다음 주인집 마루에 짐을 내려놓고 형이 돌아오기를 기다리고 있었다. 얼마를 지나 초저녁이 되어서 형이 자취방으로 돌아왔다. 형은 아르바이트를 하고 난 다음 도서관에 들렸다 오는 길이라고 했다. 나와 어머니를 본 형은 깜짝놀라며 우리를 반겼다. 나는 형에게 쫓아가서 형을 붙들고 울음을 터트렸다.

 우리 세 식구는 형 자취방 부엌에서 나무장작을 쪼개 풍로에 불을 붙여 저녁밥을 짓고 집에서 가지고온 반찬으로 늦은 저녁식사를 마친 후 잠자리에 들었다. 형의 단칸방 한 구석에는 형의 책이 쌓여있고 이부자리와 벽에 걸린 옷 몇가지가 전부였다.

 다음날 아침식사를 마친 형은 나와 어머니에게 창경원 구경을 시켜 주었는데 창경원 동물원에는 많은 동물이 있었지만 내가 기억하는 동물로는 호랑이, 사자, 코끼리, 원숭이가 전부였다. 창경원 구경을 마친 우리 세 식구는 창경원 옆 골목길에 있는 허름한 국수집에서 국수를 먹고 형의 자취방으로 돌아왔다.

자취방에 돌아온 어머니는 형의 헌옷을 꺼내 헤진옷을 수선하고 계시고 형은 저녁식사 준비를 했다.

 이때 나는 형의 자취방 위 언덕길을 올라가 아래동네를 바라보았는데 다닥 다닥 붙은 집들이 한눈에 보였고, 여기 저기 전기불이 비치기도 했다. 아래로 내려오자 구멍가게가 있었는데 그 가게에는 미군부대에서 흘러나온 물건을 볼수가 있었다. 구멍가게에서 여러가지 물건을 본 나는 그 중에서도 바둑이껌이라고 하는 추잉껌이 먹고 싶어 자취방에 돌아와 형에게 껌을 사달라고 하자 형은 나를 데리고 구멍가게에 가서 껌을 사주었다.

 나와 어머니는 한 20일 정도 서울에서 머물렀는데 형이 밖으로 나간 다음 어머니는 품팔이 아르바이트를 했는데 이때 어머니는 나에게 형에게는 절대 말하지 말라고 일러 주시기도 했다. 어찌되었든간에 나는 내생에 최초의 서울 나드리 여행을 한 것인데 기억에 남는것은 시골보다 사람이 많았다. 차가 많았다 밤에 전기불을 볼수 있었다. 창경원 동물원 같은 구경갈 곳이 있었다. 골목구멍 가게에 시골서 볼수 없는 물건들이 많았다 하는 기억 정도다.

 나는 내생애 최초의 서울 나드리 구경을 하고 나서 시골 친구들이나 학교반 친구들에게 서울구경 갔다온 자랑을 하게된 이야기 거리를 만든 여행이었다. 즐겁다기 보다는 서울이 신기한 곳이였다는 느낌이었다.

『일상에서』

1. 밀청태, 콩청태 만들어 먹기

지금은 시골 농촌에서도 밀청태, 콩청태 하는 모습을 찾아볼 수 없지만 옛날 나어린 시절에는 시골 어디서나 흔히 볼수있는 모습이었다.

요즈음 먹거리 간식거리가 넘쳐나서 각자 식성에 따라 선택해서 먹을 수 있지만 옛날 밀청태, 콩청태 만들어 먹는 일은 시골 농촌 아이들에게는 대단한 인기였다.

내가 국민학교 즉 초등학교 다니던 시절에는 교실이 부족해서 오전반 오후반으로 나누어 이중 수업을 했다.

내가 오후반이 되는 주일이면 어머니는 아침식사를 마치고 아버지와 함께 들로 나가시면서 뚝배기에 된장찌개 끓여서 가마솥에 넣어둔 밥을 먹고 학교에 가라고 하셨다.

아버지 어머니가 들로 나가신 뒤 나는 닭모이도 주고 토끼 풀도 준 다음 안마당을 쓸고 나서 학교갈 준비를 한다.

학교갈 준비라고 해야 책, 공책, 연필을 책보에 싸서 어깨에 메고 가기 좋게 묶을 정도였다.

학교갈 준비를 마치고 나면 가마솥에 밥과 찬장에서 김치와 고추장을 상에 차려 마루로 올라와서 화로불에서 된장찌게를 꺼내 밥을 먹고 학교에 갔다. 학교 가기전 부엌에서 성냥 한곽을 안주머니 속 깊숙히 넣고 학교로 가는도중 늘 다니던 농수로 길 뚝방에 몰래 숨겨 놓고 학교에 갔다.

학교에서는 가끔씩 호주머니 검사를 실시해서 위험물은 압수를 하고 반성문을 쓰도록 했기 때문이다. 오후 반 수업은 오후 한시에 시작해서 오후 여섯시에 끝나는데 밀 수확기인 육칠월 쯤에는 해가 넘어가지 않아 밖이 훤 했다.

마을 친구들과 함께 집으로 오는 길 나는 농수로 뚝방에 숨겨 놓은 성냥을 호주머니에 넣고 친구들과 밀밭이 많이 있는 산길을따라 가고 있었다.

이때 어느 누구라 할것 없이 밀청태를 해서 먹고 가자고 했다. 친구들은 각자 할일을 분담했는데 모닥불을 피울 땔감을 가지고 오는 사람, 밀 싹을 뽑아오는 사람, 모닥불을 피울 자리를 만드는 사람, 망을 보는 사람으로 나누어 일을 했다.

모든 준비가 완료되면 모닥불을 피우고 그 위에 밀싹을 올려 놓고 밀싹을 굽는데 이때 연기가 길게 올라오지 못하게 윗 저고리를 벗어서 부채질을 해서 연기를 분산시키기도 했다.

밀싹이 노랗게 익은 것이 확인되면 윗저고리나 나무가지로 나무재를 날려 버리면 불에 구어진 밀싹만 소복히 쌓인다.

친구들과 나는 모닥불 앞에 둘러앉아 밀싹을 손바닥에 올려 놓고 양손바닥으로 비벼가며 입바람을 호호불어 밀싹껍질을 벗겨 내고 밀알을 만들어 입에 털어 넣고 맛있게 먹었다. 밀청태를 먹을 때 친구들간에 서로 얼굴에 껌정을 발라 장난을 치다보면 모두가 흑인이 되어 이빨만 하얗게 보였다.

밀청태를 먹고나면 배가 불러서 모두가 개울가로 가서 목욕을 하는데 밀청태를 먹고 개울에 가서 목욕을 하는 것은 옷에서 나무탄 냄새가 나면 집에가서 어머니께 야단을 맞을까봐 미리 예방을 하는 것이다. 밀청태를 해먹다 산불을 내서 마을 사람들이 총 동원 되기도 하고 면소재지 소방대까지 출동해서 산불을 끈 일도 있었기 때문이다.

여름철에는 밀청태 가을철에는 콩청태를 해먹던 코흘리개 시절 추억이 새롭기만 하다.

2. 밀껌 만들기

6·25 전쟁이 휴전되고 전쟁의 폐허속에 온 국민이 삼시세끼 밥먹기가 어렵던 시절 시골 농촌 아이들에게 간식이란 꿈도 꾸지 못하던 어렵고 힘든 생활이었다.

내가 국민학교(초등학교) 다니던 시절 미국에서는 구호물자로 어린이들 성장에 도움을 주기 위해 분유를 지원했는데 어른 키만한 판지 우유통이 학교에 공급되면 학교에서는 학생 한사람당 분유 한양재기(500g)씩 배급해 주었다.

학교에서 분유를 배급 받는날 나는 어머니께 오늘 학교에서 분유 배급받는 날이라고 말씀드리자 어머니께서는 손수 만드신 광목자루를 나에게 주시며 귀한 우유가루 흘리지 말고 잘 챙겨 가지고 오라고 당부도 하셨다.

학교에서 분유를 배급받아 집에 가지고 오면 어머니께서는 우유과자를 만들어 주시겠다고 하시면서 양은 양재기에 물을 담고 학교에서 배급 받아온 분유 몇 숟가락을 넣고 잘 저으신 다음 저녁밥을 짓는 가마솥에 넣고 쪄서 우유과자를 만들어 주셨는데 이 우유과자는 얼마나 딱딱한지 우유과자 한쪽을 입에 넣고 빨면 볼따귀가 아파 밥먹기가 거북스러웠다.

내가 다니던 등·하교 길가에는 보리밭 밀밭이 많았는데 보리, 밀 수확기가 되면 형.누나들은 밀청태라고 해서 다익은 밀싹을 몰래 꺽어서 사람들이 잘 볼수없는 개울 뚝방 밑에서 마른나무 가지를 주워 모아 모닥불을 피운다음 그 위에 밀싹을 얹어 구우면 맛있는 밀청태(밀쌀볶음)가 만들어진다.

까맣게 익은 밀싹을 손바닥에 올려놓고 손으로 비비고 입으로 후후하고 입바람을 불어 밀껍질을 벗겨내면 손, 얼굴, 코 등에 껌정이 묻어 마치 인디언 얼굴이 되는데 이때 상대방에게 껌정 칠을 해가며 먹었던 밀볶음 맛은 정말 환상적이었다. 밀 볶음을 먹고난 형.누나들은 남은 생밀쌀로 밀껌을 만들어 보자고 하면서 생밀쌀 한줌을 입에 털어 넣고 씹고 또 씹고 침을 뱉어내고 이일을 되풀이 하면서 끈적끈적한 밀껌을 만들었다.

나도 형.누나들을 따라서 밀껌을 만들어 보았는데 생밀쌀을 씹으면 구역질도 나고 턱도 아파 밀껌을 만드는 날에는 밥도 제대로 먹지 못했다.

당시 시골농촌 5일 장터에는 미군부대에서 흘러나온 옷가지와 간시매(통조림) 과자, 껌 등을 파는 가게가 생겨났는데 이때 형, 누나 , 어린이들에게 가장 인기있는 것은 뭐니 뭐니 해도 추잉껌(바둑이껌)이 아니였나 생각된다.

어머니께서는 시골농촌 5일장에서 미군부대에서 흘러나온 사지쓰봉(털실바지) 한장을 사오셔서 까망물을 드려 입으셨는데 이 사지쓰봉은 얼마나 질기고 따듯했는지 10년이 넘도록 사지쓰봉으로 겨울을 지내셨다.

가을 추수가 끝나고 이것저것 살것이 있다고 어머니께서 시골 5일장을 보러 가신다고 하던날 아침 나는 어머니께 추잉껌 한통만 사주시면 소원이 없겠다고 말씀드리자 어머니께서는 추잉껌이 그렇게도 좋은 것이냐 그럼 추잉껌 한통 사주면 말도 잘 듣고 공부도 열심히 하겠느냐 반문을 하시며 그럼 너도 오늘 5일장에 같이 가자 하셨다.

5일장터에 들어선 어머니께서는 다른 물건을 사기전에 제일 먼저 미군부대에서 흘러나온 물건들을 파는 가게에 들려 쌀 한 되값을 주고 추잉껌 2통(8개) 사주셨다. 추잉껌을 받아 쥔 나는 고맙습니다 어머니하고 인사를 드린후 추잉껌 하나를 어머니께 드렸드니 어머니께서는 너나 먹어라 하고 사양을 하셔서 나는 두말도 없이 추잉껌을 호주머니에 넣고 어머니를 따라 장터 이곳 저곳을 다니며 장구경을 하면서 추잉껌을 씹었는데 이때 추잉껌의 달콤한 맛과 쫀득쫀득한 식감이 너무나 황홀해서 밥생각도 나지 않았다.

어머니와 함께 이것 저것을 사가지고 집에 돌아온 나는 추잉껌을 책상 설합 깊은 곳에 감춰 놓고 숙제를 하는데 추잉껌 생각에 숙제 풀이가 잘 되지 않아 내일 아침에 숙제를 하기로 하고 씹고 있던 추잉껌을 책상위에 붙여놓고 잠을 청해 봤지만 추잉껌 생각에 잠을 설쳐 다음날 학교 등교에 지각을 하기도 했다.

  학교 수업을 마치고 집에 돌아온 나는 책상위에 붙여 놓았던 추잉껌을 다시 씹으며 친구들이 모여 놀고있는 마을 놀이 마당으로 가서 딱 딱 껌씹는 소리를 내며 으시대고 있는데 그때 나와 제일 친한 친구가 내 곁에 와서 작은 목소리로 나도 추잉껌 한번 씹고 싶다고 해서 나는 입속에 있던 추잉껌을 꺼내 반으로 나누어 그 친구와 같이 추잉껌을 씹었다.

  내 옆에 모인 다른 친구들도 추잉껌을 한번 씹어 보자고 난리가 나서 나와 친한 친구는 입속에 있던 추잉껌을 꺼내 다른 친구들과 교대해서 추잉껌을 씹었다 마을놀이 마당에서 집으로 돌아올때 나는 추잉껌을 다시 되돌려 받아 집에 와서 추잉껌을 마루기둥에 붙여 놓았다가 다음날 다시 추잉껌을 씹기도 했다.

  나는 가끔 껌을 씹을때 어린 시절 개울뚝방에서 형, 누나들과 만들어 보았던 밀껌 생각이 나기도 하고, 달콤한 맛과 쫀득쫀득한 식감이 형.누나.어린이들의 선망의 대상이었던 추잉껌의 추억에 잠겨 보기도 한다.

3. 찬밥 서리

옛날 시골 농촌에는 가을 추수가 끝나고 겨울철이 되면 일거리가 별로 없어서 겨울한철을 농한기라고 불렀다. 추운 겨울 한철은 시골농촌 사람들의 휴식기간으로 마을 사람들은 사랑방에 모여 앉아 덕담도 나누고 음식을 만들어 나누어 먹기도 하고 어른들은 화투놀이도 했다. 긴 겨울철 소문난 놀음꾼들 중 놀음을 해서 전, 답을 팔아먹고 가산을 탕진하고 고향을 떠난이도 있고, 또 어떤 놀음꾼은 놀음빚을 갚기 위해 몇년씩 남의 집 머슴살이를 하면서 장가도 못가는 이도 있었다.

밥술깨나 먹고 식모 머슴을 두고사는 부자집에서는 농한기인 겨울철에도 다음해 농사일에 사용할 새끼도 꼬고 가마니도 치고 멍석, 둥구니, 삼태기, 소쿠리 등 생활용품 기구를 만들기도 했다.

시골농촌 아이들은 긴 겨울 방학이 되면 마을에서 제일 큰 사랑방을 빌려서 마을 아이들 놀이방을 만들어 놓고 놀이방에서 방학숙제도 하고 각종 놀이를 하면서 겨울방학을 보냈는데 지금의 어린이 놀이방과 같은 것이다.

지금은 먹거리 간식거리가 넘쳐나서 아이들이 자기가 좋아하는 먹거리 간식거리를 선택해서 먹을 수가 있지만 나 어린 시절 시골 농촌 아이들의 먹거리 간식거리는 보리찬밥, 무수(무), 배추밑똥(배추뿌리), 고구마, 감자, 밀개떡, 보리개떡, 강냉이 튀밥 정도였다.

지금은 냉장고나 저온저장고에 과일 채소 고구마 감자를 저장했다가 먹을 수가 있지만 옛날 시골 농촌에서는 가을 추수가 끝나고 나면 땅을 파고 그 구덩이속에 무, 배추, 감자 등을 넣은 다음 구덩이 위에 나무막대를 걸친 후 그 위에 가마니를 얹고 짚단을 올린다음 흙을 덮어 간이 저장고를 만들어 이용했다.

고구마는 땅속에 묻으면 썩기 때문에 윗방 또는 사랑방에 수수깡을 엮어 만든 통가리(곡식저창고)를 만들어 보관했는데 나는 저녁식사를 마치고 나면 통가리에서 고구마 몇개를 꺼내 화로 장작불에 묻어놓고 학교 숙제를 해 놓은 다음 군고구마를 꺼내 먹었는데 나는 지금도 나 어린 시절 화로불 군고구마 맛을 잊을 수가 없다.

겨울 방학 사랑방 아이들 놀이방에는 마을 아이들이 모여 같이 숙제도 하고 공작품도 만들고 윷놀이, 수건돌리기, 화투놀이도 했는데 이때 놀이에서 진 아이들이 팀을 만들어 마을을 돌며 찬밥, 무, 김치 등을 서리해 오면 놀이방에서 기다리고 있던 친구들이 커다란 양푼(큰 냄비)에 서리해온 찬밥에 김치를 넣고 집에서 가지고 온 고추장을 넣어 양푼을 화로 장작불에 올려 놓고 김치 볶음밥을 만들어 모여앉아 먹었는데 볶음밥을 먹기 시작한지 몇 분도 안되어서 양재기 긁는 소리가 들리면서 볶음밥 누룽지를 서로 먹겠다고 다투기도 했다.

볶음밥을 먹고나면 친구들은 소화제 대용으로 무수(무)를 깎아 먹었는데 이때 친구들의 무씹는 아작 아작 소리는 마치 음악회에 협주곡 소리 같았다. 볶음밥과 무를 먹고 난 친구들은 후반기 놀이가 시작 되었는데 얼마 지나지 않아 놀이방에는 대소동이 일어났다. 여기 저기서 게트름 소리와 함께 붕붕거리고 뀌대는 방귀소리 방귀 냄새가 온 놀이방에 진동을 했는데 이때 친구들은 코를 막고 서로 자기는 방귀를 안꿨다고 변명을 하며 아우성이었다.

우리 집에서는 음식을 먹고 체하면 어머니께서 양귀비 대궁 삶은 물이나 무우즙을 만들어 먹었는데 나는 음식에 체하면 이 양귀비 대궁 삶은 물이나 무우즙을 먹고나면 얼마 지나지 않아 거북했던 뱃속이 후련해 지면서 똥 뒷간(변소)에 가서 설사를 하고 나면 신기하게도 아팠던 뱃병이 씻은 듯이 사라졌다.

옛날 어린시절 찬밥, 무, 김치서리 놀이는 시골농촌 어디서나 모두 인정하는 시골농촌 아이들의 장난 놀이로 나에게 옛 추억이된 재미있었던 놀이였다.

4. 토끼 서리 (토끼 도둑)

  지금은 토끼사육 전문농장이 있어 많은 숫자의 토끼를 사육하고 있지만 나 어린시절 토끼사육은 어린아이들의 꿈을 갖게 하는 현장 실습과도 같은 소규모 토끼 사육이었다.

  당시 우리마을 40여호에서 토끼를 사육하는 농가는 10여호로 대개 어린아이들이 있는 집에서 토끼를 사육했다.

  토끼는 온몸 전체가 흰색인 흰토끼와 온몸 전체가 잿빛인 잿토끼가 많이 사육되고 있었는데 어떤 집에서는 개량 토끼라 해서 온몸이 전체 흑색인 흑토끼를 사육하고 있었다.

  이 개량 토끼를 사육하는 집은 극민학교(초등학교) 선생님 댁으로 많은 아이들은 학교에서 집으로 오는길에 개울가에 지천으로 널려있는 토끼풀(크로버)을 뜯어 선생님댁에 가서 토끼 구경도 하고 토끼에게 풀도 먹이고 했다.

  우리동네 토끼를 기르고 있는 집중에는 앞을 전혀 못보는 맹인 아주머니 집이 있었는데 그 집은 토끼를 똥 뒷간(변소)뒤 잿더미 옆에 토끼장을 만들어 놓고 토끼를 키웠다.

이집 똥 뒷간(변소)은 어른 키보다도 더 깊은 시멘트 똥독이 있고 이 똥독 위에 긴 통나무를 엮어 걸쳐놓고 용변을 보았는데 이 똥독은 뚜껑이 없어 대소변 용변이 휜히 보이는 말 그대로 용변 수영장 이라고 말 할수 있다.

나와 동네 친구들은 이집 맹인 아주머니에게 가끔씩 토끼풀을 뜯어다 주면 앞을 못 보는 맹인 아주머니는 고맙다고 하면서 토끼풀을 받아 들고 똥독위에 걸쳐 놓은 통나무를 건너 잿더미 옆에 있는 토끼장을 찾아 토끼에게 풀을 먹였는데 그때 나와 친구들은 하도 신기하여 혹시 앞이 보이는 것이 아닌가 의아해서 어느날 마루에 혼자 앉아 있는 아주머니 앞으로 살금살금 걸어가서 손을 아주머니 눈 가까이 대고 이리저리 움직이면 아주머니는 손을 휙 뿌리치며 자리에서 일어나기도 했다.

여름방학이 되어 나와 동네 친구들은 개울에서 목욕을 하다 오늘밤에 맹인 아주머니네집 토끼서리를 하기로 약속한 후 토끼풀을 잔뜩 뜯어서 맹인 아주머니에게 갖다 주면서 토끼장 위치 토끼장 문 등을 확인하고 도망칠 울타리 개구멍 위치도 파악했다. 토끼 서리전 사전 현장 답사를 한 것이다.

저녁 한밤중 나와 친구 두명은 희미한 달빛아래 이 맹인 아주머니 집 싸리대문 앞에 왔다. 이때 한 친구가 야 우리들이 망을 볼테니 네가 들어가서 토끼를 잡아 오라고 했다. 그 이유 인즉 맹인 아주머니와 우리집은 먼 친척이 되기 때문에 만일에 하나 발각이 되어도 혼나지 않을 것이라는 판단이었다. 드디어 행동 개시되어 나는 싸리 대문을 열고 안으로 들어가 동태를 살폈는데 안방에는 희미한 불빛만 보일 뿐 아무 인기척이 없었다.

이때 나는 똥뒷간(변소) 잿더미 옆으로 가서 토끼장 문을 열고 토끼를 잡았는데 이때 토끼는 끼익끼익 하면서 큰소리로 울어댔다.

나는 너무나 놀라 엉겁결에 토끼를 놓고 도망을치다 발을 헛디뎌서 그만 똥독에 빠지고 말았다. 이때 나는 똥독에 걸쳐 놓은 통나무를 잡고 간신히 올라와 밖의 동태를 살폈다. 이 때였다 안방문이 열리면서 맹인 아주머니가 봉당으로 나와 무슨 소리가 들렸는데 누가 왔나 하면서 거 누가 왔어요 하고 물었다.

나는 숨을 죽이고 긴장하면서 아주머니 동태를 살펴 보는데 다행이도 아주머니는 다시 방문을 열고 방으로 들어갔다.

이때 나는 살금 살금 변소에서 나와 낮에 봐두었던 울타리 개구멍을 빠져나와 미리 약속했던 느티나무 밑으로 갔다. 느티나무 밑에는 망을 보던 친구 두명이 이미 와서 나를 기다리고 있었는데 내가 친구들 옆으로 가자 친구들은 코를 막고 아이구 똥냄새야 하면서 나를 피했다.

이때 까지만 해도 나는 똥냄새를 못느꼈는데 친구들이 피하는 모습을 보는 순간 나역시 똥냄새가 고약하게 느껴졌다.

144

나는 친구들에게 야 느덜 나 죽을뻔 한것 알기나 하냐 똥독에 빠져 똥다리나무 아니였으면 못나왔어 이 새끼들아 하면서 짜증을 내자 한 친구가 야 이 병신아 어떻게 토끼를 잡았길레 끽끽 소리를 내고 울게 만들었느냐 내가 했어야 했는데 하면서 나에게 책임을 물었다. 이때 한 친구가 야 지금 누구 잘 잘못을 따질 때가 아니잖어 빨리 똥 부터 씻어야지 내가 집에가서 쌀겨 비누가지고 개울 목욕탕으로 갈테니 너희들 먼저 개울로 가라고 하면서 비누를 가지러 갔다.

그 당시 비누라고 하는 것은 쌀겨를 고운체로 쳐서 양잿물을 녹여 만든 비누로 지금의 비누와는 비교가 되지않는 보잘것 없는 비누였다.

나와 친구 두명은 개울에서 내옷을 벗어 빨아입고 각자 집으로 왔다. 집에 돌아온 나는 젖은 옷을 벗어 빨래줄에 널어놓은 다음 어머니께 개울에서 친구들과 물싸움을 하다 옷을 다 적시어서 빨았다고 거짓말을 했다. 나의 말을 듣고난 어머니께서는 궤짝농에서 새옷을 꺼내 주시면서 어서 갈아 입고 잠을 자리고 하셨다. 어머니께서는 삼결에 일어나셔서 나에게서 똥 냄새를 못 맡으신것 같았다.

다음날 아침 빨래줄에 널어놓은 내옷을 본 어머님께서는 어쩌네 옷에서 똥냄새가 나는데 너 혹시 똥 쌌느냐고 물었다. 나는 엉겹결에 어제 저녁먹은 것이 체했는지 설사를 해서 할수없이 옷을버려 개울에가서 빨았다고 어머님께 거짓말을 했다.

어머님께서는 이제 속이 편한거냐 하시면서 빨래줄에 걸어 놓았던 내옷을 함지통에 넣고 다시 빨래를 하셨다.

나는 어머니께 두번 거짓말을 한 것이다. 오랜 시간이 흘러 코흘리개 고향친구들이 성인이 되어 한자리에 모여 술잔을 나누면서 지난 어린 시절 토끼서리를 하다 똥독에 빠져 죽을뻔 했던 웃지못할 옛 추억을 이야기하며 밤늦도록 이야기꽃을 피우며 고향 향수를 느껴 보았다.

5. 닭 서리 (닭 도둑질)

옛날 시골 농촌의 긴 겨울은 농한기라고 해서 시골농촌 사람들의 휴식기로 어른 아이 할것없이 각종 놀이를 하면서 긴 겨울을 지냈다.

어른들은 사랑방에 모여 묵방이나 술방내기 화투놀이를 하면서 긴 겨울밤을 보냈는데 이때 사랑방을 내준 집에서는 콩죽이나 팥죽을 쑤어 밤참으로 주었는데 이는 콩죽, 팥죽을 먹고 바깥 마당가 똥 뒷간에 가서 똥을 싸라는 것이라고 했다.

바깥 똥 뒷간 옆에는 퇴비장이 있는데 바깥 똥뒷간 인분과 퇴비를 섞어 거름을 만들어 농사에 비료 대용으로 쓰려고 인분을 모은 것이다.

우리동네에서는 어른들이 모이는 사랑방 형, 누나들이 모이는 놀이방 내 또래 친구들이 모이는 놀이방이 따로따로 정해져 있었다.

우리 친구들 놀이방은 한 친구네 큰사랑방을 정해놓고 놀았는데 이 놀이방은 길가 옆으로 문이 나있어 친구들이 언제나 자유롭게 드나 들수가 있어 편리했다.

어느날 나는 몸살끼가 있어 놀이방에 가지 못하고 일찍 잠자리에 들었는데 한밤중 내 방문을 두두리는 소리에 깨어나 보니 동네 친구 두명이 나를 데리러 왔다. 나는 몸살이 나서 못가겠다고 하자 한 친구가 윗동네 친구들이 놀러와서 너좀 보겠다고 해서 왔다고 하여 나는 왕따가 되기가 싫어 간신히 일어나 우리들 놀이방으로 갔다.

놀이방에는 윗동네 사는 친구 세명이 와 있었다. 나는 친구들과 악수 인사를 하고 방에 앉아 윗동네 친구들과 이야기를 나누고 있었다.

얼마후 동네 친구들이 바께스 양동이에 삶은 닭과 막걸리 주전자를 들고 방으로 들어왔다. 윗동네 친구들에게 대접한다고 동네 친구들이 닭을 잡고 막걸리를 사온 것이다.

나는 몸살끼가 있어 술을 못마시겠다고 하자 친구들은 그럼 닭고기나 먹으라고 하면서 한 친구가 닭다리를 나에게 먼저 주면서 호의를 베풀었다. 나는 분에 넘치는 호의에 이놈들이 오늘 무슨 꿍꿍이라도 있나 의아해 했지만 닭다리 고기를 맛있게 먹었다. 막걸리와 닭고기를 나누어 먹고난 친구들은 이렇게 한데 모이기도 힘든데 오늘은 밤을 새우자고 하면서 묵방내기 화투놀이를 하자고 했다.

나는 몸살이 나서 친구들에게 양해를 구하고 먼저 집으로 돌아왔다. 집으로 돌아 오는길에도 동네친구들의 행동이 이상했다. 평상시 같으면 떼를 써서라도 나를 붙들텐데 나의 의사를 순순히 따라준 것도 의심이 갔다. 집에 돌아온 나는 늦잠이 들었다.

다음날 아침 아버지께서 소죽을 끊이려 나오시면서 나를 깨우셨다. 내가 잠자리에서 일어나 마루로 나오자 아버지는 너 어제 저녁에 무슨 소리 나는것 못 들었느냐고 물으셨다.

나는 아무소리도 못들었다고 말씀드리자 아버지는 고개를 개우뚱 하시며 집안 여기저기를 살피셨다. 집 주위를 살피시던 아버지는 돼지 우리뒤 나무가지 울타리에 사람이 드나든 개구멍이 나 있는 것을 발견했다.

아버지는 닭장으로 가서 닭장문을 열고 밖으로 닭들을 내몰아 놓고 닭모이를 안마당에 뿌려 주시며 닭을 세어 보셨다. 닭을 세어 보시던 아버지는 큰장닭 세마리가 보이지 않는다고 하시며 닭장 속을 뒤졌지만 큰 장닭은 없었다.

우리집 큰장닭 세마리를 도둑맞은 것이다. 아버지는 어떤 놈들이 울타리를 뚫고 들어와 닭서리를 해갔구먼 하시며 어째 개도 안 짖었나 하고 의아해 했다.

나는 우리집 개가 짖지않은 이유를 알수가 있다. 평소에 나와 친구들이 우리 집 개와 어울려 놀았기 때문에 친구들 목소리를

알아 들었을 것이고 친구들이 우리집 개에게 먹이 미끼를 던져
주고 유도를 했을 것이 뻔했기 때문이다. 나 역시 이런 경험이
있어 짐작이 가는 일이다.

며칠 후 놀이방에 모인 친구들은 나에게 네 덕분에 닭고기 맛있
게 먹었다고 하면서 우리집 닭을 서리해 왔다고 실토를 했다.

옛말에 소경이 제집 닭 잡아 먹는 다는 말이있다.

긴 겨울밤 시골농촌 아이들의 닭서리는 나어린시절 추억을 만들
어낸 시골농촌의 모습이였다,

6. 참외 서리

오늘날 참외는 노란 참외가 대다수 이지만 옛날 참외는 색갈도 각기 다르고 크기도 달랐다.

깨구리 참외는 얼룩 얼룩했고 수박참외는 파란색, 박참외는 검정색이나 주황색이었다.

수박참외나 호박참외는 어린아이 머리통만 해서 참외하나 먹고나면 배가 불렀다.

지금은 시골 농촌에서도 찾아보기가 힘들지만 옛날 참외밭 옆에는 원두막을 짓고 참외 도둑을 지키면서 원두막에서 직접 참외를 팔았는데 돈대신 쌀과 보리쌀을 받기도 했다.

원두막은 대개 노인들이 참외밭을 지켰는데 원두막 옆에는 모기불을 피우고 그 옆에는 개나 소를 매 놓고 있었다.

어느날 개울에서 목욕을 할때 한 친구가 참외 서리를 가자고 제의했다. 우리 동네에서 약 3㎞ 떨어진 자동차길 신작로 옆에 참외밭이 있는데 밤에는 노인 할아버지 혼자서 원두막에서 자면서 참외밭을 지키고 있다는 정보였다.

우리 친구들은 참외서리를 하기로 합의하고 참외밭을 낮에 사전 답사하기로 했다,

친구들은 각자 쌀 한되박씩 가지고 개울 뚝방으로 모여 함께 신작로 참외밭으로 가서 참외를 사먹으면서 현장 실태를 사전 답사하기로 약속을 하고 집으로 돌아갔다. 집에 돌아온 나는 안방 사랑방에서 어머니 아버지가 주무시고 있는 것을 확인한 후 광으로 들어가 쌀독에서 쌀 한바가지를 자루에 담아 바깥마당가 볏짚터미속에 감추어 놓고 내방으로 들어와 잠을 잤다.

다음날 학교가는 길에서 만난 친구들은 오늘집에 가서 개울가로 쌀을 가지고 나와 꼴망태에 쌀을 담아 가지고 신작로 참외 밭으로 가서 참외를 사먹기로 했다.

개울가에서 만난 친구들은 각자 쌀자루를 한데 모아 큰자루에 담아 꼴망태에 넣고 신작로 참외 밭으로 갔다.

참외 밭에 도착한 우리들은 할아버지께 쌀자루를 건네주고 참외를 사먹으러 왔다고 하자 할아버지는 원두막 밑에 따다 놓은 참외를 손으로 툭툭 두드리며 익은 참외를 골라 우리들 앞에 놓아 주면서 먹고 남은 참외는 자루에 담아 집에 가서 먹으라고 했다.

우리들은 참외를 깎았먹는 동안 참외 밭을 이리저리 바라 보면

서 참외 밭으로 들어올길, 참외를 따서 도망갈길 등을 정하면서 참외를 먹고난 다음 남은 참외 몇개를 자루에 담자 할아버지는 원두막 밑에 따 놓은 상처난 참외 몇개를 더 주시며 상처난 참외가 더 달다 하시며 상처난 참외를 먼저 먹으라고 당부도 하셨다.

참외를 사먹고 집으로 돌아오는 길에 우리들은 오늘밤에 바로 참외서리를 하면 의심을 받을 염려가 있으니 며칠 지난후에 참외서리를 가기로 하고 저녁에 개울가에 모이기로 하고 각자 자루도 준비하기로 했다. 참외서리 하는 날 하늘에는 반달이 떠 있어 옆에 사람은 구별할 수 있을 정도였다.

우리들은 참외 밭으로 가는도중 나와 친구 한사람은 원두막으로 기어들어 할아버지 동태를 살피면서 안전하다는 신호로 돌멩이를 던져 대기하고 있던 친구들이 참외밭으로 들어가 참외를 따기로 했다. 참외밭 옆에 도착한 우리들은 각자 맡은 임무를 수행하기 로 하고 나와 친구 한사람이 살금살금 기어 원두막 밑으로 갔다. 원두막에는 모기불이 피워져 있고 그 옆에는 황소 한마리가 말뚝에 매어 있는데 황소는 앉아서 쉬고 있었다. 원두막 밑으로간 나와 친구는 살며시 일어나 원누막 안을 드려다 보니까 할아버지는 잠을 자고 있었다.

이때 내가 작은 돌멩이를 대기하고 있는 친구들에게 던지자 친구들은 참외 밭으로 들어가 참외를 따서 자루에 담기 시작했다.

참외 원두막 밑에 숨어있던 나와 친구는 숨소리도 못내고 긴장하고 있는데 십여분 정도 지날 무렵 나는 재치기를 하고 말았다. 손으로 입을 막고 재치기를 막으려고 했으나 긴장한 탓인지 재치기는 계속되었다.

이때 잠을 자던 할아버지는 누가 왔나 하면서 원두막을 내려오려고 했다. 이때 나와 친구는 원두막다리를 잡고 원두막을 흔들며 참외밭을 향해 도망가라고 소리를 질렀다. 도망가라는 소리를 들은 친구들은 참외자루를 둘러메고 뛰기 시작했다.

나와 친구가 원두막을 계속 흔들자 할아버지는 담배대를 들고 이리저리 휘두르며 이놈들 이놈들 하며 원두막 밑을 내다 보았지만 우리들을 볼수가 없었다.

원두막을 흔들던 나와 친구는 참외를 가지고 도망친 친구들이 멀리 도망간 것을 확인한 후 재빠르게 도망을 쳤다.

원두막을 도망쳐서 모이기로 약속한 개울가에 오니 참외서리를 한 친구들이 따온 참외자루를 옆에 놓고 기다리고 있었다.

친구들도 긴장한 탓인지 참외먹는것 조차 잊을 정도였다.

한동안 긴장을 푼 친구들은 참외 자루를들고 개울물속으로 들어가 목욕을 하며 참외를 씻어 먹었다. 워낙 급하게 딴 참외라 어떤것은 생참외도 있었다. 친구들은 손으로 참외를 만져보고 큰것만 골라 땄다고 했다.

참외를 먹고 목욕을 한 우리들은 남은 참외를 자루에 담아 개울가

숲속에 감추어 놓고 다음날 개울가에 모여 참외를 먹었다.

자동차 길 신작로 참외밭은 사통팔방 길 옆이라 참외 도둑을 잡을 수가 없었다.

우리들이 참외서리를 한 후에 할아버지 참외밭에는 송아지만 한 큰개 두마리를 매 놓고 도둑을 지켰다. 다행스럽게도 우리들은 개가 없던 때 참외서리를 해서 성공을 거둔 것이다.

서리란 "떼"를 지어 남의 과일, 곡식, 가축 따위를 훔쳐먹는 장난이었다.

7. 사과 서리

내 고향 충주는 사과단지로 이름이 나 있다. 나 어린시절 사과하면 대구사과를 제일로 꼽았고, 그 다음이 충주사과로 꼽았다.

나는 시골 농촌에서 충주시내로 학교에 다녔는데 우리집과 학교는 50리(20km) 길로 처음에는 기차 통학을 몇달 했었는데 그당시 기차도 자주 다니지도 않았지만 시내 버스도 없던 때라 나는 부모님과 상의 끝에 시내에 나와 자취를 하기로 했다. 당시 시골농촌에 사는 친구들은 대개 자취를 많이 했는데 자취생들은 한곳에 집중하여 같은 학우끼리 방을 얻어 자취를 했기 때문에 시내에는 자취생 골목이 생겨 나기도 했다.

내 친구 한사람은 동생과 함께 자취를 했는데 밥짓기가 싫어 쌀을 팔아 찐빵으로 끼니를 때우기도 했다. 지금은 전기밥솥이 있어 밥짓는 일은 일도 아니지만 나 학창시절인 60년대 초반에는 자취생들이 석유곤로에 불을 붙여 양은냄비에 밥을 짓고 난후 국을 끓여서 먹었다.

학교수업이 끝나고 나면 친한 친구 3~4명이 친구자취방에 모여 양은 냄비에 밥을 지어 집에서 가지고온 김치, 깍두기를

넣고 고추장을 넣어 비벼서 김치볶음밥을 만들어서 친구 3~4
명이 둘러 앉아 먹다보면 눈깜짝 할 사이에 냄비 밑바닥 극는
소리가 들리면서 냄비 밑바닥에 붙은 누룽지를 서로 먹겠다고
빈 냄비 쟁탈전이 벌어지기도 했다.

　김치볶음밥을 먹고난 친구들은 기타를 치며 노래도 부르기도
하고 또 어떤친구는 방바닥에 누워 만화책을 읽기도 했다. 한참
재미있게 놀고 있을 때 한 친구가 오늘밤 사과서리를 가자 하고
제안을 하자 다른 친구가 야 사과서리를 하려면 낮에 사과밭을
미리 답사해야 하고 또 사과 밭에는 개도 풀어 놓고 주인이 지키
는데 그게 쉬운 일이 아니다 하고 반대의견을 냈다.　모여있던
친구들은 사과서리는 나중에 가기로 하고 오늘은 각자 집으로
돌아 가기로 하고 헤어졌다.

　그 당시 사과 밭에는 사과도둑을 막기 위해서 사과밭 경계에
아까시아 나무를 심고 아까시아 나무밑에 통나무 기둥을 세우고
철조망을 처서 사과 도둑을 막았다.

　옛 말에 지키는 사람 열명이 도둑 한명을 못잡는다고 사과 서
리를 하는 사람들은 그들 나름대로 비장의 묘수를 찌내기도 했
다.　며칠후 늘 모여놀던 친구 자취방에 모인 친구들은 오늘밤
사과서리를 가기로 상의를 하던 중 마침 사과밭을 가지고 있는
친척집에서 학교에 다니는 친구가 함께 있었는데 한 친구가 그
친구에게 야 오늘밤 느네 친척집 사과밭으로 서리가면 어떠냐
고 묻자 그 친구는 멀리 강원도에서 우리학교로 유학온 친구로

본토박이 친구들에게 왕따를 당할가 두려워서 그럼 내가 저녁에 사과밭 보초막에 있을 테니 너희들이 밤에 사과밭 울타리에 와서 서로 신호를 하기로 하자 하고 서로 약속을 한후 그 친구는 먼저 집으로 갔다.

자취방에 모인 친구들은 저녁밥을 지어 함께 먹고 난후 약속 시간에 맞춰서 친구 친척집 사과밭 보초막 인근 울타리로 갔다. 온천지가 캄캄한 밤중 시내 전기불이 여기 저기서 꺼질때 보초막 불 빛이 보여 서리를 간 친구들이 약속한 대로 신호를 보내자 보초막에서 기다리고 있던 친구가 덴찌(손전등)를 들고 친구들 앞으로 와서 낮에 뚫어둔 철조망 개구멍으로 친구들을 들어오게 해서 보초막으로 갔다.

보초막 희미한 전기불 아래에는 조금 기스(상처)가 난 사과 한 상자가 놓여 있었다. 보초막에 온 친구들은 웬 사과냐고 묻자 보초막을 지키던 친구는 내일장에 내다 팔 사과를 땄는데 그 중에서 조금 기스(상처)가 난 B급 사과를 가지고 왔다고 설명했다.

친구의 말을 듣고난후 사과서리를 갔던 친구들은 보초막 땅바닥에 앉아 사과를 들고 바지에 쓱쓱 물질려서 먹기 시작했다.
짧은 시간에 사과 몇 개씩을 먹고난 친구들은 배가 불러 모여 앉아 이야기를 나누며 쉬고 있는데 갑자기 뗀찌(손전등) 불빛이 보이더니 보초막 안으로 웬 사람이 들어왔다. 친구 외삼촌이 사과밭을 돌다 보초막에서 서로 대화하는 소리를 듣고 웬일인가 하고 보초막으로 왔던 것이다.

보초막에서 쉬고있던 친구들은 사과밭 주인의 갑작스러운 등장에 놀라 어쩔줄 모르고 서있는데 친구 외삼촌은 괜찮다 어서 들 앉아서 사과먹거라 하시며 친구들을 안심 시켰다.

　사과서리를 갔던 친구들은 미안한 마음에 감사합니다 하고 인사를 드리자 친구외삼촌은 잘들했다. 사과 밭 이곳 저곳을 돌아 다니며 사과를 따면 사과나무가 상해서 다음해 사과농사에 지장이 많은데 이렇게 따다 놓은 사과를 먹는 것이 사과농사를 짓는 사람에게는 더 많은 이익이 된다고 설명까지 하시면서 보초막을 지키던 친구에게 사과 한상자 더 갔다 먹으라고 하시면서 먹고 남은 것은 집에 싸 가지고 가서 먹으라고 말씀하신 후 보초막을 떠나셨다.

　그후 사과서리를 갔던 친구들은 일요일 또는 공휴일에 친구 외삼촌 사과밭에 가서 일을 도와주고 맛있는 집밥도 얻어먹고 사과도 얻어와 그 귀한 사과를 마음놓고 먹을 수 있었다.

　지금와서 생각해보면 사과밭 주인 친구의 외삼촌은 멀리 강원도 외처에서 유학온 생질 조카가 본토박이 친구들에게 왕따 당하지 않고 서로 잘 지내기를 바라는 마음에서 사과 서리를 간 친구들에게 호의를 보인것이 아닌가 하는 생각도 들지만 어찌 되었던간에 우리 친구들은 유학온 친구덕분에 마음껏 많은 사과를 먹을 수 있었던 즐거운 학창시절 이었다.

8. 덮치기 새 잡기

옛날 시골농촌에서는 가을 추수가 끝나면 농사를 짓는 집 바깥 마당이나 채마 밭에는 짚터미나 땔감 나무 터미가 생겨났다.

추운 겨울철 집 가까이에 땔감을 쌓아 놓고 수시로 편하게 사용하도록 사전 준비를 한 것이다.

우리집 앞 외삼촌네 집 채마 밭뚝에는 전봇대 보다도 더높은 미루나무가 대 여섯 그루 서 있었는데 외삼촌은 이 미루나무 밑에 짚터미와 땔감 나무터미를 쌓아 놓았다.

엄동설한 겨울철 흰눈이 온세상을 덮어 하얀 세상으로 변하면 산과 들을 드나들던 새떼가 이 미루나무 가지로 날아 왔다가 짚터미로 날아와 먹이를 찾아 먹었다.

나와 동네 친구들은 겨울철만 되면 외삼촌네 채마 밭뚝 미루나무 밑 짚터미에 덮치기를 놓고 새를 잡았다. 덮치기란 손가락 두개 굵기의 생나무가지에 새끼줄 두줄로 양쪽을 동여 매 활을 만든 다음 작은 나무가지로 새를 덮치는 그 물망을 만들어 나무가지 활에 그

물망을 꼬여 새끼줄을 꼰 다음 그 물망에 새먹이를 달고 싸리나무 가지로 고여 놓아 새들이 나무가지 그물 망으로 기어 들어와서 먹이를 쪼아먹을때 그 물망이 새를 덮쳐 도망을 못칠때 새를 잡아 오는 것이다.

나는 아버지와 외삼촌이 덮치기를 만들어 주셨는데 내 덮치기는 다른 친구들것 보다 크기도 더크고 튼튼했다.

겨울방학이 되어 온세상이 흰눈으로 덮힌 어느날 나와 동네 친구들은 외삼촌네 짚터미에 눈을 쓸어내고 그 위에 덮치기를 놓고 외삼촌네 집 처마 밑에서 지켜보고 있을때 얼마 후 새떼가 미루나무 가지로 날아 들더니 아무 인기척이 없자 새떼가 짚터미로 날아와 덮치기로 기어드는데 이상하게도 한 친구 덮치기에 몰려 들고 나와 다른 친구들 덮치기에는 주위만 왔다 갔다 했다.

이때 한 친구의 덮치기에 새가 잡혔다.

규칙상 자기 덮치기에 새가 잡혀도 다른 사람 덮치기에 새가 잡힐때 까지 기다렸다가 새떼가 짚터미를 떠나면 그때 잡힌 새를 꺼내오게 되있다. 한참을 기다리며 새가 잡히기를 눈독을 드리고 있을때 새떼들은 미루나무 가지위로 날아 갔다. 외삼촌네 개가 나무터미 짚터미 새떼를 향해 달려 들었던 것이다.

이상한 일은 나와 다른 친구들은 허탕치는 일이 다반사였고 한 친구는 하루에 몇마리씩 새를 잡는 것이다.

나와 새를 못잡은 친구들이 새를 잘 잡는 친구에게 새잡는 기술좀 가르쳐 달라고 하자　그 친구는 기술은 무슨 기술이냐 나도 너희들과 똑같은 덮치기로 새를 잡고 있다하며 잡은 새를 친구들에게　보이면서 약을 올렸다.

　새를 못잡고 허탕만 치고 집에 돌아온 나는 덮치기를 내려 놓으면서 아버지께 허탕만 쳤다고 말씀드리자 아버지는 사랑방 윗목벽에 달아논 스슥(조)이삭 세개를 떼서 아궁이에서 스슥(조) 이삭을 살짝 구운다음 찬장에서 참기름을 꺼내 스슥(조) 이삭에 발라서 나에게 주시면서 이스슥(조) 이삭을 덮치기에 달아 새를 잡아 보라고 하셨다.

　다음날 외삼촌네 짚터미에 덮치기를 놓고 새를 잡던 나와 친구들은 오늘은 누가 더 많이 새를 잡나 내기 한번 해보자고 했다.

　이때 새를 잘 잡던 친구는 나와 친구들에게 해보나 마나다 하면서 으시댔다.

　이게 웬일인가 내 덮치기에 한꺼번에 세마리의 새가 잡힌 것이다.　나도 놀랐고 친구들도 놀랬다.　새를 잘 잡던 친구는 어안이 벙벙한지 눈만 깜박거렸다. 그날의 결과는 내가 1등이었다. 맨날 허탕만 치던 내가 십여마리의 새를 잡았기 때문이다.　나는 잡은 새를 가지고 집에 돌아와 아버지께 자랑을 하자 아버지는 거봐라 새가 잘 잡히지 새들도 냄새를 잘 맡는다 알았냐　옛날에 내가 다 해봤던 일이다 하시며 웃으셨다.

나는 잡아온 새를 화로불에 구어 아버지 어머니와 함께 나누어
먹었다.

옛말에 소등뒤에 앉아 있는 참새가 소귀에다 대고 내고기 한
점과 네고기 열점을 안 바꾼다고 말했다는 야사가 생각난다.

나는 아버지의 뛰어난 아이디어에 놀라기도 했지만 경험에
의한 결과에 대해 산 지식을 얻은 것이다.

9. 초가지붕 처마 밑 참새잡기

옛날 내가 살던 마을에는 머슴과 식모를 두고 밥술깨나 먹고 사는 부잣집 몇집을 빼 놓고는 모든 집이 초가지붕이었다. 부잣집이라고 해도 어떤 부잣집은 안채는 기와집 바깥사랑채는 초가지붕이었다.

가을 추수가 끝나고 눈보라 몰아치는 겨울이오면 들판을 날던 참새들이 초가지붕 처마 밑으로 찾아들어 겨울잠을 자는데 이 때를 이용하여 시골농촌마을 아이들은 참새를 잡아 화로불이나 아궁이 불에 구워 먹었다.

6·25 전쟁이 휴전된 후 시골농촌마을 산골짜기에는 소총, 기관총, 탄피가 여기저기서 발견되었는데 시골 농촌아이들은 산에 올라가 탄피를 주어와서 엿장수에게 엿을 사먹기도 하고 시골 5일장날 장터에 나가 미군부대에서 나온 깐시매(통조림) 빈통을 구해와서 깡통 중간에 구멍을 뚫고 그 구멍에 탄피를 꽂고 탄피안에 이불솜을 넣고 석유를 넣어서 일명 깡통덴찌(깡통 손전등)를 만든 다음 참새잡이 그 물채를 만들어 참새를 잡았다.

참새를 잡는날 마을 친구들은 놀이 사랑방에 모여 긴겨울밤을 즐길 놀이를 협의한 후 참새를 잡아올 팀과 저녁 밤참을 만들팀으로 나누어 각각 맡은 일을 진행해 갔다.

　참새 잡는 팀이 참새를 잡는 방법은 참새가 초가지붕 처마 밑을 찾아 들어 잠을 자고 있을때 깡통덴찌(깡통손전등)를 든 친구가 초가지붕 처마 끝을 향해 깡통덴찌 불빛을 비추면서 참새를 발견하면 참새잡는 그 물체를 들고 있던 친구가 참새 앞에 그물자루를 대고 살짝 움직이면 눈을 감고 잠을 자고 있던 참새가 깜짝놀라 자루안으로 날아 들어온다.

　이때 잡은 참새를 들고 다니는 친구가 자루안에 든 참새를 잡아 온 동네를 돌며 참새를 잡는다. 재수가 좋은 날은 참새 20여마리 이상도 잡지만 재수가 없는 날은 대 여섯마리를 잡을 때도 있었다,

　한편 같은시간 밤참을 준비하는 팀은 마을친구들이 서로 협조하여 미리 모아둔 쌀로 밥을 짓고 남은 쌀을 가지고 앞개울건너 산모퉁이 외딴터에 있는 구멍가게에서 막걸리와 메밀묵을 사와 묵밥을 만들고 간식으로 군고구마 무, 배추 밑똥(배추뿌리)을 준비한다.

　참새를 잡아온 친구들이 놀이 사랑방 화로불에 석쇠를 얹고 참새를 구우면 이웃집 개들이 참새구이 냄새를 맡고 멍멍하고 짖어대기 시작하면 잠을 자고 있던 온 동네 개들이 서로 경쟁이라도

하듯 짖어댔다. 이때 초저녁 잠을 자던 마을 어르신들은 개짖는 소리에 잠을 깨 일어나서 호롱불을 켜 놓고 새끼도 꼬고 , 멍석 둥구미 등을 만들기도 했다.

참새구이와 밤참을 준비한 마을친구들은 막걸리를 마시며 노래도 부르고 화투 놀이도 하면서 긴 겨울밤을 즐겼는데 이때 한 친구는 못먹는 막걸리를 기분이 좋다고 너무 많이 마셔서 술에 취해 집에 못 들어가고 놀이 사랑방에서 잠을 자다가 친구를 찾아오신 어머니께 들켜 매를 맞기도 했다.

세월이흘러 지금은 시골 농촌에서도 초가집을 찾아 볼수가 없다. 나 어린시절 새까만 띠를 만들며 들판을 날던 참새떼도 이제는 시골 농촌에서도 찾아 보기가 힘들다.

세월이 지나면 많은 것이 변한다고들 말하지만 그래도 변하지 않는 것이 있다고 한다면 아마도 코흘리개 어린시절 그리운 옛 추억의 고향 향수가 아닌가 생각된다.

10. 숨박꼭질

숨박꼭질 놀이는 놀이기구도 필요없이 아이들이 한곳에 모이 기만 하면 놀수있는 나 어린시절 시골농촌마을 아이들에게는 최상의 놀이였다.

내가 살았던 시골농촌 마을에는 아이들이 모이는 장소 형, 누 나, 삼촌들이 모이는 장소, 어르신네들이 모이는 장소, 아낙네 들이 모이는 장소가 따로 따로 있었다.

동네 아이들 칠팔명이 모이면 대개 첫 놀이로 숨박꼭질 놀이 부터 시작되는데 이때 가위 바위 보로 순번이 정해지고 술래 가 벽이나 나무를 붙잡고 눈을감고 꼭꼭 숨어라 머리카락 보 인다 하고 외쳐대면 남은 친구들은 각자 뿔뿔이 흩어져 몸을 숨긴다.

친구들이 몸을 숨긴다음 술래는 흩어진 친구들을 찾아 이곳 저곳을 뒤지며 친구들을 찾는데 이때 제일 먼저 들킨 친구가 다음 술래가 된다. 한참을 뒤져도 찾지못한 친구들은 술래가 못찾겠다 꾀고리 꾀골 꾀골 하면서 외쳐대면 몸을 숨기고 찾기 를 기다리던 친구들이 스스로 몰려 나와서 모두 합류 한후 다음 술래가 순번이 되어 또 다시 남은 친구들이 몸을 숨기면서 숨박꼭질 놀이는 계속되는 것이다. 시골농촌 아이들 숨박꼭질 놀이 때 몸을 숨기는 장소로는 대개 장독뒤, 광속, 나무위, 대문뒤, 똥뒷간(변소) 소외양간, 담장뒤, 나무터미, 짚터미 등 다양하다.

가을 추수가 끝나면 시골농촌에는 초가집 지붕잇기가 진행되는데 이때 필요한 이엉과 새끼줄을 만들기 위해 벼타작을 할때 볏짚채(길이)가 긴 볏짚을 따로 묶어서 볏짚터미를 만들어 텃밭이나 마당한구석에 따로 보관한다.

볏짚터미나 나무터미는 아이들 숨박꼭질 놀이때 몸을 숨기기가 가장 좋은 은신처로 어떤 친구들은 짚터미나 나무터미에 굴을 파서 그 안에 움집을 만들어 몸을 숨기기도 한다.

저녁 늦게 까지 숨박꼭질 놀이를 하던 친구들은 저녁식사 시간이 되면 각자 자기집으로 돌아간다. 저녁시간이 지나고 각자 잠을 잘 준비를 할 초저녁에 마을에 큰 난리가 났다.

우리와 같이 놀던 친구 하나가 늦은 저녁시간이 되었는데 집에 돌아오지 않았기 때문이다.

친구 엄마는 같이 놀았던 마을 친구들을 찾아 다니며 친구를 찾았으나 모두가 같이 놀았는데 잘 모르겠다는 말 뿐이다. 친구엄마는 이장댁에 가서 애가 없어졌다고 걱정을 하자 이장님 우리 친구들과 동네 사람들이 등불을 켜들고 친구를 찾아 나섰다.

이장님과 동네사람들이 집에 돌아오지 않은 친구 이름을 불러대며 한시간 정도 온동네 구석구석을 돌며 찾고 있을 때 누군가 애 찾았다 하고 외쳤다.

각자 흩어져 애를 찾던 동네 사람들이 애 찾았다는 장소로 모여들자 친구가 볏짚터미 굴속에서 눈을 비비며 하품을 하며 나오는 것이다. 친구를 찾아 나섰던 동네 사람들은 안도의 한숨을 내 쉬며 이놈아 너 때문에 온 동네가 난리가 나지 않았느냐 그래 볏짚터미 속에서 잠을 자면 춥지 않았느냐 하고 묻자 그 친구는 아직도 잠이 덜 깼는지 멍하니 동네 사람들을 쳐다보며 무슨 일인지 전혀 모르는 표정이었다.

이때 친구엄마는 아이를 붙잡고 울면서 이놈아 그런데서 잠을 자면 어쩔려고 그러냐 너 때문에 온동네가 발칵 뒤집히지 않았느냐 하면서 걱정반 꾸중반 야단을 치면서 친구를 데리고 집으로 갔다.

한 곳에 모여 있던 동네 사람들은 애를 찾아 다행이라고 하면서 친구엄마에게 애를 너무 야단치지 말라고 당부도 했다.

지금와 생각하면 그때 그 일이 어린시절에는 무섭기도 했지만 나에게는 잊혀지지 않는 어린시절의 추억이 되어 의미있는 미소를 짓게도 한다.

11. 썰매타기 놀이

　나 어린시절 시골농촌아이들 겨울철 놀이중 으뜸은 썰매타기 놀이였다. 가을 추수가 끝나고 겨울철이 닥아올때쯤 마을의 형, 누나들은 우리마을 앞 개울가에 제일 큰 논에 개울물을 가두어 마을공동 썰매장을 만들었다. 마을 아이들은 형. 누나들이 만들어 놓은 공동썰매장에서 썰매도 타고, 팽이도 치고, 연도 날리면서 즐거운 겨울방학을 보내기도 했다.

　어린 아이들은 주로 앉아서 타는 나무 썰매를 탔고 형, 누나들은 발썰매를 타고 놀았다. 앉아서 타는 나무 썰매는 속도가 느렸지만 형, 누나들이 타는 발썰매는 제비날듯 씽씽 달렸다. 어린아이들은 형, 누나들에게 발썰매 타는 법을 배우겠다고 발썰매를 타보지만 얼음판 위에서 엉덩방아만 찧고 넘어지기만 했다.

　겨울 방학이 되어 마을 아이들이 몰려나와 마을공동 썰매장에서 썰매를 타고 놀고 있었는데 이때 서울에서 친척집에 온 아이가 칼썰매를 가지고 썰매장에 나와 얼음판을 누비며 으시대고 있었다.

그도 그럴것이 통나무 썰매는 속도가 느려 재미가 별로 없었는데 칼썰매를 가지고온 서울 아이는 얼음판을 씽씽 달리고 있으니 마을 아이들은 기가 죽을 수 밖에 더 있겠는가? 마을 친구들은 썰매타기를 중지하고 썰매장 한모퉁이에 피워논 모닥불 앞에 모여 서울아이의 칼썰매 타는 모습을 바라보면서 모두가 부러워 했다.

이때 한 친구가 다마(구슬)치기 하러 가자고 해서 나와 몇몇 친구들은 썰매타기를 중지하고 마을 공동 놀이장 마당에 모여 다마(구슬)치기를 하며 놀았다. 저녁 식사시간 나는 아버지께 오늘 썰매장에서 있었던 서울 아이 칼썰매 이야기를 하면서 나도 칼 썰매를 타고 싶다고 말씀드렸더니 아버지께서는 그게 그렇게도 갖고 싶으냐 하고 반문을 하셨다.

나는 아버지께 네 엄청갖고 싶어요 칼썰매 하나 사주시면 소원이 없겠어요 하고 말하자 아버지께서는 그래 그러면 내가 다음장날 장에가서 칼썰매 하나 만들어다 줄테니 걱정말고 밥이나 먹고 방학숙제 하고 자거라 하시며 저녁상을 물리시고 사랑방으로 나가셨다.

나는 사랑방으로 나가시는 아버지 뒤를 향해 고맙습니다, 고맙습니다 하고 인사를 했다. 내 방에 들어온 나는 책상앞에 다음 장날자를 크게 써 놓고 장날 오기만을 기다렸다.

아버지께서 약속하신 시골 5일장날 친구들과 밖에서 재미있게 놀다 집에 돌아온 나는 깜짝 놀라서 뒤로 넘어질뻔 했다. 아버지께서는 나의 소원이었던 칼썰매를 만들어 마루 기둥옆에 놓고 들에 일하러 나가신 것이다. 나는 뛸듯이 기뻐서 마을 친구들에게 자랑을 하고 싶어 칼썰매를 들고 마을공동 썰매장으로 갔다. 공동썰매장에는 마을 친구들이 몰려나와 썰매를 타고 있었는데 이때 나는 칼썰매를 타고 마을 친구들 옆으로 갔다.

마을 친구들은 칼썰매를 타고 있는 내 옆으로 몰려들어 칼썰매 한번 타보자고 야단 들이었다. 어떤 친구는 딱지 10장을 주면서 타보자고 하기도 하고 어떤 친구는 유리다마(유리구슬) 3개를 주면서 타보자고 하기도 해서 나는 못이기는척 하면서 딱지와 구슬을 받고 칼썰매를 빌려 주면서 으시대기도 했다.

나는 마을 친구들과 저녁 늦게 까지 칼썰매를 타고 집에 돌아와 아버지께 고맙습니다 하고 인사를 하자 아버지께서는 이제 소원 풀었느냐 하시며 기뻐 하시기도 했다.

40대 연세에 늦동이 막내 아들을 낳으신 부모님들께서는 우리집 형편 대로 늦동이 막내 아들을 애지중지 하며 나를 키우셨다.

12. 팽이치기 놀이

옛날 시골 농촌아이들은 겨울방학이 되면 동네 앞 큰논에 얼음판을 만들어 놓고 썰매도 타고 연도 날리고 팽이도 치면서 긴 겨울방학을 보냈다. 이때 내기 팽이치기를 할때 상품으로 유리구슬, 딱지, 고구마 등을 걸고 팽이를 쳤다.

지금은 문방구나 장난감 가게에서 팽이를 구입해서 팽이를 치지만 나 어린 시절에는 팽이를 직접 만들어야 했는데 팽이를 만들려면 먼저 산에 올라가서 오리나무나, 소나무를 잘라와서 짧게 토막을 내 창칼로 팽이를 깎았다. 대개 아버지 또는 형이 팽이를 깎아 주는데 나는 내가 직접 팽이를 깎다가 손을 베어 한동안 고통을 겪은 일도 있었다.

어느날 동네 논 얼름판에 모인 친구들이 팽이를 치며 놀고 있을 때 한쪽 편에서 내기 팽이치기를 하고 있었다. 이때 나는 내기 팽이치기에 참가해서 유리구슬 다섯개와 딱지 열장을 잃었다.

다음날 본전을 찾아 보려고 또 다시 내기 팽이치기에 참가했으나 요번에도 나는 내기에서 꼴찌(꼴등)를 해서 유리구슬과 딱지를 잃었다.

힘들게 모아논 내 놀이품 재산인 유리구슬과 딱지가 점점 줄고 있는 것이 속이 상한 나는 어떻게 하면 본전을 찾고 1등을 한번 해볼까 고민에 고민을 한 끝에 내기 팽이치기만 하면 맨날 1등을 하는 친구에게 비법을 배우기로 작정을 하고 그 친구를 찾아가서 팽이치기 비법좀 알려달라고 애원하다시피 청하자 친구는 비법 암 비법이있지 하면서 내 눈치를 살폈다.

친구의 욕심쟁이 심뽀를 잘 알고 있는 나는 유리구슬 다섯개 딱지 열장을 줄테니 비법좀 알려 달라고 하자 친구는 그럼 집에 가서 팽이를 가지고 오라고 했다.

친구의 말을 듣고 신이난 나는 집에와서 팽이와 팽이채, 유리구슬, 딱지를 가지고 친구네 집으로 갔다.

나를 본 친구는 빙그레 웃으며 자기네집 뒤뜰로 나를 데리고 가더니 망태기에서 큰 대못과 벤찌를 꺼내 칼을 가는 숫돌에 대못 대가리를 둥글게 갈아서 짧게 잘라 내 팽이에 박아 주면서 팽이를 처보라고 했다.

친구와 함께 팽이를 치고 있는데 팽이가 웡웡거리며 기가 막히게 잘돌아 가고 있었다. 나는 신이나서 친구에게 유리구슬과 딱지를 건네 주면서 내일 내기 팽이치기를 할때 기권을 해달라고 부탁을 했다.

나에게 유리구슬과 딱지를 건네 받은 친구는 알았다고 하면서 나와 손가락을 걸고 약속을 했다.

다음날 동네 논얼음판에 모인 친구들은 오늘도 내기 팽이치기를 하자고 했다. 이때다 하고 기다리고 있던 나는 오늘은 상품 좀 큰거 걸고하면 어떠냐고 하자 무슨 상품이냐고 했다.

나는 연필 두자루, 고무(지우개) 두개, 유리구슬 열개를 걸자고 했다.

한꺼번에 본전을 찾아 보려고 제의를 한 것이다.

내 말을 듣고 있던 친구들은 모두 놀라는 표정을지으며 대항을 못하고 있을때 한 친구가 좋다고 하면서 내가 제의한 상품을 걸고 내기 팽이치기를 시작했다.

팽이치기가 시작되여 나는 친구에게 전수받은 비법으로 팽이를 치자 내 팽이는 윙윙거리며 온 얼음판을 누비며 잘 돌아가고 있었다. 옆에서 구경을 하고 있던 친구들은 나에게 비법을 아르켜 준 친구에게 맨날 1등을 하는 너는 왜 안치느냐고 묻자 그 친구는 팔이아파 팽이를 못치겠다고 핑계를 댔다. 나와의 약속을 지킨 것이다.

내기 팽이치기 결과 내가 바라던 대승리를 한 것이다. 맨날 꼬찌만 하던 내가 팽이치기에서 승리를하자 옆에 있던 친구들은 모두가 놀라는 표정들이었다.

이때 나는 친구들에게 야 느덜 내가 맨날 꼬찌만 하니까 내 팽이치는 기술을 우습게봤지 나도 팽이치는 기술이 있다. 느 덜 나와 내기 팽이치기 하려면 대들어라 하고 엄포를놓자 모두 의아한 눈치였다.

나에게 팽이치는 비법을 알려준 친구는 아무것도 모르는척 하면서 가지고온 고구마를모닥불에 구워 친구들과 함께 나누 어 먹고 집으로들 돌아왔다. 집에 돌아온 나는 내기에서 진 친 구로 부터 상품을 건내 받고 다음에 또 한번 내기 팽이치기 하 자고 제의하자 그 친구는 기가 죽었는지 안하겠다고 했다.

승리의 기쁨을 만끽한 나는 연필한자루와 고무한개를 비법을 아르켜준 친구에게 갔다 주자 그 친구는 팽이치기 비법이라고 하면서 팽이치기 전에 팽이와 팽이채를 물에 담가 불렸다가 팽이 를 치면 잘 돌아간다고 알려 주었다.

친구 덕분에 내 소원을 이룬 나는 그 친구에게 고맙다고 인사 를 하고 집으로 돌아오는데 내 마음은 온천하를 얻은것 같은 기분이었다.

13. 딱지 치기

지금은 문방구에서 딱지를 구입하지만 옛날 시골농촌 어린 아이들은 딱지를 직접 접거나 부모님 또는 형, 누나들이 접어 주기도 했다. 딱지 재료로는 헌공책, 헌책, 벽지 뜯어낸 폐지 회푸대종이, 달력종이 등을 이용했다.

우리마을 친구들은 마을놀이 마당에 모여 딱지도 치고 팽이도치고 숨박꼭질 놀이도 하면서 놀았다.

소를 기르는 집 친구들은 소 풀을 뜯기러 나갈때는 꼴망태에 딱지와 고구마를 담아 개울뚝방 넓은 공간에서 딱지도 치고 가지고간 고구마도 구워 먹었다.

내가 태어난 고향마을 앞 논가에는 칠팔백미터 정도되는 농수로가 있는데 농수로 양쪽 뚝방은 어른키 보다도 높고 깊어서 한번 도랑에 들어가면 나오기가 힘들었다.

학교갔다 집에 돌아온 마을 친구들은 각자 자기집 소를 몰고 풀을 뜯겼는데 이때 소를 이농수로에 풀어놓고 소고삐를 목에 칭칭 감아주면 소들은 양쪽 뚝방 풀을 뜯어먹고 배가 부르면 도랑바닥에 앉아 눈을 지그시 감고 되새김질을 하면서 주인이 찾아오기를 기다리며 쉬고 있었다.

어느날 딱지치기에서 딱지를 몽땅 잃은 나는 빈 꼴망태를 어깨에 메고 소를 몰고 집에 들어가자 바깥사랑채 부엌에서 소죽을 끓이고 계시던 아버지는 나를 보시더니 꼴망태가 빈것을 보니 딱지를 다 잃었구나 내 이따 저녁에 딱지를 접어 줄테니 어서 외양간에 소 매놓고 저녁먹거라 하시며 나를 위로했다.

옛날 시골농촌에서는 볏짚으로 새끼를 꼬아 둥구니, 삼태미를 만들어 썼지만 골풀이라고 해서 들판에 널려있는 골댓풀을 베어 말려서 새끼를 꼬아 둥구니, 삼태기를 만들기도 했다.

다음날 아침 아버지는 밤새 만드신 골풀딱지와 회푸대종이 딱지를 나에게 주시면서 이 골풀 딱지를 가지고 딱지를 치면 종이 딱지는 힘도 못쓰고 넘어지고 업어진다고 나에게 일러 주시며 꼭 골풀딱지로 딱지를 치라고 당부도 하셨다.

아버지 말씀을 듣고난 나는 설레이는 마음에 아침밥을 먹는둥 마는둥 훌딱 먹고 학교를 갔다. 학교에서 마을 친구들을 만난 나는 이따 집에가서 딱지치기를 하자고 제의하자 모두가 좋다고 했다. 집에 돌아온 나는 꼴망태에 골풀딱지와 회푸대종이 딱지를 담아 가지고 마을 놀이마당으로 갔다. 놀이 마당에는 친구들이 내가 올때를 기다리고 있었다.

딱기치기가 시작되었다. 딱지치기는 가위, 바위, 보로 순서를 정하고 진사람이 딱지를 땅바닥에 놓아주면 이긴 사람이 자기 딱지를 들고 땅에 있는 딱지를 내려처서 딱지가 업어지면 딱지를 걷어 따 먹는 놀이다. 딱지치기가 끝나고 나는 많은 딱지를 땄다.

아버지 말씀대로 골풀딱지가 종이 딱지를 이긴 것이다. 친구들은 나에게 골풀딱지를 어떻게 만드는 것이냐고 알려달라고 야단 들이었다.

나는 마치 골풀딱지를 내손으로 만든것 처럼 그거 쉽다고 뽐내면서 으시댓다. 나는 거짓말을 한것이다. 거짓말을 하며 뽐냈지만 마음만은 즐겁고 흐뭇했다.

승리의 기쁨이었다...

14. 다마(구슬) 치기 놀이

옛날 어린시절 다마(구슬) 치기 놀이는 시골농촌 아이들의 경쟁 놀이로 인기가 많은 놀이였다.

다마(구슬)의 종류로는 흙다마, 쨍끼다마, 유리다마, 쇠다마 등이 있고 다마(구슬)치기 놀이로는 땅치기, 구멍치기, 때려치기, 우물털기 등 많은 종류의 놀이가 있었다.

그 당시 시골농촌 아이들은 유리다마 쇠다마는 만져보기가 힘들어 주로 흙다마나 쨍기다마를 가지고 다마치기 놀이를 했다.

흙다마는 조대흙이라고 학교에서 공작시간에 인형등을 만드는 찰흙을 말하는 것으로 시골농촌 아이들은 이 찰흙을 가지고 동그랗게 다마를 만들어 소죽을 끊이는 가마솥가에 말려서 만든 다마(구슬)이고, 쨍기다마는 시골농촌 물도랑가나 논밭두렁가에서 옛날 기와장 조각을 주어다 조각을 낸다음 넓적한 돌판이나 숫돌에 갈아서 동그랗게 만든 다마(구슬)이다.

흙다마는 물기에 약해서 비가 온후 땅이 젖어 있을 때는 다마치기 놀이가 불가능 했지만 쨍기다마는 젖은 땅에서도 다마치기 놀이가 가능해서 당시 인기있는 다마(구슬)이었다.

명절이나 방학때가 되면 도시에 사는 아이들이 시골 친척집에 놀러 왔는데 이때 도시아이들은 주머니에 유리다마(구슬)를 수십개씩 가지고 와서 다마치기 놀이를 했는데 도시아이들의 유리다마치기 놀이를 보고있는 시골 아이들에게는 환상적이었다.

이때 도시아이들과 동네 친구들이 어울려 다마치기를 했는데 유리다마 1개와 흙다마 20개를 바꿔 흙담아 따먹기 내기 다마치기를 하기도 했다. 시골아이들은 유리다마를 갖고 싶어서 밤새워 흙다마를 만들어 정성껏 말려 흙다마 100개를 만들어 유리다마 5개와 바꿨는데 시골아이들은 이 유리다마를 신주 모시듯 보석취급 하듯 했다.

도시 아이들이 떠나고 유리다마를 건네 받은 동네 친구는 다마치기 놀이때 마다 유리다마를 가지고 와서 자랑을 했는데 이때 집에 돌아온 나는 어머니께 우리집은 도시에 친척이 없느냐고 묻자 어머니는 우리집은 자손이 귀해 도시에 사는 일가 친척이 없다고 하셨다.

어린 나이였지만 그때 나는 장가가면 애를 많이 낳아야 겠다고 생각해 보기도 했다.

유리다마 다음으로 쇠다마가 등장했는데 쇠다마는 읍내 써비스

공장에서 고장난 기계를 수리할때 나오는 폐쇠다마로 구하기가 어렵고 시골농촌 아이들에게는 선망의 대상이기도 했다. 다마치기 놀이때 내기 다마치기만 하면 나는 이기지 못해서 생각하고 생각한 끝에 나는 아버지께 쇠다마를 사달라고 졸랐다.

아버지께서는 내 말을 듣고 곧 바로 내가 5일장날 쇠다마 10개를 구해다 줄테니 너는 공부나 열심히 하라고 당부하셨다.

나는 주저없이 네 하고 내방으로 뛰어 들어가 책상 앞에 앉아 숙제를 했다.

5일장날 드디어 나에게 쇠다마 10개가 생겼다. 늦둥이로 사십이 넘어 나를 낳으신 아버지께서는 나의 웬만한 요구사항은 거의다 들어 주셨다. 그래서 그런지 큰어머니께서는 아버지나 어머니께 애를 그렇게 키우니까 버릇이 없다고 하시며 구박을 하기도 했다. 쇠다마를 확보한 나는 마을 놀이 마당으로 가서 친구들과 책보 들어다 주기 내기 다마치기를 했는데 생각한 대로 내가 이겼다.

학교가는 길 다마치기 내기에서 나에게 진 친구는 내 책보와 자기 책보 두개를 양어깨에 메고 나와 함께 학교를 갔다.

" 말 타면 종두고 싶다는" 말이 있다.

다음날 내기 다마치기 때는 책보가 아니라 상대방을 업고 학교가는 다마치기를 했다운명의 장난인지 이 내기 다마치기에서 나는 지고 말았다.
나는 이긴 친구를 업고 학교를 간다는 것이 무서웠다.

생각다 못해 나는 그 친구에게 쇠다마 두개를 주는 조건으로
업고 학교 가는 일을 상계 했다.

옛 말에 욕심이 과하면 화를 입는다는 교훈을 얻은 것이다.

15. 자치기 경기놀이

나어린 시절 자치기 경기놀이는 일종의 건강지키기 놀이였다.

체력 싸움에서 이기고 지는 결과가 나오기 때문이다. 자치기 경기 방법으로는 도망구리놀이, 발차기 놀이가 있었는데 준비물로는 지름 3cm 정도 길이 10cm 정도되는 나무가지를 잘라 양쪽끝 부분을 빗깍아 만든 짱꽁막대와 길이를 재는 실타래자가 준비물이다.

도망구리 놀이는 놀이마당에 모인 친구들이 가위바위보로 A팀, B팀을 구성한 후 선수순번에 따라 경기가 진행된다.

공격팀 수비팀이 결정되면 놀이마당 한곳에 기점홈을 판후 기점홈에서 10m 정도 떨어진 곳에 수비수 출발선을 긋는다.

준비가 끝나면 경기가 시작되는데 공격팀 공격수가 기점홈에 짱꽁막대를 얹어 놓고 발로 툭쳐서 땅위로 올려 짱꽁막대를 잡고 도망을 가면 수비팀 수비수가 공격수를 따가가서 잡는 경기놀이인데 수비수가 공격수는 못잡고 기권을 선언하면 공격팀의 점수가 올라가는 경기로 모든 선수가 경기를 마친다음 살아남은 선수가 많은 팀이 최종 경기에서 승리를 하는 것이다.

발차기 자치기 놀이는 도망구리 때와 같이 A팀, B팀을 구성한후 선수 순번에 따라 경기가 진행되는데 공격팀 출전 선수가 기점홈에 짱꽁막대를 올려놓고 발로 쳐서 땅위로 올려놓고 다시 발로 차서 짱꽁막대를 멀리 보내는 놀이로 짱꽁막대가 떨어진 지점과 기점홈을 실자로 재서 확보한 거리, 길이를 적고 모든 출전선수가 경기가 종료되면 확보한 거리를 합산하여 길이를 더 길게 확보한 팀이 최종 승리팀이 되는 경기다.

쌍방 팀의 경기가 끝난후 진팀은 이긴팀에게 경기전 약속한 상품을 주거나 음식을 대접하는데 이는 마을 친구들간에 일종의 회식 겸 우의를 다지는 운동 경기 놀이였다.

16. 미꾸리 (미꾸라지) 잡기

내가 살던 시골마을 앞 논가 한모퉁이에는 사시사철 일년 내내 물이 솟아 오르는 웅덩이 샘이 있었는데 마을 사람들은 이 웅덩이 샘을 바가지로 물을 풀수있다 하여 박샘이라고 불렀다.

이 박샘물은 겨울 철에도 얼지 않고 솟아올라 넓이가 두자정도 되는 도랑을 따라 논으로 흘러들어 이논은 항시 물이차 있어 마을 사람들은 이 논을 고리실 논이라고 부르기도 했다.

이 박샘은 우리 시골마을의 빨래터로 이용되고 있었고 삼복 더위 찜통 여름날 밤에는 마을 아낙네들이 등목을 하는 유일한 아낙네들의 목욕탕 역할도 했다.

겨울에도 이 박샘물은 얼지 않았기 때문에 젖먹이 갓난애기들 똥빨래는 이박샘에서 빨았는데 그래서 그랬는지 이 웅덩이 박샘과 연결된 도랑에서는 미구라지가 많이 잡혔다.

여름철에는 송사리, 붕어, 중타리, 미꾸라지 구구리 등 많은 물고기가 이도랑을 타고 웅덩이 박샘으로 몰려와 이 박샘물을 퍼내어 많은 물고기를 잡았지만 어떤 이들은 똥먹고 큰 물고기라고 먹지 않는 이들도 있었다.

우리 시골마을 외딴터에 막걸리 고리소주 등을 파는 구멍가게가 있었는데 이 구멍가게에서는 주당 아저씨들이 모여 화투도 치고 묵내기도 하면서 마치 어른들의 놀이방과도 같았다.

이 구멍가게 주인 아주머니는 아저씨들 술안주로 부치기(빈대떡) 묵, 두부, 돼지고기 등을 팔았는데 마을 아이들이 물고기를 잡아오면 이 물고기를 사서 술안주를 만들어 팔기도 했다. 이때 이 박샘에서 잡은 물고기는 주당들의 술안주로 쓰여졌는데 어떤 주당 아저씨는 똥먹고 큰 물고기라서 더 맛이 좋다고 얼마든지 잡아오라고도 했다.

벼가 익어 벼이삭이 고개를 숙일때면 논물빼기라고 해서 벼가 심어진 논바닥에 도랑을 치고 논 바닥물을 말려서 벼베기 작업이 용이하게 한다. 이때 이 도랑을 파면 미꾸라지가 손가락에 걸려 나올 정도로 물도랑 두어 군데만 파면 미꾸라지 두어 사발은 손쉽게 잡기도 했다.

나는 소풀을 뜨러 가면 소를 개울가 하천에 길게 줄을 매 놓고 논도랑에 가서 미꾸라지를 잡아 집에 가지고 가서 어머니께 드리면 어머니께서는 웬 미꾸리를 이렇게 많이 잡았느냐고 반기시며 잘됐다 반찬거리도 없는데 무수넣고 미꾸리나 지져 먹어야겠다 하시면서 내가 잡아온 미꾸리 깡통에 소금을 한줌 넣고 미꾸리를 깨끗이 씻어 미꾸리 조림을 만드셨다.

미꾸리조림을 만드신 어머니게서는 미꾸리조림에는 쪼밥이 제맛이라고 하시면서 좁쌀밥을 지어 저녁상을 차리셨다.

우리 세 식구가 모여 저녁을 먹을 때 아버지께서는 미꾸리를 어디서 이리 많이 잡았느냐고 하시면서 그렇치 요새 논 물빼는 도랑만 뒤지면 미꾸리 두어사발 잡는 것은 일도 아니지 하시면서 저녁밥을 맛있게 드셨다.

나는 기뻐하시는 부모님들의 모습을 보면서 나는 내일은 나의 큰집네 고리실 논물 도랑을 파서 미꾸리를 잡아야지 하고 마음 속으로 다짐하면서 미꾸리 조림을 맛있게 먹었다.

17. 개구리 잡기

6·25 사변이 끝나고 전쟁의 휴유증속에 국민들의 일상 생활은 어렵고 힘든 비참한 정도의 생활이었다.

도시생활도 마찬가지겠지만 시골농촌생활은 더 형편없어 시골농촌 아이들은 영양실조에 걸려 얼굴에는 버짐이 피고 머리통은 온통 부스럼 투성이에다 배는 블록나오고 눈은 쑥들어가 움푹하고 팔다리는 바싹말라 장작개비 같은 모습이 요즈음 TV에서 보는 아프리카 아이들 모습과 똑 같았다.

한 동네에서 삼시세끼 밥 먹는 집이 30%도 될까말까 할 정도 였으니 그래서 나 어린시절 조반석죽(朝飯夕竹)끼니만 때워도 다행스럽고 고마운 일이었다.

학교를 파한 시골 농촌아이들은 산과들 또는 냇가나 논두렁을 돌아 다니며 개구리를 잡아 개구리 뒷다리를 뽑아 개울가 뚝방에 모닥불을 피워놓고 구워 먹기도 하고 집에서 얼그미를 가지고 나와 개울에서 송사리, 붕어, 미꾸라지, 피라미, 구구리, 민물새우 등 물고기를 잡아 집에 가져가 끓여 먹기도 했다.

이때 개구리 뒷다리를 뽑고 남은 개구리 몸통은 깡통에 담아 집에 가지고 와서 돼지 또는 닭 먹이로 주었는데 돼지 먹이라고 해야 부엌에서 나온 구정물에다 보리겨, 쌀겨, 밀기울 한줌 얹어 주는 것이 전부였고 닭먹이로는 아침에 한번 수수쌀, 옥수수알 또는 방아찧고 나온 싸래기나 콩찌꺼기 한바가지를 마당에 뿌려 주는 것이 전부였다.

지금은 젊은이들이 애낳기를 기피하여 시골농촌에서 갓난애기 울음소리가 사라진지 오래되어 시골농촌 학생수가 줄어서 학교문을 닫는 곳이 많지만 내가 국민학교(초등학교) 다니던 시절 우리 동네에서 한집에 사오남매는 보통이고 어떤집은 십이남매까지 낳은 집도 있었다. 먹을 것이 적었던 초근목피 시절 시골농촌의 단백질 공급원 으로는 콩농사를 지어 장을 담가 된장국을 끓여 먹었고 두부를 만들어 먹었으며 개울에나가 물고기를 잡기도 하고 틈틈이 개울 웅덩이 또는 논가에 웅덩이 샘물을 퍼내어 물고기를 잡아 이웃끼리 나누워 먹기도 했다.

가뭄에 콩나듯 어쩌다 시골 5일장날 정어리 한두손(두네마리) 사오면 어린아이 머리통만 한 무수(무) 댓개(다섯개)를 썰어 넣고 정어리 조림이 아닌 정어리 국을 끓여 온 식구가 모여서 먹었다. 집안식구중 생일날이 되면 집에서 기르던 닭 한 두마리 잡아 먹었고, 추석, 설 명절이 되면 우리 동네에서는 돼지도르리라고 해서 동네에서 돼지 두어마리(두마리) 잡으면 이때 각 가정에서 뼈 있는 돼지고기 두세근 사가지고 명절 제사상에 올린 다음 이웃이나 집안 식구들이 나누어 먹는것이 시골농촌 사람들의 단백질 공급원 이었다.

내가 국민학교 다니던 시절 미국에서 구호물자 지원으로 학교에 분유가 공급되었는데 분유 배급 받는 날은 집에서 광목자루나 종이봉지를 가지고 가서 분유 한양재기를 받아와 집에서 물에 타 마시고 나면 어찌된 일인지 배에서 꾸룩꾸룩 하고 소리가 나기 시작하더니 저녁에는 설사가 나기 시작하여 한밤중에 똥뒷간(변소)을 들락날락 거리면 어머니께서는 너 우유먹고 배탈났구나 거봐라 그래서 내가 조금만 마시라고 한거여 배탈 날까봐 하시면서 한밤중에 밖으로 나가 아버지께서 소외양간 한구석에 매달아 놓은 양귀비대를 삶아 양귀비대물을 한종지 갔다 주셨는데 신기하게도 양귀비대 삶은 물을 마시고 나면 배속에서 나던 소리도 멈추고 배도 아프지 않고 설사도 씻은 듯이 멈춰버렸다.

다음날 어머니께서는 아침밥을 지으실때 분유를 물에 타 양재기에 넣어 밥솥에 얹어 쪄서 우유과자를 만들어 주셨는데 그 우유과자가 돌덩이보다 더 단단해서 도마 위에다 놓고 망치로 깨서 조각을 내 입안에 물고 녹여서 우유과자를 먹기도 했다.

나는 중국 여행때 마침 개구리 요리집이 있어 어린시절 친구들과 개울뚝방에 모닥불을 피워놓고 구워 먹었던 개구리 뒷다리살 맛이 생각나 개구리 뒷다리살 요리를 시켜 먹어 보았지만 어릴적 먹었던 고향개구리 뒷다리살 맛을 느낄 수 없었다.

18. 물방개 잡기

내가 살던 시골 고향마을 반경 3㎞안에 크고 작은 방죽(저수지)이 여섯개가 있었다.

방죽에는 각종 민물고기, 패류 등이 많이 잡혔는데 우리 마을에서는 민물고기, 패류 이름을 따서 붕어방죽 울갱이방죽, 방개방죽 조개방죽 등 이름을 붙여 불렸다.

우리 마을에서 제일 가까운 곳에 물방개 방죽이 있는데 나와 마을 친구들은 일요일 날이나 여름방학이 되면 이 방죽에 가서 물방개나 잠자리를 잡기도 하고 목욕도 하며 놀았다.

물방개를 잡으러 가는 날 나와 친구들은 준비물을 마련하는데 준비물로 그물, 얼금이, 긴나무장대, 노끈, 실타래, 낫, 깡통, 양은 냄비, 소금 등을 준비했다.

물방개를 잡는 방법은 물속에 들어가서 그물이나 얼금이로 잡는 방법과 물속에 들어가지 않고 방죽 뚝방에서 먹이로 물방개를 유인해서 잡는 방법이 있다.

물방개 방죽에 도착한 나와 친구들은 먹이로 물방개를 유인해서 물방개를 잡기로 하고 물방개 잡는 도구를 만들었다.

방죽 뚝방 버드나무 가지를 베어 노끈으로 엮어 발을 만든 다음 방죽 뚝방이나 주위 논두렁을 돌아다니며 개구리를 잡아 모닥불을 피워놓고 개구리 뒷다리살을 모닥불에 살짝 구워서 나무발에 올려 단단히 묶어서 이발을 방죽물 가운데에 띄워 발에 매단 긴 노끈줄을 방죽뚝방 나무가지에 동여 매놓고 한참동안 기다렸다 물방개를 잡았다.

물방개가 개구리살을 묶은 발에 몰려들기를 기다리는 동안 나와 친구들은 잠자리나 개구리를 잡았는데 잠자리는 빗자루을 들고 방죽 뚝방을 오가며 풀잎이나 나무가지에 앉아 있는 잠자리를 빗자루로 눌러 잡기도 하고, 먼저 빗자루로 암놈 잠자리를 잡아 실로 동여매 손에 잡고 날리면 숫놈 잠자리가 날라와 암놈 잠자리 몸에 붙을때 빗자루로 눌러 잠자리를 잡았다.

방죽 뚝방이나 주위 논두렁을 돌아 다니며 깡통에 개구리를 잡아 뚝방에 모이면 개구리 뒷다리살을 뽑아 호박잎에 싸서 모닥불에 구워 집에서 기지고온 소금을 찍어 친구들과 함께 먹었는데 나는 물방개를 잡으며 고향친구들과 함께 먹었던 개구리 뒷다리살 맛이 그리워 진다. 개구리 뒷다리살을 먹고 배를 채운 나와 친구들은 각자 띄워 놓은 발을 걷어 올려 물방개를 잡는데 어떤 때는 한꺼번에 오십여 마리씩 물방개를 잡을 수 있었다.

방개 방죽에는 물방개가 얼마나 많은지 세 네시간 물방개를 잡
으면 두깡통 이상 물방개를 잡았다.

나와 친구들은 잡은 물방개를 가지고간 냄비에 삶아 먹고난 다음
방죽 물속에 들어가서 목욕을 하고 잡은 물방개를 들고 집으로
돌아왔다.

나는 개구리 뒷다리 살을 뽑고 남은 개구리 몸통을 빈깡통에
담아 집에 돌아와 안마당 바닥에 뿌려주면 답사리 밑에서 졸고
있던 큰닭 작은 닭들이 한꺼번에 몰려나와 개구리 몸통을 물고
답사리 밑으로 들어가서 뜯어 먹기도 하고 어떤 닭들은 큰개구리
몸통을 서로 물고 닭싸움을 하기도 했다.

잡아온 물방개를 어머니께 드리면 어머니는 물방개를 삶아 날
개와 껍질을 벗긴 다음 양은 냄비에 들기름과 소금을 넣고 물방
개를 볶아 주셨는데 나는 볶은 물방개를 너무 많이 먹고 변비가
생겨서 아주까리 기름을 먹어가며 죽을 고생을 하기도 했다.

19. 울갱이(우렁이) 방죽

우리 마을에서 1㎞ 쯤 떨어진 아랫마을 뒷동산 언덕 너머에는 민물조개와 울갱이(우렁이)가 많은 방죽이 있는데 마을사람들은 이 방죽을 울갱이 방죽이라고 불렀다.

일요일날 우리마을 놀이터에서 친구들이 모여 놀고 있을 때 한 친구가 울갱이 방죽으로 울갱이 잡으러 가자고 제의를 해서 친구 다섯명이 그물과 깡통을 가지고 울갱이 방죽으로 갔다.

울갱이 방죽에 도착해서 보니 아랫마을 아이들이 방죽에서 울갱이를 잡고 있었다.

우리마을 친구들은 각자 옷을벗어 방죽 뚝방에 놓고 빨가둥이 몸으로 방죽물속에 들어가서 울갱이를 잡기 시작했다.

우리마을 친구들은 아랫마을 친구들과 서로 눈인사를 나누고 각자 울갱이를 잡고 있을때 아랫마을 대장친구가 우리마을 대장친구에게 다가와서 야 느덜 동네 방죽에는 울갱이가 없냐 항의조로 말하자 우리동네 대장친구가 이 방죽이 느네 방죽이냐 니가 뭔데 내가 울갱이를 잡던 말던 참견이냐 하며 불쾌한 듯 말했다.

이때 아랫마을 대장친구는 순식간에 우리마을 대장친구에게 달려들어 일격을 가했다. 엉겁결에 일격을 당한 우리마을 대장친구도 이에 맞서 일격을 가하며 대항했다.

대장 친구들간에 물속싸움이 벌어져 서로 업치고 덮치고 첨벙거리며 싸움을 하고 있을때 양쪽마을 친구들이 대장친구들 싸움판에 끼어들어 물속 패싸움이 벌어졌다.

한참 동안 벌거둥이 물속 패싸움이 벌어지고 있던중 아랫마을 대장친구가 야 우리 이제 그만 싸우자 잘못하다가는 다 물귀신 되겠다하며 휴전을 제의해와 물속 패싸움은 끝이 났다.

사실 우리친구들은 같은 학교에 다니는 친구들로 같은반 친구도 있었다.

물속싸움을 끝낸 친구들은 방죽뚝방에 나와 옷을 입고 서로 화해를 하며 쉬고 있을때 싸움을 걸어왔던 아랫마을 대장친구가 야들아 오늘 우리가 이렇게 만났으니 울갱이 잡은것 가지고 우리마을 구판장에 가서 막걸리 한잔하자고 제의를 하자 방죽뚝방에서 쉬고있던 친구들은 배도 고프고 목도 마르던 참에 그거 좋겠다 하고 모두가 찬성을 해서 친구들은 각자 잡은 울갱이를 한데모아 담아들고 이랫마을 구판장으로 갔다.

아랫마을 구판장에 도착하자 구판장 주인 아주머니는 아이구 오늘이 무슨 날인가베 윗동네 친구들까지 한데 모인것을 보니 하면서 우리들을 반겼다.

이때 아랫동네 대장친구가 울갱이가 담긴 깡통을 아주머니께 건네 주면서 아주머니 이 울갱이 삶아주시고 부칭개도 부쳐서 막걸리좀 주세요 하고 주문을 하자 아주머니는 그래 내 얼른 울갱이 삶고 부칭개 부쳐 막걸리 갔다 줄테니 어서들 자리에 앉아 있거라 하며 울갱이 깡통을 들고 부엌으로 들어갔다.

우리 친구들은 각자 의자에 앉아 오늘 방죽물속 싸움이야기도 하고 학교생활 이야기도 나누면서 막걸리가 오기를 기다리고 있었다. 친구들간에 이야기를 나누며 쉬고 있을때 구판장 아주머니는 막걸리와 울갱이 삶은것, 부칭개, 묵을 술상에 차려주시며 술마시고 싸우지들 말거라 술마시고 뒷끝이 좋아야 하느거여 하고 당부를 하셨다.

우리 친구들은 걱정 마세요 싸우긴 왜 싸워요 하고 대답한 후 먹걸리를 나누어 마시며 친구들간에 우정을 나누면서 즐거운 마음으로 술을 마셨다.

이때 우리마을 대장친구가 다음 일요일에는 우리마을 묵방집에서 막걸리 한잔 하자고 아랫마을 친구들에게 말하자 모두가 좋다고 약속을 했다.

우리 친구들은 다음 일요일날 우리마을 놀이마당에서 축구경기를 하기로 하고 헤여졌다.

오늘 막걸리 값은 아래마을 친구들이 계산했다.

20. 돼지 도르리 (돼지도축)

6·25 전쟁이 휴전되고 시골 농촌생활이 어렵고 힘든 시절 시골농촌 각 가정에서는 형편에 따라 소, 돼지, 닭, 토끼, 염소 등 가축을 키웠는데 할아버지, 할머니 제사날이나 식구 생일날이 되면 집에서 키우던 닭두세마리 잡아서 먹었고 추석, 설날 명절 때는 동네에서 돼지 도르리(도축)라고 해서 큰돼지를 잡으면 동네 각 가정에서는 뼈붙은 돼지고기 두세근 사다 조상님 제사상에 올린 다음 제사가 끝나고 나면 식구나 이웃끼리 조금씩 나누워 먹었던 것이 전부였던 시절이었다.

그 당시 우리 동네에는 가끔씩 돼지 도르리(도축)를 해서 동네 사람들에게 돼지고기를 파는 아저씨가 계셨는데 이때 각 가정에서는 뼈가 붙은 돼지고기 한 두근 사다 무수(무)를 잔뜩썰어 넣고 돼지고기국을 끓여 먹었는데 형편이 어려운 가정에서는 이 뼈붙은 돼지고기도 사다먹지 못했다. 동네에서 돼지 도르리(도축)을 하는 날 어머니께서 나를 부르시더니 아저씨께 미리 말씀을 드려놨으니 네가 가서 돼지고기좀 가지고 오거라 하고 심부름을 시키셨다.

나는 아저씨가 돼지도르리(도축)를 할때마다 돼지오줌보 (소변주머니)를 얻어 공 같이 만들어 축구놀이를 했기 때문에 돼지 오줌보(소변주머니)를 얻을 생각으로 단숨에 아저씨 댁 으로 달려가서 아저씨에게 어머니 심부름 왔다고 말씀드리면 서 돼지오줌보는 어떻게 하셨느냐고 물었더니 아저씨께서는 피우던 담배불을 땅바닥에 놓고 발로 비비면서 그러잖아도 네 가 돼지오줌보 가지러 올것이 뻔해서 여기 잘 모셔 놓았다 하 시며 빨래줄에 매달아 놓았던 돼지 오줌보를 나에게 주셨다.

나는 돼지오줌보로 축구공을 만들어 친구들과 함께 놀 생각으 로 아저씨 돼지고기 빨리 주세요 하고 재촉을 하자 아저씨는 커 다란 함지 물통에서 목살 돼지고기 한뭉치를 뚝떼어 저울에 달 아 보시더니 스근이 조금 넘는데 스근값만 내라고 어머니께 말 씀드리라고 하시며 옆에 있는 함지 물통에서 돼지내복 (돼지창 자, 위, 허파 등) 한 뭉치를 따로 떼어 짚으로 묶어 주시면서 이 놈아 고기좀 먹고 살좀 찌거라 그렇게 빼빼 말랐으니 어디 힘이 나 쓰겠느냐 하시며 혀를 치셨다.

아저씨로 부터 돼지고기를 받아 집에 돌아온 나는 부엌에 게시 는 어머니께 돼지고기가 스근이 조금 넘는데 스근값만 내시래요, 그리고 여기 돼지내복도 꽁짜로 주셨어요 하고 어머니께 드렸다.

어머니 심부름을 마친 나는 동네 놀이터 마당으로 달려가서 친구 들에게 돼지오줌보를 얻어 왔다고 자랑을 하자 놀이터 마당에 모여있던 친구들은 빨리 공만들어 축구놀이를 하자고 야단 들이었다. 돼지 오줌보 축구공을 만들기 위해서는 먼저 돼지오줌보를 땅바닥에 놓고 발로 비벼 밟아서 돼지오줌보 가죽을 늘린다음 오줌보 구멍에 입을 대고 바람을 불어 넣어 빵빵하게 키운후 오줌보 구멍을 실로 동여매 축구공을 만들었다.

친구들과 축구놀이를 하고 집에 돌아온 나는 부엌에서 돼지고기 삶는 냄새가 코를 찔러서 어머니 돼지고기 다 삶으셨어요 하고 부엌으로 갔는데 어찌된 일인지 어머니께서는 부엌에 안 계시고 돼지고기 삶는 솥에서는 김이 모락모락 나오고 있었다.

나는 배도 고프고 돼지고기도 얼른 먹고 싶어서 가마솥 뚜껑을 열고 돼지고기 한줌을 꺼내 썰어놓고 굵은 소금을 한주먹 도마위에 놓고 허겁스럽게 돼지고기를 먹고 있는데 어디를 다녀 오셨는지 나를 보신 어머니께서는 깜짝놀라시며 에구 이놈아 설익은 돼지고기 먹고 배탈이라도 나면 어쩔려구 그러느냐 하시면서 도마위에 남아있던 돼지고기를 가마솥에 집어 넣고 돼지고기를 더 삶으셨다.

그날 설익은 돼지고기를 많이 먹었던 나는 윗방에서 숙제를 하던중 뱃속에서 꾸룩꾸룩 소리가 나기 시작하더니 살살 배가 아프기 시작하면서 설사가 나기 시작했다. 나는 변소를 가려고 안방문을 살며시 열어 보았더니 어머니께서는 코를 골며 곤히 주무시고 계셨다. 그날 저녁 나는 변소를 몇차례 왔다 갔다 하면서 설사를 하느라고 밤잠을 설치기도 했다.

다음날 아침밥도 못먹고 배가 아파서 어머니께 도저히 학교를 못가겠다고 했더니 어머니께서는 거봐라 설익은 돼지고기를 허겁지겁 먹더니 배탈이 안날수 있느냐 정 학교 못 가겠으면 오늘은 집에서 쉬거라 하시더니 윗방 책상위에 재끼장(노트) 한장을 뚝 떼서 편지를 써서 이웃에 살고 있는 우리반 친구에게 담임선생님께 갔다 드리라고 심부름을 시키셨다.

친구네 집에 갔다가 집에 오신 어머니께서는 소 외양간 벽에 매달아 놓았던 양귀비 대궁 두어개를 양은냄비에 넣고 삶아서 양귀비 대궁 삶은 물 한종지를 나에게마시라고 갔다 주시면서 얼른 마시고 한숨 푹 자거라 잠을 자고 나면 아마 배가 아프지 않을 것이다 라고 하셨다. 나는 그 전에도 양귀비 대궁 삶은 물을 마셔봤던터라 그 맛을 알고 있었기 때문에 손으로 코를 막고 단숨에 마셔 버렸다.

어머니 말씀대로 잠을 자고 났더니 신기하게도 뱃속이 시원하고 아프지도 않았다. 나는 어머니께 뱃속이 시원하고 아프지도 않다고 말씀드리자 어머니께서는 거봐라 내가 반의사 아니냐 다음부터는 설익은 고기 먹지말거라 하시며 부엌으로 들어 가시더니 어느새 끊여 놓았는지 쌀죽 반탕기를 들고 나오셔서 어서 이것 먹고 기운 차리거라 사람이 설사하고 나면 축처져서 하시며 나에게 쌀죽 먹기를 재촉하셨다. 나는 어머니의 지극 정성스러운 사랑에 감동을 받았다.

부모님의 자식사랑은 " 끝도 없고, 하늘보다도 높고, 바다 보다도 깊은 것 같다."

21. 개도살 미수사건

　지금은 반려동물을 가족으로 생각하고 한방에서 식구들과 함께 기거하며 먹이와 간식까지 제공하고 병이나면 병원치료도 하고 지금은 반려동물 질병 보험까지 등장했다.

　옛날 시골에서도 개를 키웠는데 방에서 함께 기거하지 않고 밖에 개집이나 또는 마루 밑에서 개를 키웠다. 먹이로는 음식물 찌거기나 쌀겨 보리겨를 주었고 살림 형편이 좋은 집에서는 보리쌀 또는 쌀 싸래기 같은 것을 끓여 먹였다.

　나의 큰집에서는 개를 세마리나 키웠는데 그중에서도 암놈 흰둥이가 사람들을 경계하며 사나워서 사람들에게 달려들어 물기도 하고 이빨을 내보이며 으르렁거려 마을 사람이나 새우젓장사 엿장사, 보따리장사들이 나의 큰집을 지날때는 모두가 긴장을 하기도 했다. 우리집과 큰아버지댁은 한집건너 가까운 곳에 있어서 나는 큰아버지댁을 내집 드나들듯 해서 이사나운 흰둥이와 친해져서 흰둥이는 내 말을 잘듣고 나를 잘 따랐다.

　학교에 갔다 집에오면 아버지 어머니는 들에 나가시고 안계실

202

때에는 나는 옆에 있는 큰집에 가서 떡이랑 감주(식혜)를 얻어 먹기도 하고 흰둥이랑 같이 놀기도 했다.

큰아버지 댁에는 식모 누나가 있기 때문에 집이 비어있지 않아서 언제나 큰집에 가면 먹을 것을 얻어 먹을 수 있었다.

큰아버지 댁에가면 개밥통에는 개들이 먹고 남은 개밥이 항시 남아 있을 정도로 큰집 개들은 마음대로 개밥을 먹을 수 있어 다른집 개보다 살이 통통히 쪄서 마을 사람들은 큰집 개을 보면 고놈 통통한 것이 된장 발라먹기 좋다고 했다.

된장 발라먹기 좋다는 말은 개를 잡아먹기 좋다는 뜻이다.

어느날 큰집 흰둥이가 이웃집 할머니를 물어 할머니는 집에서 알코 있다고 어머니가 말씀하셨다.

옛날에는 개에게 물리면 미친사람 된다고 해서 모두가 무서워 했다. 개에 물린 할머니는 흰둥이 털을 깍아서 태워 그재를 개에 물린 자리에 붙여 치료를 하기도 했다.

흰둥이가 사람을 물어 사고를 치자 큰어머니는 동네 형들에게 흰둥이를 팔아 먹으라고 내주었다.

동네 형들은 흰둥이를 도살해서 개고기를 팔려고 흰둥이를 끌고 볏짚단과 가마니 한장을 들고 개울가로 갔다.

흰둥이를 끌고가는 형들을 따라 가며 나는 왜 흰둥이를 잡으려고 하느냐 항의 하면서 울었다.

형들은 개가 사람을 물면 미친사람되면 그것 치료하려면 논 댓마지기는 팔아야 한다고 하면서 사람 무는 개는 잡아 먹는것 이 상책이라고 했다. 개울가에 도착한 형들은 아까시아 나무가 지에 흰둥이 목을 매달고 흰둥이를 죽이고 있었다.

아까시아 나무가지에 매달린 흰둥이는 낑낑거리며 나무가지를 발로 차기도 하고 나무가지에 매달린 목을 이리저리 흔들며 용을 쓰다 지쳐서 혓바닥을 옆으로 내밀고 입을 벌리고 숨을 쉬지 않았다.

흰둥이가 움직이지 않자 형들은 개울뚝방에 피워놓은 모닥불 에 흰둥이를 얹어놓고 태우려고 하자 그때 죽은 줄만 알았던 흰둥 이가 벌떡 일어나 목에 줄을 달고 도망쳐서 큰집 대청마루 밑으로 숨어 버렸다.

형들은 흰둥이를 잡으려고 대청마루 밑에 나무장대를 넣고 흰둥 이를 몰아 보았지만 흰둥이는 마루속으로 점점 깊이 들어가서 사람들을 향해 하얀 이빨을 드러내며 나무장대를 물기도 하면서 으르렁 거리며 대항을 했다.

나무장대로 흰둥이를 몰아 보려던 형들은 더 이상 어쩔수 없다고 흰둥이 잡기를 포기하고 말았다.

나는 흰둥이가 불쌍해서 불러 보았지만 흰둥이는 나에게도 으르렁 거리며 나오지 않았다.

나는 속으로는 흰둥이가 나오지 않기를 바라고 있었다. 흰둥이가 마루 밑에서 나오면 죽을 수 있기 때문이다.

다음날 학교에서 돌아와 큰집에 갔을 때 흰둥이는 대청마루 밑에서 숨을 거두었다고 했다. 나는 흰둥이와 놀았던 옛날 생각이 나서 눈물이 났다. 흰둥아 흰둥아 마음속으로 불러 보았지만 아무 반응이 없다.

22. 돼지국밥

아침 식사도중 아버지께서는 너 오늘 일요일이라 학교 안가지 하고 물으셨다. 네 오늘 학교 안가는데요 왜 그러시는데요 하고 아버지께 반문을 했다.

응 오늘 장날이라 장에가서 도끼도 달구고 낫도 사와야 겠다. 하시면서 너도 오늘 나 따라 장구경도 하고 오랜만에 돼지국밥도 한그릇 사먹고 오자 하시면서 나의 의양을 물으셨다.

나는 기다리고 있었다는 듯이 네 저도 장구경 가고 싶었어요 하고 아버지께 대답했다.

아침 식사를 마치신 아버지께서는 닭장에서 큰 장닭 네마리를 붙잡아 다리를 묶어 놓으신 다음 그동안 윗방에 모아 놓았던 달걀 바구니를 들고 마루로 나오셔서 볏짚으로 달걀 꾸러미를 만드셨다.

아버지께서는 지게 위에 대장간에 가서 달굴 도끼 두자루와 쌀 세말을 얹고 그 위에 달걀 세 꾸러미를 얹어 지게줄로 묶으신 다음 지게가지 끝에 닭 네마리를 매달았다. 아버지께서는 부엌을 향해 나 오늘 장에 다녀 오겠소 그러니 소죽좀 부탁한다고 어머니께 말씀 드리자   어머니께서는 안마당으로 나오시면서 너 오늘 아버지 따라 장에 가면 장난치지 말고 돼지국밥도 먹고 장구경도 잘하고 와야 한다 하시면서 나에게 당부하셨다.

장짐 지게를 지고 장터로 가시는 아버지 뒤를 따라가던 나는 지게가지에 꺼꾸로 매달린 닭들이 입을 벌리고 헉헉하고 숨을 쉬고 있는 모습이 불쌍해서 아버지 닭들이 죽을것 같은데요 하고 말씀드리자 아버지께서는 뒤도 돌아 보시지도 않고 이놈아 닭은 꺼꾸로 매달아야 하는 거여 걱정말고 따라오라고 하시면서 발길을 재촉하셨다.

면소재지 5일 장터에 도착하신 아버지께서는 싸전 (곡식을 팔고 사는곳) 에 가서 쌀과 달걀을 파신 후 조금 떨어진 곳에 위치한 우시장터에 가서 닭을 팔았다. 집에서 가지고온 물건을 다 팔고난 아버지께서는 나에게 10원짜리 지폐 두장을 주시면서 나는 대장 간에 가서 도끼를 벼르고 있을 테니 너는 장구경하고 점심시간 에 대장간으로 오라고 하시며 대장간으로 가셨다.

나는 아버지를 따라 가끔 5일장에 왔었기 때문에 아버지의 단골 대장간을 잘 알고 있었는데 아버지 단골 대장간은 주인이 키가 커서 키다리 아저씨 대장간으로 불렸고, 이 대장간 옆에는 말 발 굽에 징을 박는 가게가 있어 찾기가 쉬웠다. 아버지께 20원을 받은 나는 뛸 듯이 기쁜 마음에 장터로 가서 풍선 뽑기도 하고 유리구슬도 사고 엿장수 아저씨에게 엿 하나를 사서 입에 물고 다니면서 장구경을 한 후에 아버지께서 기다리고 계시는 대장간으로 갔다. 대장간에는 많은 사람들이 모여 있었는데 나를 보신 아버지께서는 키다리 대장간 아저씨에게 나 돼지국밥좀 먹고 올테니 도끼좀 잘 달구어 놓으시유하고 부탁을 한후 나를 데리고 아버지의 단골 식당인 뚱보아줌마 돼지 국밥집으로 갔다.

돼지국밥 뚱보 아줌마 집에는 5일장터에 장을 보러온 사람들로 꽉차 있었다.

아버지와 내가 돼지국밥집 문을 열고 들어서자 뚱보아줌마는 반가워하며 아이구 어서 오세유 오늘은 아들도 데리고 오셨구먼 그래 애 엄마도 잘 계시구유 하고 아버지께 인사를 하신 후 나와 아버지를 방으로 안내했다.

방에 들어오신 아버지께서는 뚱보아줌마에게 돼지 머리고기 한접시 하구 막걸리 반되 돼지국밥 두그릇을 주문 하셨다.

돼지머리고기와 막걸리 주전자를 들고 방으로 들어오신 뚱보 아줌마 앞치마 주머니에는 국밥판 돈이 빵빵하게 차 있었다. 그 만큼 5일 장날에는 장사가 잘된다는 증표이기도 했다.

소문에 의하면 이 뚱보 아줌마와 아저씨는 돼지국밥집을 해서 돈을 많이 벌어 논도 섬지기(4천평)를 샀다고 했다. 뚱보 아줌마가 상을 봐 주고 맛있게 드시라고 인사를 하고 밖으로 나가시자 아버지께서는 양은 양재기 술잔에 막걸리를 따라 단숨에 쭉 드신 다음 그 양재기잔에 반쯤 막걸리를 따라서 나에게 마시라고 주시면서 남자는 술도 조금은 먹을 줄 알아야 한다고 하시며 술을 먹을 줄 알아야 사회생활을 하는데 수월하다고 말씀을 하셨다.

아버지께 막걸리잔을 받은 나는 뒤로 돌아 보면서 막걸리 반잔을 마셨다. 아버지와 나는 맛있게 점심식사를 마치고 뚱보아줌마 돼지국밥집을 나와 5일 장터로 갔다.

아버지께서는 5일장터 생선가게에서 간고등어 네마리를 사셨는데 가게 아줌마는 회푸대(세멘트포장지) 종이에 고등어를 싸서 볏짚으로 동여매 아버지께 건너 주셨다. 아버지께서는 간고등어 뭉치를 나에게 건너주시면서 빠지지 않게 잘 간수해서 가지고 따라오라고 하시며 대장간으로 향했다.

대장간에 도착하신 아버지께서는 대장간 옆에 있는 농기구 가게에서 낫 두자루를 사서 지게에 꽂고 달군 도끼 두자루를 묶고 간고등어 뭉치를 지게 머리에 매달고 나와 함께 집에 왔다.

아버지와 내가 집에 도착하자 사랑채 부엌에서 소죽을 쑤시던 어머니께서 그래 장구경은 잘 했느냐고 물어 보시면서 장터에서 먼지 많이들 썼을테니 깨끗이 씻고 옷들 갈아입고 저녁들 들자고 하시며 부엌에 가서 저녁상을 차리셨다. 손 발을 씻고 옷을 갈아 입은 다음 저녁상을 맞이한 나는 밥이 통 먹히지 않았다. 국밥집에서 돼지머리 고기와 돼지국밥을 맛있게 먹었기 때문에 배가 불러 밥 생각이 나지 않았다.

나는 어머니께 돼지고기를 많이 먹어서 밥이 먹히지 않는다고 말씀드리자 어머니께서는 그래 그럼 숫갈놓고 네 방에 가서 숙제하고 좀 쉬거라 하시며 밥상을 접으셨다.

나는 지금도 가끔 돼지국밥집을 찾아 돼지국밥을 먹어 보지만 아버지를 따라 오일장터에서 먹었던 뚱보 아줌마 돼지국밥 맛을 느낄 수 없다.

세월이 흘러 사람들의 입맛도 변해가고 있는 것이다.

23. 새끼열무 꽁보리쌀 비빔밥

옛날 하루세끼 밥먹기 힘들었던 보리고개시절 짠지(김치)는 시골농촌 가정의 없어서는 안되는 식량이었다.

짠지(김치)를 만들려면 김장감을 준비해야 하는데 이때 시골농촌에서는 각자 자기밭에 김장감 채소를 재배해서 짠지(김치)를 담았다. 우리집은 집에서 500m정도 떨어진 곳에 김장밭이 있어 해마다 이 밭에 무우, 배추, 파, 마늘 등을 재배해서 김장감을 준비했다.

8월 초순 쯤이면 김장감 무우 배추씨를 파종하는데 한 일주일쯤 지나면 무우, 배추 잎이 세네장 올라올 때쯤 씨솎기라고 해서 무우, 배추잎을 솎아 내는데 이 무우잎을 새끼열무라고 한다.

한날 어머니께서는 저녁밥을 지으시려고 부엌으로 가시면서 오늘은 반찬거리도 없고 하니 꽁보리밥에 새끼 열무나 넣고 비벼먹어야 겠다 하시면서 커다란 박바가지에 꽁보리쌀을 담아 부엌으로 들어 가셨다.

이날 저녁 밥상에는 방금 고추장독에서 퍼온 고추장과 된장찌개 아버지께서 솎아오신 씻은 새끼 열무 뿐이었다.

저녁상을 받으신 아버지께서는 꽁보리쌀, 비빔밥은 박바가지에 비벼야 제맛이라고 하시면서 박바가지를 들고 오셔서 꽁보리쌀밥 두사발을 박바가지에 담고 씻은 새끼열무와 고추장을 얹어 새끼열무 꽁보리쌀 비빔밥을 만드셨다.

우리집 세식구가 함께 먹는 새끼열무 꽁보리쌀 비빔밥 만찬파티가 열린 것이다.

나는 새끼열무 꽁보리쌀 비빔밥 한숫가락을 입에 넣고 된장찌개 한숫가락을 입에 넣으면 어느새 눈녹듯 꽁보리쌀 비빔밥은 목구멍으로 넘어갔다.

새끼열무가 나올때가 여름방학 기간인데 이때 날씨는 삼복더위로 시골농촌에서는 안마당 한모퉁이에 모기불을 피워놓고 마당에 멍석을 깐 다음 그 위에 돗자리를 깔고 혼이불을 덮고 밖에서 잠을 잤다. 새끼열무 꽁보리쌀 비빔밥을 먹은 저녁밤 어머니께서는 안방에서 헌옷을 정리하고 계시고 나는 윗방에서 방학숙제를 하고 있을때 안마당에서 주무시는 아버지의 방귀 소리는 안방 윗방까지 뻥뻥하고 연속적으로 대포 쏘는 소리 같이 들려왔다.

윗방에서 방학숙제를 하고 있는 나도 방귀가 불불거리고 연속적으로 나와 방귀를 참아 보려고 항문을 쪼여 보았지만 계속되는 방귀를 막을 수가 없었다. 이때 안방에서 헌옷을 정리하시던 어머니께서 윗방문을 살며시 여시더니 애야 꽁보리밥 먹고 방귀 안꾸면 배에 까스가 차서 배터져 죽는단다. 방귀참지 말고 밖에나가 마음놓고 방귀꾸고 배에 이불덮고 자거라 하시면서 잠자리에 드셨다.

어머님 말씀을 듣고난 나는 똥뒷간(변소)에 가서 배에 힘을 주면서 연속적으로 방귀를 꾸고 나자 뱃속이 시원해 지면서 머리도 상쾌해 졌다.

배고픈시절 새끼열무 꽁보리쌀 비빔밥은 시골농촌 사람들에게는 특별 별미 밥상이기도 했다.

나는 가끔 옛날 새끼열무 꽁보리쌀 비빔밥 생각이 나서 꽁보리쌀 비빔밥 집을 찾아 보지만 나 어린시절 먹었던 어린열무 꽁보리쌀 비빔밥 맛을 느낄수 없었다.

24. 엿장수 할아버지

지금은 먹거리도 많고 간식거리도 넘쳐나서 어른 아이들 할것 없이 비만이 건강을 해쳐서 사회 문제거리가 되었지만 나 어린시절 배고팠던 시절에 나는 비만 이라는 말을 들어본 기억이 없다.

그 힘들고 배고팠던 시절 내가 살았던 시골 우리마을에는 엿장수 할아버지 한분이 정기적으로 각 마을을 돌며 단골로 엿을 팔았는데 이때 마을 아이들은 산에 가서 주워온 탄피나 헌고무신짝, 쇠붙이, 토끼가죽, 돼지털, 이불솜 등을 갔다주고 엿을 사 먹었다.

엿 장수 할아버지는 마을 입구에 들어서면서 엿장수 왔수다 엿장수요 달고 맛있는 엿이요 엿 하고 외치며 사람빼고는 뭐든지 다 받습니다 하면서 엿가위를 철석거리며 마을 골목길을 돌며 엿을 판 다음 우리마을 정자나무인 느티나무 아래 엿지게를 받쳐놓고 엿 목판을 땅에 내려놓고 엿을 팔았다.

이 때 나는 친구와 함께 엿장수 할아버지께 다가 가서 인사를 하면서 할아버지 정말로 사람 빼고는 뭐든지 다 받아요 하고 질문을 하면 할아버지는 히쭉히쭉 웃으시며 그래 사람빼고 뭐든지 다 받는다 왜 하시며 농담을 하시기도 했다.

이때 나는 할아버지 그럼 솥단지도 받겠네요 하고 질문을 하자 할아버지는 솥단지가 아니라 황소도 받는다 하시며 껄껄 웃어댔다. 단골 엿장수 할아버지는 나와 농담을 나누신 다음 주머니에서 쌈지 담배와 곰방대를 꺼내 땅바닥에 곰팡대를 툭툭 터신 다음 엽초담배를 꾹꾹눌러 담고 성냥불을 붙여 담배연기를 길게 내품으며 담배를 맛있게 피우셨다.

담배를 피우시고난 할아버지는 지게에 매달고 다니시던 꼬마 돗자리를 꺼내 느티나무 그늘 아래 깔고 낮잠을 주무셨다. 엿장수 할아버지가 낮잠을 주무시고 계실때 나는 친구와 함께 할아버지 옆으로 닥아가서 할아버지 눈 앞에 손바닥을 갖다 대고 이리저리 저어 보았지만 할아버지는 아무 반응도 없이 코를 드르렁 드르렁 골며 잠을 잤다.

이때 나는 엿목판을 열고 엿 몇가래를 꺼내 호주머니에 넣고 친구와 함께 뒷동산 모이(산소) 놀이터로 도망을 갔다. 모이터로 도망을 온 나는 호주머니에서 엿을 꺼내 친구에게도 나누어 주면서 야 할아버지 죽은것 같더라 하고 말하자 친구는 아이구 병신아 죽은 사람이 코를 골며 자느냐 멍청하긴 하면서 나에게 핀잔을 주며 맛있게 엿을 먹고 있었다. 이때였다 어디서 나타났는지 우리 마을에서 입싸기로 소문난 할머니가 우리들이 엿을 먹고 있는 모습을 힐끔힐끔 쳐다 보면서 마을로 내려갔다.

나와 친구는 입싸게 할머니가 우리들 집에가서 일러바치는 것 아닌가 하고 걱정을 하고 있을 때 아니나 다를까 어머니께서 나의 이름을 부르시며 모이터로 올라 오셨다. 나와 친구는 어머니께 붙들려 공포에 떨고 있을 때 어머니는 이놈들아 아무리 엿이 먹고 싶어도 그렇치 어쩌자고 겁도 없이 남의 물건에 손을 대느냐 하시며 느덜 감옥가고 싶어 하시며 야단을 치셨다.

어머니는 나의 등을 때리면서 이놈아 엿이 먹고 싶으면 광에 들어가서 보리쌀이라도 퍼다주고 엿을 사먹지 무슨 배뽀로 엿을 훔쳐 먹어 하시며 나에게 더 심하게 야단을 치셨다.

어머니는 나와 친구에게 느덜 또 한번 이런 짓거리 하면 담임 선생님께 일러바쳐 혼내 주겠다고 엄포를 놓으신후 나에게 얼른 와서 소풀 뜨기고 집으로 오라고 하시며 집으로 내려 가셨다.

단골 엿장수 할아버지는 홀아비로 엿도가(엿을 만드는 집) 주인집에서 숙식을 하며 사시는 분인데 엿을 팔다가 날이 어두워 엿도가 집으로 못 돌아갈때 우리 큰아버지댁 사랑방에서 큰집 일꾼들과 함께 잠을 자며 밥도 얻어먹고 엿을 팔기도 했다. 소풀을 뜯기고 집으로 돌아온 나를 보신 어머니는 얼른 외양간에 소매 놓고 나오라고 하시며 앞치마를 벗어 마루위에 던져놓고 나를 데리고 큰아버지댁 사랑방으로 엿장수 할아버지를 찾아갔다.

어머니는 엿장수 할아버지께 굽실 거리며 어르신 이놈이 낮에 어르신 엿을 훔쳐 먹었답니다. 이놈좀 혼내 주세요 하며 연실 굽실

거리자 엿장수 알아버지는 내 머리를 쓰다듬어 주시면서 내 이번만은 용서를 할테니 다음 부터는 그러지 말라고 하시며 사랑방 윗목에 놓여있는 엿목판을 열고 엿 몇 가래를 내 손에 쥐어 주시면서 아주머니 애 너무 야단치지 마십시오 애들이 다 그렇게 개구스럽게 크는 겁니다.

어릴때 개구스럽게 큰 애들이 나중에 큰 사람으로 되는 겁니다 하시며 어머니를 위로 하셨다. 나는 억지 눈물을 보이며 모기 소리만한 소리로 할아버지 죄송합니다 하고 용서를 빌었다.

엿장수 할아버지께 용서를 빈 나와 어머니는 집으로 돌아왔다. 훗날 큰집 일꾼 형으로 부터 전해들은 말에 의하면 어머니께서 옷 보따리 장사 아줌마에게서 양말 두컬레를 사서 엿장수 할아버지께 드리면서 나의 죄에 대하여 다시 용서를 구했다고 했다.

어머니의 뜨겁고 무한한 자식사랑 얼마나 뜨겁고 얼마나 긴것인지 생각할 수록 회한의 눈물을 흘리게 만든 내 추억이 된 사건이였다.

25. 새우젓 장사 할아버지

우리 마을 아랫마을에 새우젓장사 할아버지가 남의집 바깥채 방한칸을 얻어 혼자 살고 계셨다.

마을 어르신들의 말씀에 따르면 새우젓장사 할아버지는 6.25 사변 난리때 홀로 남한으로 넘어오신 홀아비라고 했다. 새우젓장사 할아버지는 지게에 새우젓 독을 지고다니며 새우젓을 팔았는데 얼굴이 넓적하고 눈이 왕눈이라 마을 사람들은 새우젓장사 할아버지를 두꺼비 노인네라고 부르기도 했다.

새우젓장사 할아버지는 각 마을을 순회하며 새우젓을 팔았는데 우리마을에 오시는 날 때쯤 할아버지가 오시지 않으면 마을 사람들은 웬 일인가 혹시 돌아가셨나 하고 걱정을 하기도 했다.

새우젓장사 할아버지는 인품이 좋고 학식도 뛰어나고 인정이 많아서 마을 사람들은 할아버지를 아까운 사람이라고 하면서 칭찬을 하기도 했다.

새우젓장사 할아버지는 기억력이 좋아서 누구네 집에서 언제쯤 새우젓이 떨어질 것을 미리 기억하고 그집 마당에 가서 새우젓

독 지게를 바쳐놓고 새우젓 왔습니다 하고 외치면 어김없이 그집에서는 새우젓을 사는 것이다.

아버지 말씀에 따르면 새우젓장사 할아버지는 이북에서 높은 벼슬을 했던 분으로 학식이 풍부하고 인품이 훌륭한 분으로 아까운 분이라고 늘 말씀하셨다.

새우젓장사 할아버지가 우리집 바깥마당에 새우젓독 지게를 받쳐놓고 새우젓 왔습니다 하고 외치던날 어머니가 부엌으로 가셔서 새우젓통을 들고 나오실 때 나도 어머니를 따라 새우젓장사 할아버지 앞에 가서 인사를 드렸다.

이때 나는 새우젓 장사 할아버지는 어떻게 우리집에 새우젓이 떨어진것을 알았을까 혹시 점쟁이 할아버지 아닌가 하고 의심도 해보았다. 새우젓 장사 할아버지가 어머니가 가지고간 새우젓통에 새우젓을 가득담고 갈치새끼 서너마리를 덤으로 주시면서 나에게 이 갈치새끼 쪄서 밥 많이 먹고 살좀 통통하게 찌거라 하시며 쩔쩔쩔 혀를 치셨다.

새우젓 장사 할아버지는 우리마을 느티나무 밑에 오시면 새우젓독 시게를 받혀놓고 담배를 피우셨는데 이때 먼산을 바라보며 긴 한숨을 쉬면서 눈가에 눈물이 고여있는 할아버지의 모습을 나는 보았다. 마을에는 새우젓 장사할아버지가 고자라는 말이 떠돌았다.

어느날 길가에서 새우젓장사 할아버지를 만났을때 나는 할아버지께 할아버지 고자가 뭐예요 마을 사람들이 그러는데 할아 버지

가 고자라고 하던데요 하고 묻자 할아버지는 허허 헛웃음을
치시면서 이놈아 고자가 애낳는것 봤냐 나도 마누라도 있고
자식들도 있어 하면서 슬픈얼굴로 나를 바라 보셨다.

나는 할아버지 얼굴을 바라보다 죄송한 마음에 얼른 할아버지
곁을 떠나 버렸다.

할아버지는 아이들을 무척 좋아 하셨다. 길가에서 할아버지
를 만났을때 인사를 드리면 호주머니에서 사탕 하나를 꺼내 주
시면서 공부 열심히 해서 이나라에 훌륭한 사람이 되어야 한다
하고 늘 당부를 하셨다.

지금와 생각해 보니 할아버지는 애국자가 아닌가 생각된다.

세월이 흘러 내가 중학교 다닐때 어느날 새우젓 장사 할아버
지가 돌아가셨다. 아랫마을 사람들이 마을공동묘지에 할아버지
장례를 모셨다고 했다.

60년이 넘는 세월이 흐른지금 남보다 넓적한 얼굴 큰귀 왕눈
을 가진 새우젓 장사 할아버지의 얼굴모습이 생생하게 또렸
하게 떠오르는 두꺼비 별명을 가졌던 새우젓 장사 할아버지 모
습이 그리움을 남게 한다.

26. 뻥 튀기 아저씨

옛날 시골 농촌마을에는 잔치날이 많이 있었다.

잔치 날이란 즐거운 경사가 있을때 음식을 차려놓고 마을사람 이웃동네 사람 또는 멀리있는 친인척 까지 초청해서 춤도추고, 노래도 부르면서 먹고 즐기는 경사였다.

잔치 종류로는 결혼잔치, 환갑, 칠순, 팔순, 생일잔치, 백일, 돌잔치 등 많은 잔치가 있지만 나에게는 뻥튀기 아저씨가 우리 마을에 와서 튀밥 튀기는 날이 제일 즐거운 잔치 날이었다.

뻥튀기 아저씨는 마을마다 방문날을 정해놓고 각 마을을 순회하면서 튀밥을 튀겼는데 아저씨는 뻥튀기 기계를 지게에 짊어지고 마을 입구에 들어서면서 꾕과리를 치면서 구성진 목소리로 뻥튀기 왔서용 뻥튀기 튀밥튀기세용 튀밥 하고 외쳐대면 마을 아이들은 모여놀다 말고 각자 집으로 달려가 어머니를 졸라 튀밥튀길 자루를 들고 우리마을 튀밥튀기는 장소인 느티나무 아래로 모여 들었다.

뻥튀기 아저씨가 우리 마을에 오신날 나는 어머님를 졸라 댔더니 어머님께서는 벌써 뻥튀기 아저씨 오는 날이 됐니 시간 참 빠르구나 빨라 그래 요번에는 옥수수 튀밥 튀겨 줄테니 너도 심부름 잘하고 공부도 열심히 해야 한다 일러 주시면서 광에서 옥수수 한되박을 자루에 담아 주시며 고쟁이 속주머니에서 꼬기꼬기 접혀진 10원짜리 지폐 두장을 꺼내 주시면서 삭카루 많이 넣고 달게 튀겨 달라고 해라 당부도 하셨다.

나는 너무나 기뻐서 한걸음에 뻥튀기 장소인 느티나무 아래로 달려갔는데 뻥튀기 기계 옆에는 이미 튀밥을 튀길 자루가 몇개 놓여 순서를 기다리고 있었다. 튀밥을 받아내는 쇠그물망에는 옥수수 튀밥알이 끼여 있는데 이때 아이들이 쇠그물망에 낀 튀밥을 빼 먹으면 아저씨는 잠시 기계 돌리는 작업을 멈추고 쇠그물망을 들고 튀밥을 털어서 아이들에게 나누어 주기도 했다.

나는 어머니께서 주신 뻥튀기값 20원을 아저씨에게 드리면서 아저씨 우리 어머니께서 삭카루 많이 넣고 달게 튀겨 달라고 하셨어요 하고 말하자 아저씨는 그래 알았다 내 삭카루 많이 넣고 달게 튀겨주마 하시면서 깡통에 옥수수를 담고 삭카루 두숟갈을 얹어서 기계에 쏟아 붓고는 기계를 달구는 풍로에 장작 두개 피를 집어 넣은 다음 손으로 뻥튀기 기계를 돌리기 시작했다.

나 어린시절 뻥튀기 기계는 손으로 돌렸는데 그때 뻥튀기 아저씨 손바닥은 울퉁불퉁 꾸덕살이 박혀 있었다. 우리집 튀밥을 튀기는 동안 나는 아저씨에게 물어봤다.

아저씨는 이 뻥튀기하면 하루에 얼마나 벌어요 하고 묻자 아저씨는 왜 너도 뻥 튀기 장사하고 싶은거냐 하시면서 못써 이 일은 엄청 힘든 일이다. 그리구 앞길이 챙챙한 느들은 학교공부 열심히 해서 큰사람이 돼야 하는 거여....

나는 우리집이 똥구녁이 찢어지도록 가난해서 글을 못 배웠어 그래서 난 내 이름 석자도 못써 할수가 없어 나는 이 힘든 일을 해서 간신히 입에 풀칠 해 가며 사는거여, 그러니 너는 학교공부 열심히 해야한다. 그래야 출세해서 떵떵거리고 살지 하시면서 아저씨는 엽초(葉草) 담배 봉다리를 꺼내 종이에 엽초(葉草)를 말아 입에 물고 풍로불 장작개비를 들고 담배불을 붙인다음 먼 하늘을 바라보시면서 길게 담배 연기를 내 뿜을 때 아저씨 눈가에는 눈물방울이 맺혀 있었다.

나는 아저씨의 절규(絶叫)에 찬 한(恨)스러운 슬픈 얼굴을 보면서 내가 공연히 물어 보았나하고 후회스러워 죄스러운 마음에 가슴이 찡했다. 나는 튀밥자루를 어깨에 메고 집으로 돌아오면서 못배운 것이 한(恨)이 되어서 가슴에 멍이든 아저씨의 슬픈얼굴 모습을 상상하면서 아 그래서아버지 어머니께서 장리쌀까지 얻어서 빚을 져가며 형님을 대학공부 시키시는 구나 하고 생각하며 이제 나도 공부열심히 해서 출세해야 겠다고 다짐을 하기도 했다.

27. 초가 지붕

　지금은 시골농촌 마을에서 초가집 찾아 보기가 어렵지만 나
어린시절에는 시골농촌 어디서나 흔히 볼수 있었던 초가집이
었다. 한 시골 마을에서 밥술깨나 먹고 머슴을 두세명씩 두고
식모까지 둔 집 정도라야 기와집을 짓고 살았다. 시골농촌에
서는 벼 타작을 하면서 볏짚채(길이)가 긴 볏짚을 골라 모아
볏짚터미를 만들어 바깥마당 한 모퉁이에 보관한다. 초가지붕
을 이으려면 새끼줄과 이엉이 필요한데 이엉과 새끼줄을 만들
때는 이웃과 품아시로 작업을 했다.

　아버지께서는 이엉은 이웃집과 함께 작업을 했지만 새끼줄은
밤에 사랑방에서 혼자 새끼를 꼬셨다. 이때 나는 사랑방에 가
서 아버지께 저도 새끼한번 꽈 보겠다고 하면 아버지께서는 그
래 어디 한번 꽈보라고 하시면서 볏짚단을 나에게 넘겨 주셨
다. 나는 손바닥에 물을 바르고 볏짚을 잡고 새끼줄을 꼬면 아
버지께서는 허허 새끼줄 곧잘 꼬는구나 하고 칭찬도 해 주셨다.

　초가지붕 이엉을 잇기전에 헌 이엉을 한겹 정도 버껴 내는데
이 헌이엉은 썰어서 퇴비도 만들고 하지만 주로 땔감으로 많이

이용 했다.

어떤 집에서는 이엉을 걷어 낼때 어른팔뚝 만한 큰 구렁이가 나오기도 했는데 아버님 말씀은 밤에 초가지붕 속에서 잠을 자고 있는 참새나 참새알 또는 쥐를 잡아 먹으려고 지붕위로 올라 온 것이라고 하셨다. 이때 집주인은 자기네 집을 지켜주는 집지킴이 신이라고 하면서 구렁이를 자루에 담아 뒷동산에 풀어주면서 좋은 곳에 가셔서 오랜동안 편히 잘 지내시라고 두손을 모으고 허리를 굽혀 빌기도 했다.

우리집 지붕 잇는 날 어머니께서는 팥죽을 끓여서 이엉잇는 일꾼들에게 대접도 하고 이웃집과 나누워 먹기도 했다.

어머니께서는 팥죽을 먹기전 장독대에서 키가 어른키만한 제일 큰 장독위에 막걸리 한사발 냉수 한사발 팥죽 한사발을 갖다 놓고 촛불을 키고 장독대 앞에 떡시루를 갖다 놓고 서울에서 대학다니는 형님의 안녕과 우리가족의 안녕을 기원하는 제를 올리시기도 했다.

초가지붕 이엉을 잇고 새끼줄로 바람막이 그물망을 칠때 아버지께서는 내가 꼰 새끼줄은 사용하지 않고 아버지께서 꼬신 새끼줄만 사용하셨다.

나는 아버지께 내가 꼰 새끼줄은 왜 안쓰는 것이냐고 물으니까 네가 꼰 새끼줄은 힘이 없어 나중에 나무단이나 볏짚단 묶을 때 쓰면 된다고 하셨다.

결론으로 내가 꼰 새끼줄은 비매품 새끼줄이 되었다.

28. 물레 방앗간

나의 부모님은 4남매를 낳으셨는데 나보다 3살위인 형은 첫돌 되던해 홍역병으로 죽었고, 누님은 16살, 형님은 11살이 위인 3남매가 자랐다.

누님과 형님은 나와 나이차이가 워낙커서 나 어린시절 누님과 형님이 나와 함께 놀았던 기억이 전혀 없다.

어머님 말씀에 의하면 자식을 셋만 낳고 더 안낳으려고 했는데 어쩌다 내가 들어서서 할수 없이 나를 낳게 되었다고 늘 말씀하셨다. 그 당시 애를 지운다는 것은 상상도 할수가 없다. 의술도 부족했지만 도덕적 관습적으로도 애를 지운다는 것은 죄악이며, 범죄였기 때문이다.

내가 성장해서 누님께 들어본 이야기에 의하면 어머니께서 30대 후반에 나를 낳았고 어머니께서 20대부터 해수병이 있어 몸이 약해서 젖이 잘 나오지 않아서 나를 동네 아주머니들의 동냥젖과 쌀죽으로 키웠는데 이때 누님이 나를 업고 이집 저집 다니면서 동냥젖을 얻어 먹였다고 하셨다.

어릴때 제대로 못 먹어서 그런지 나는 몸이 허약해서 다섯살이 되도록 걸음도 제대로 못 걷고 맨날 집안에서 뱅뱅돌면서 안방 벽흙을 숟가락으로 긁어 먹었고 장마비가 내린 뒤에 초가지붕 낙수물 떨어진 도랑에서 빗물에 씻긴 하얀 모래를 손으로 긁어 모았다가 사람들이 보이지 않으면 얼른 모래알을 입에 털어넣고 먹었다고 했다.

신기한 일은 그렇게 많은 모래알을 먹었는데도 맹장병이 안 생긴것을 보면 참신기 하기도 했다고 했다. 아버님 말씀에 의하면 내 나이 네살이 된던 해 누님 나이 20살에 6.25 사변 난리통에 누님을 시집 보냈다고 하셨다.

누님을 난리통에 서둘러 시집을 보낸 이유는 6·25사변 난리통에 밤이면 미군들이 시골 마을을 찾아와서 여자들을 해치려고 해서 서둘러 시집을 보냈다고 하셨다.

누님을 시집 보낼 때 중매쟁이로 부터 사범고등학교에 다니는 학생 3명이 소개되어 아버지께서는 이들 3명에 대하여 직접 현지 조사를 했는데 첫 대상은 논 4,000평, 밭 1000여평 농사를 짓는 밥술이나 먹고 사는 집 4남매중 외아들이었고, 두번째 대상은 논 1,000여평에 밭 500평 농사를 짓는 집 3남 2녀중 둘째 아들이고, 세번째 대상은 논 6,000평, 밭 4,000여평 농사를 짓고 물레방앗간을 갖고 있고, 머슴(일꾼)을 두고 사는집 4남매의 외아들 이었다고 하셨다. 신랑감 조사를 마치신 아버지께서는 살기가 넉넉하고 돈푼깨나 있어 보이는 집 외아들인 세번째 대상을 사위감으로 정하고 서둘러 누님을 시집 보냈다고 하셨는데 이때 누님은 신랑감 얼굴도 못보고 시집을 갔다고 했다.

그 당시 사범고등학교는 국민학교(초등학교) 교사를 양성하는 특수학교로 졸업과 동시에 국민학교 교사로 임용되는 안전한 직업을 갖게 되어있어 결혼 대상 1순위였다고 했다.

나는 어머님을 따라 누님댁에 갔을 때 누님네 집은 우리집에 없는 신기한 물건들이 많았다. 집은 기와 집에다 먹는 것으로는 노란 놋그릇에 흰쌀밥에 고기와 생선이 있고, 떡, 조청, 식혜, 수정과 등이 있으며 신기한 물건으로는 라듸오, 유성기, 사진기(카메라), 덴찌(손전등)가 있고 물레방앗간에 방앗간 곡식을 실어 나르는 우마차가 있었다.

나는 누님네 집에서 맛있는 음식을 먹고 나면 누님 집에서 100m정도 떨어진 곳에 있는 물레방앗간에 가서 놀았는데 이때 우마차를 끌고 이동네 저동네를 돌며 방앗거리 곡식을 실으러 다니는 일꾼 아저씨를 따라 우마차를 타기도 했다.

방앗간 곡식을 싣고 물레방앗간에 오면 나는 물레방앗간 물굴레통에 들어가 놀았는데 이때 수로를 따라 물굴레통에 떨어지는 철석철석 거리는 물소리는 바닷가의 파도치는 소리 같아서 몸과 마음마져 시원하기도 했다. 물레방앗간 왕겨간에는 먹이를 찾아 날아든 참새떼가 새까맣게 앉아서 먹이를 주워먹고 있었는데 이때 나는 손벽을 치며 후어 후어 하고 소리를 치면 참새떼들은 한꺼번에 우루르 날아서 논두렁가에 서 있는 미루나무위로 도망을 갔다가 잠시후 또 다시 왕겨간으로 날아 들었다.

방앗간에서 재미있게 놀다 누님집에 오면 어머니께서는 빨리 집에 가야한다고 하시며 집에 돌아갈 차비를 하셨다.

나는 집에 가기가 싫어서 어머니께 하루밤만 더 자고 가면 안되느냐고 앙탈을 부리면 어머니께서는 아버님 식사와 소, 돼지 먹이 때문에 집에 가야 한다고 하시며 누님이 싸주신 보따리를 챙겨 들고 대문 밖으로 나오셨다. 나는 누님께 하룻밤 더 자고 가고 싶다고 하니까 누님은 어머님께 그래요 하룻밤 더 주무시고 가세요 하고 청하면 어머니께서는 안된다고 하시며 집을 향해 앞장서 걸어 가셨다. 할수없이 어머님를 따라 집에 돌아오는 길에 나는 어머님이 몹씨 밉기까지 했다.

집에 돌아온 나는 기분이 상해서 저녁밥도 먹지 않고 일찍 잠에 들였다. 어머니께서는 누님의 힘든 시집살이를 알고 계셨다. 그도 그럴것이 시부모님에다 시누, 일꾼, 방앗간 손님들의 삼시 세끼 밥해 먹이는 것이 그리 쉬운일이 아니었다. 어머니께서는 누님의 힘든 시십살이를 알고 가슴이 아팠던 것이다.

지금 생각해 보면 철없던 나의 어린 시절의 어리광이 부끄럽기도 하지만 나는 누님네집 물레방앗간의 추억 만큼은 잊을 수가 없다.

29. 시골마을 보초막

6·25 전쟁이 휴전되고 전쟁의 폐허 속에서 삼시세끼 밥먹기는 고사하고 무씨레기죽도 배불리 먹지 못했던 어렵고 힘든 시절이었다.

미국에서 구호 식량으로 밀가루를 지원 받아먹던 시절이니 시골 농촌생활이 어느정도 였을지 짐작이 될것이다. 이 어렵고 힘든시절 도시 농촌 할것없이 도둑이 많이 생겨나서 시골농촌에서는 마을마다 보초막을 짓고 마을 청년들이 조를 짜서 순번을 정해 밤마다 경계보초를 섰는데 이때 보초꾼들은 마을 골목을 돌며 징을 치면서 대문단속 문단속을 주문했다.

하루종일 농사일에 지친 시골농촌 사람들은 저녁상을 물리고 나면 고단한 몸을 주체 할수 없어서 몸도 제대로 씻지 못하고 그대로 잠자리에 들기도 했다.

시골마을 사람들이 깊은 잠에서 헤메고 있을 때 새벽을 알리는 장닭 울음소리가 이집 저집에서 들려올때 쯤 마을 보초꾼들의 새벽순찰 징소리를 듣고 잠을 깨신 어머니께서는 앞치마를 두르고 호롱불을 들고 아침식사 준비를 위해 부엌으로 나가시고 바깥 사랑방에서 주무시던 아버지께서는 소 여물간에서 여물을 소쿠리에 담아 사랑방 소죽가마솥에 넣고 구정물을 붓고 나무장작불을 지피신 다음 안채를 향해 새벽닭이 울었다. 어서 일어나 닭장 문도 열고 돼지죽도 주거라 하고 주문을 하시면서 오늘은 퇴비를 뒤집어야 하니까 돼지 죽 주고 퇴비장으로 나오거라 하고 명령을 하셨다.

이때 잠에 빠져있던 나는 아버지의 목소리가 들리듯 말듯하여 눈을 비비며 잠자리에서 일어나 하품을 해가며 닭장으로가 닭장 문을 열고 광에서 싸래기 한바가지를 퍼서 앞마당 땅바닥에 뿌려주면 닭들은 우르르 몰려나와 싸래기를 조아 먹었다. 이때 부엌에 계시던 어머니께서는 따뜻하게 데운 구정물 바켓스(물통)를 넘겨 주셨다.

어머니께 뜨거운 구정물 통을 넘겨 받은 나는 돼지 우리옆 항아리에 모아 놓은 찬구정물을 타서 돼지밥통에 붓고 보리겨 한바가지를 구정물에 얹어 주면 볏짚 속에서 코를 골며 잠을 자던 돼지들은 꿀꿀 소리를 내면서 돼지 밥통에 주둥이를 처박고 허겁지겁 맛있게 돼지 죽을 먹었다. 돼지 죽을 주고난 나는 아버지 명령에 따라 바깥마당 구석에 있는 퇴비장에 가서 아버지와 함께 퇴비 뒤집는 작업을 했는데 이때 아버지께서는 바깥 변소에서 인분을 퍼서 퇴비와 섞어 퇴비를 뒤집었다.

이때 나는 코를 틀어막고 구역질을 하면 아버지께서는 이놈아 농사짓는 데는 똥거름이 최고여 이 똥거름을 작물에 주어야 곡식도 열매를 잘 맺는 거여 뭐 알기나 하느냐 하고 핀잔을 주시면서 아 어서 저쪽 퇴비를 인분뿌린 퇴비와 섞어라 그래야 퇴비가 잘 썩어서 기름진 거름이 되는거여 하고 재촉을 하셨는데 나는 이때 정말로 아버지가 밉기도 했다.

고약한 인분 냄새를 맡고 아침밥상을 받은 나는 아침밥이 먹히지 않아 몇 숟가락 떠먹고 숟갈을 놓고 도시락을 챙겨 학교갈 준비를 하고 대문 밖을 나왔는데 이때 바깥마당 퇴비장에서는 똥 냄새와 함께 뿌연 연기김을 내면서 퇴비는 썩어가고 있었다.

학교 수업을 마치고 집으로 돌아오는 길목 개울 뚝방에는 토끼풀(크로바)이 많았다.

나는 아침에 내가준 돼지죽을 맛있게 먹으며 순간 순간 나를 쳐다보던 돼지들 생각이 나서 토끼풀을 잔뜩 뜯어 돼지들에게 갔다 주면 돼지들은 입에서 거품을 내가며 쩝쩝거리면서 토끼풀(크로바)을 맛있게 먹었다.

나 어린시절 시골마을 보초막은 파출소 역할도 하고 시계가 없는 시골농촌 가정의 시계역할도 했으며 시골 농촌 사람들의 일상(日常)을 열게하는 신호등 이기도 했다.

나는 가끔 고향에 가면 옛날 보초막이 서있던 자리를 볼때마다 옛날 보초꾼들의 징소리가 들리는듯 하기도 하고 보초막을 중심으로 친구들과 숨박꼭질 놀이도 했던 옛 추억이 떠오르기도 한다.

30. 유선 스피커 방송

1960년대 초반 박정희 대통령 정부는 경제개발 5개년 계획을 수립하고 수출장려와 농촌계몽사업을 대대적으로 추진했다.

이때 수출 품목으로는 잎담배 누에고치, 토끼가죽 등 농촌생산품이 주를 이루고 있었다.

정부에서는 정부정책과 지방행정기관의 공지사항을 국민에게 널리 홍보하기 위한 수단으로 각면 사무소에 유선방송시설을 설치하고 각 리·동별 각 가정에 소리만 나오는 유선스피커를 설치했는데 스피커 하나 설치비용으로 쌀 다섯말(40kg)과 방송청취 요금으로 매달 쌀 두되(4kg)를 냈는데 형편이 어려운 집은 이 스피커를 설치하지 못해 자기집에서 방송을 들을 수 없있다.

유선방송은 면사무소 방송실에서 각 리동 각 가정에 유선으로 스피커에 연결되어 방송되었는데 바람이 세차게 불거나 눈비가 많이 올때는 유선이 끊기거나 훼손되어 라듸오 방송 청취를 할수 없었다.

라듸오방송 청취가 불가할 때는 각 리동 리장님댁에 설치되어 있는 행정전화를 쓰기도 했는데 유선방송 청취가 불가하면 행정전화도 불통이 되어 면사무소와의 통화가 불가능 했다.

이때 인편으로 아니면 자전거를 이용하여 면사무소와 소통이 이루어 졌는데 다행이도 내가 살았던 우리 마을에는 우체국에 다니는 형이 있어 우리마을은 이 형의 봉사로 면사무소나 지서 간에 소통이 수월했다.

유선방송은 서울중앙방송을 시작으로 정오(12시)까지 아침방송이 전달되였고, 오후방송은 오후 4시에 시작해서 중앙방송국 마감 방송까지 전달 되었다.

우리집은 안채. 사랑채에 방이 있어 안채 안방은 어머님이, 윗방에는 공부방으로 내가 쓰고 있었고, 바깥 사랑채 방은 아버님이 쓰고 계셨다. 어머님이 혼자 쓰고 있는 안방은 규모가 조금 큰방으로 이웃집 아줌마 누나들의 마실방(놀이방)으로 저녁식사가 끝나고 나면 이웃 아줌마 누나들이 우리집 안방에 모여 어머님이 읽어주시는 춘향전, 심청전, 장화홍련전, 구운몽, 삼국지, 홍길동전 등 이야기책 읽는 소리를 들으며 저녁밤을 즐겼다.

나는 저녁식사가 끝나면 윗방에서 숙제를 마치고 안방에서 유선방송 소리를 듣기도 했는데 기억나는 연속극으로 섬마을 선생님 연속극 방송이 인기였고, 방송국 주제곡인 이미자님의 섬마을 선생님 노래는 전 국민의 애창곡이었다.

나는 저녁만 되면 이웃 아줌마, 누나들이 올때를 응근히 기다렸는데 그 이유는 아줌마, 누나들이 저녁밤참을 싸들고 우리집에 오기 때문이다.

나는 동부나 팥을 잔뜩 넣은 찐빵이나 개떡, 고구마로 만든 조청, 약밥, 콩엿 등 많은 밤참을 얻어 먹는 댓가로 안방 윗목 벽 높은 곳에 설치된 스피커를 전선줄을 길게 연결해서 아줌마 누나들이 오는 저녁밤에는 벽 아래쪽 낮은 곳에 설치해 낮에는 윗쪽, 밤에는 아래쪽 벽으로 옮길 수 있도록 설치했다.

연속극 방송이 시작되면 아줌마, 누나들은 각자 자기 베개를 베고 누워 연속극 방송을 듣고 있었는데 어떤 아줌마는 연속극 방송을 듣는도중 코를 드르렁 드르렁 골며 잠을 자고 있으면 누나들이 아줌마에게 이불을 뒤집어 씌워서 안방구석으로 밀어 놓기도 했다.

연속 방송극이 끝나고 각자 집으로 돌아갈때 이불을 뒤집어 쓰고 잠을 자던 아줌마를 누나들이 깨우면 이때 아줌마는 하품을 하며 잠에서 깨어나 앉아 오늘은 주인공이 어떻게 되었느냐고 누나들에게 묻기도 했다.

이때 누나들은 그렇게 코를 드르렁 드르렁 골며 잠을 자려거든 집에서 자지 왜 여기와서 연속극방송도 제대로 못듣게 방해하느냐고 핀잔을 주기도 했다.

나 어린시절 우리집 안방 마실방(놀이방)에는 베개 일곱 여덟 개 정도가 방 한구석에 늘 쌓여 있었는데 솜씨가 좋은 누나가 베갯잎에 수를 놓아 예쁜 베개를 만들어 가지고 오면 다른 아줌마 누나들은 내 베개도 하나 만들어 달라고 애원하면서 부탁도 했다.

아무튼 나어린시절 유선스피커 방송은 시골농촌사람들의 유일한 문화생활로 시골농촌 사람들에게 즐거움을 안겨 주었던 매개체였다.

31. 전기불이 켜지던 날

6·25전쟁이 휴전된 후 60년대 초반 우리시골 농촌마을에 최초로 전기불이 켜지는 날이다.

마을에서는 이날을 마을축제의 날로 정하고 형편에 따라 쌀이나 찬조금을 모아 술과 제물, 떡을 준비한 후 수령이 삼백년이 넘는 우리마을 수호신 정자 나무인 느티나무 밑에서 마을의 안녕을 기원하는 제사를 지낸후 마을 사람들은 집집마다 대낮 같이 훤히 켜져 있는 전기불을 바라보면서 감격의 눈물을 흘리기도 했다.

느티나무 제사에 참석하신 마을 노인들은 전기불이 켜지자 긴 한숨을 내쉬며 내 생애 이런날이 올줄이야 하면서 손수건으로 흐르는 눈물을 닦기도 했다. 그도 그럴 것이 평생을 관솔불, 기름심지불, 등잔불, 호롱불, 촛불을 사용하며 살아오셨던 삶에서 캄캄한 한 밤중에 대낮같이 훤한 말 그대로 천지개벽을 한 세상이 되었으니 어찌 눈물이 안 나왔겠는가?

나 어린시절 석유 등잔불 밑에서 학교 숙제를 끝내고 나면 콧구멍이 새까맣게 되는데 이때 어머니께서는 놋대야에 물을 한

가득담아 내 공부방 윗목에 갔다 놓으시면서 숙제 다하고 잠자기전에 콧구멍 소제(청소)하고 자거라 하고 일러 주시기도 했다.

어머니께서는 바느질 솜씨가 뛰어나 온마을 이웃마을 까지 소문이나서 혼사 예복이나 일상의복 등을 맡아서 바느질을 하셨다.

어머니께서 한밤중 석유등잔불 밑에서 바느질을 하실때 바늘귀에 실꼬이기가 어려워서 시골오일장날 바늘 두어쌈(30개)을 사와서 밝은 대낮에 미리 바늘에 실을 꼬여 놓고 한밤중에 바느질을 하셨는데 어떤때는 나에게 바늘귀를 꿰여달라고 부탁도 하셨다. 전기불이 켜진 후 어머니의 한밤중 바느질은 점점 늘어만 갔다.

우리집은 안방은 어머니방, 윗방은 내공부방 사랑채 건너방은 아버지 방으로 각자 따로 방을 썼는데 이때 안방 윗방 벽사이에 구멍을 뚫고 전기다마(전등) 하나를 가지고 양쪽 방에서 사용하면서 먼저 잠을 잘 사람이 상대편 방으로 전등을 넘겨 주고 잠을 잤다. 밝은 전기불 밑에서 책을 읽을 때는 거짓말 조금 보태서 눈을 감고도 책을 줄줄 읽을 수 있을 것 같기도 했다.

시골농촌 마을에 전기불이 켜지자 먹고 살기가 넉넉한 부잣집에서는 흰쌀 두어가마 값을 주고 라듸오를 사서 바깥세상 이야기를 들었는데 그 당시 우리마을 40여호에서 두서너집이 라듸오가 있을 정도였다. 당시 우리 큰아버지 집에 라듸오가 있었는데 나는 밤이되면 큰집에 가서 라듸오 일일 연속극을 들으면서 연속극 주제가 노래를 배우기도 했다.

한 여름밤 큰아버지집 넓은 대청마루에는 이웃집 아줌마, 누나들이 모여서 라듸오 일일 연속극 방송을 들었는데 이때 어떤 아줌마가 연속극을 듣는 도중에 코를 드르렁 드르렁 골며 잠을 자면 옆에 있던 누나들이 잠을 자려면 자기집에서 자지 왜 여기 와서 잠을 자느냐고 핀잔을 주며 아줌마 몸을 꼬집어서 잠을 깨우면 아줌마는 침을 지르르 흘리면서 잠에서 깨어나 하품을 하면서 먼저 자기 집으로 돌아가기도 했다.

라듸오 연속극이 끝나고 이웃 아줌마 누나들이 각자 자기 집으로 돌아가면 큰어머니께서는 쌀두지 위에 있던 라듸오를 대청마루 벽장속에 넣고 벽장문을 자물쇠로 잠갔다.

그 당시 라듸오의 존재감은 큰 보물과도 같았다. 이 보물 같은 라듸오를 사려고 형, 누나들은 농사철에 품을 팔기도 하고 공사판에 나가서 돈을 벌어서 라듸오를 구입해 우리마을 정자나무인 느티나무 밑에 자리를 깔고 누워 라듸오 소리를 들었는데 이때 마을 어린이들은 형옆에 놓인 라듸오 유행가 소리를 따라부르며 유행가를 배우고 놀았다.

시골농촌 마을에 전기불이 켜지자 농촌생활의 많은 변화가 일어났다. 마을의 대소사 일이나 긴급공지 사항등을 알리던 느티나무가지에 매달려 있던 쇠종이 마을물품 창고로 옮겨져 사라지고 쇠종이 달려있던 느티나무 가지에는 전기 확성기가 설치되어 쇠종을 대신했다.

각 가정에서는 한밤중에도 전기불을 켜놓고 농사일 뒷처리도 하고 각종 농기구를 수리하기도 하고 만들기도 했다.

마을 골목길 옆 가로등 불빛 밑에서는 마을 아이들이 숨박꼭질 놀이를 하면서 긴 여름밤을 보내기도 하고 도둑을 지키던 보초막이 사라지고 담배잎을 말리는 건조실 들마루 위에서는 한 밤중인데도 마을 노인들이 모여 앉아 장이야 멍이야 장기판을 벌리면서 막걸리를 나누기도 했다.

전기불이 시골농촌 마을에 들어오면서 도깨비불 같은 전기불은 시골농촌 사람들을 놀라게 했던 말그대로 천지개벽을 한 시골농촌 마을의 대 변화를 가져다준 놀라운 일이었다.

32. 반 공 호

해방이 되고 해방의 기쁨도 잠시 북한군의 기습남침으로 동족상잔의 6·25 전쟁이 일어 났다.

갑자기 밀어 닥친 북한군의 기습으로 남한 사람들은 남으로 남으로 피난길에 오르고 미처 피난을 가지못한 사람들은 고향에 남아 생활을 했다.

나의 고향 시골마을 뒷동산에는 지금도 땅굴하나가 남아 있는데 이 땅굴은 6.25 전쟁때 비행기 폭격에 대비해서 마을 사람들이 파놓은 땅굴이라고 하는데 어머니 말씀에 따르면 비행기 폭격 때는 대피소로 이용했고, 밤이되면 마을 아낙네, 누나들이 미군들의 성폭력을 피해 숨었던 땅굴이라고 했다.

나의 고향 시골마을은 면소재지에서 5㎞정도 떨어진 산골마을로 우리마을을 오려면 아랫마을 네곳을 거쳐서 와야 하는데 6.25 전쟁때 우리 마을에서는 느티나무 가지에 쇠종을 달아 놓고 비행기 폭격 대피신호로 종을 처서 했고 마을 아낙네, 누나들을 반공호로 대피 시키기도 했다고 한다.

긴 겨울밤 우리집 안방에 모여 어머니의 애기책 읽는 소리를 들던 마을 이웃할머니, 아주머니들은 고구마, 개떡 등 간식을 먹으면서 잡담을 나누었는데 어머니는 미군들이 마을을 급습하던 날 반공호로 피하지 못해서 급한김에 부엌아궁이 숯검정을 얼굴에 바르고 나를 등에 업고 연세가 많으신 이웃집 친척 아저씨 안방으로 도망을 가서 이불을 뒤집어 쓰고 숨어 있었는데 갑자기 미군이 총을 들고 안방문을 열고 들어와서 이불을 뒤집어 보더니 무슨 말인지 쌜라 쌜라 떠들더니 까뎀 까뎀소리를 지르며 밖으로 나갔다고 하시며 그 당시 내가 어머니 등에 업혀 막울어대지 않았다면 큰일 날번 했다고 말하면서 나중에 집에 와서 거울에 얼굴을 비춰보니 깜뚱이 같았다고 하시자 안방에 있던 마을할머니 아주머니들은 깔깔 거리며 웃었다.

어떤 아주머니는 나도 그런일을 당했다고 하시며 그래도 우리 마을은 보초꾼이 종을 처주어 대피해서 미국놈들에게 변을 당하지 않아 다행이라고 했다.

마을 어른들 말씀에 의하면 마을을 습격했던 미군들도 애가 딸린 아낙네나 연세가 많으신 아주머니들은 건드리지 않았다고 했다.

미군들이 우리마을을 뒤집고 다시 부대로 돌아가고 나면 느티나무 가지 위에서 망을 보고있던 보초꾼은 나무에서 내려와 뒷동산 반공호로 찾아가서 반공호에 피신한 마을 사람들을 집으로 돌아가도록 조치를 취하기도 했다고 한다.

6.25 전쟁이 끝나고 정부에서는 전쟁에 폐허가된 생활환경을 개선해 가면서 농촌개발사업을 추진해 나갔다.

우리 마을에서는 이 반공호를 마을 공동농산물 보관 창고로 이용했는데 각 가정에서 씨종자로 쓸 농산물도 보관하고 고구마, 감자도 보관했다.

세월이 흘러 많은 농산물 보관시설이 만들어지면서 이 반공호는 농산물 보관창고 기능을 잃게 되었고 지금은 반공호 출입구가 막혀있고 주위에는 나무가 무성해 반공호의 자취를 찾아보기 힘들게 되었다.

33. 병아리 까기

옛날 시골농촌 마을에서 닭을 기르는 것은 지금과 같이 계사를 짓고 수천 수만마리 대규모로 기르는 것이 아니라 몇십마리 정도를 제멋대로 돌아 다니면서 기르는 방사였다. 대개 헛간 또는 소외양간, 돼지우리 위에 닭이 밤에 잠을 잘수 있는 시렁을 만들어 놓고 닭을 길렀다.

나는 닭들이 천정에 매달린 시렁위에서 밑으로 떨어지지도 않고 잠을 자는 모습을 보고 신기하기도 했다.

닭들은 저녁에 시렁위에서 잠을 자고 낮이면 마당이나 들로 다니면서 벌레도 잡아먹고 풀도 쪼아 먹고 닭모이라고 쌀싸래기나 알곡수수, 각종 곡식 찌거기를 앞마당에 뿌려주면 수십마리 닭들이 모여 모이를 얻어 먹고는 닭들 스스로가 집주위나 들판을 돌아 다니면서 컸다.

우리집에서는 소외양간과 돼지우리 위에 볏짚둥지를 만들어 매달아 놓고 달걀을 모았다.

어머니께서는 5일 장날이 되면 모아둔 달걀을 볏짚으로 달걀

꾸러미를 만들어 팔아서 나의 학용품도 사주시고 나에게 용돈도 주셨고 어머님의 비자금도 만들었다. 암닭 한마리는 보통 알 20여개를 낳으면 알을 낳지 않고 병아리를 까려고 휴식기를 갖는데 이때 암닭은 구구구 하는 울음소리를 내면서 사람을 피하지 않고 알둥지에서 나오지 않는다.

이 때 어머님께서는 저 암닭이 병아리를 까려고 하는구면 하시면서 헛간 구석진 조용한 곳에 알둥지를 새것으로 달아놓고 암닭이 낳은 달걀 20여개를 둥지에 담아 놓은 다음 움직이지 않고 알둥지에서 나오지 않는 암닭을 옮겨 놓으면 알을 품은 암닭은 지그시 눈을 감고 행복해 보였다.

이때 나는 어머님께 병아리는 언제 나오나요 하고 질문을 하면 어머니께서는 응 한 스므날 되면 병아리가 나온다고 하시면서 병아리 나올때 까지 둥지를 건드리지 말고 가만히 둬야 한다고 당부하시기도 했다.

암닭이 알을 품은지 20여일이 지나면 둥지에서는 병아리 소리가 들리면서 어미닭 날개 쭉지를 밀고 예쁜 병아리들이 빼꼼이 고개를 내민다.

병아리가 나오기 시작하면 어머니께서는 병아리를 안방으로 가지고 와서 물과 미리 준비한 좁쌀이나 비싼 참깨를 접시에 담아 병아리 모이를 주시곤 했다. 병아리가 다 모아지면 아버지께서는 싸리가지로 만든 병아리 닭장에 어미닭과 병아리를

245

합사 시킨다. 이때부터 어미닭과 병아리는 모이도 먹고 마당이나 바깥두엄간 또는 들판을 돌아 다니면서 벌레를 잡아먹고 풀도 쪼아 먹으면서 병아리가 성장해 간다.

병아리가 탄생한지 7개월 정도되면 큰닭이 되는데 암병아리는 초란을 낳기 시작하고 숫병아리는 벼슬이 커다랗게 자라면서 새벽을 알리는 꼬기오 울음소리를 내기 시작한다.

34.가마니 짜기

지금은 농사짓는 기술이 발달되어 모든 농사일을 기계로 하고 있지만 나 어린시절 모든 농사일은 사람과 소의 힘으로 농사를 지었다.

봄. 여름. 가을 모든 농사가 끝나고 추운 겨울이 되면 시골농촌은 농한기라고 해서 휴식기가 되는데 이때 농촌 각 가정에서는 다음해 농사지을 준비로 가마니짜기, 새끼꼬기, 멍석 둥구니, 삼태기, 소쿠리 등을 만들며 겨울을 보냈다.

우리집은 네 식구였는데 누님은 6·25 전쟁중인 내 나이 네살되던해 시집을 갔고, 나 보다 열한살이나 위인 형님은 서울에서 대학을 다니고 있었다.

어머니께서는 젊어서 부터 해수병이 심해서 겨울철만 되면 숨이차서 안방과 부엌을 오가며 간신히 밥을 지을 정도여서 큰 가마솥에 물을 한가득 담아 놓는 일과 가마솥 물을 따뜻하게 데워쓰는 일은 나와 아버지께서 맡아서 했다.

어머님의 이런 고통을 잘 알고 계시는 이웃에 살고 계시던 외삼촌께서 쌀 세가마 값을 주고 우리집 앞마당에 펌프샘을 놓아 주셨는데 이때 어머님께서는 종 열둔 것 보다 더났구나 하시며 기뻐하셨다.

우리집에서 200m나 떨어진 마을 공동우물에서 물을 길러와야 했던 나는 외삼촌이 고마웠다.

겨울방학때는 아버지께서 나와 함께 가마니 짜기를 했는데 어쩌다 잘못해서 가마니 바늘이 옆으로 비껴나가 아버지 눈을 찌를번 했는데 이때 아버지께서는 애야 사람눈깔 빼겠다 정신을 어디다 두고 있느냐 하고 나무라시기도 했다.

우리집은 저녁식사 후 사랑방 호롱불 밑에서 가마니를 짰는데 이때 어머니께서는 고구마나 동부콩을 잔뜩 넣은 밀개떡을 쪄서 물김치와 함께 밤참을 내오셨는데 이때 식구들과 함께 먹었던 찐고구마, 밀개떡 맛을 나는 지금도 잊을수가 없다.

우리마을 다른 친구들은 겨울 방학이 즐겁다고들 하지만 나는 겨울방학이 그리 즐겁지가 않았다. 마을 다른 친구들은 나이 차이가 한두세살 나는 누나 형, 동생들이 많아 마음 놓고 놀수가 있었지만 우리집은 달랑 나혼자 뿐이라 집안 모든 잔 심부름은 내가 도맡아 해야 했기에 나는 많이 놀지를 못했다. 나는 누나. 형. 동생들이 많은 동네 친구가 부럽기도 했다. 아버지께서 일터에서 늦게 오시거나 어디 출타를 하실 때는 내가 소 죽도 쑤고 돼지, 닭 먹이도 주고, 청소를 하는데 이때 나는 어머님께 이 일이

하기 싫어서 짜증을 내면 어머니께서는 그게 다 느형 대학공부 시키려고 우리 식구들이 고생하는거 아니냐 느형이 대학나와 출세하면 너도 대학도 갈수 있는 거여 알았느냐 그러니 조금만 참고 일하자고 당부도 하셨다.

나는 1년이 다가도록 명절때 방학때도 집에 오지 않는 형님이 보고 싶어 어머니께 왜 형님은 방학때도 집에 오지 않느냐고 물어보면 어머니께서는 우리집 형편이 넉넉치 못해 느형 뒷배를 제대로 못해 주니까 느형이 방학때도 집에 못오고 서울에서 품팔이(아르바이트)를 해서 용돈도 쓰고, 책도 사보고 하는 것 아니냐 그러니 너도 아버지 엄마일도 열심히 도와 주어야 한다고 나에게 당부를 하시면서 앞치마로 눈가에 맺힌 눈물을 씻는 모습을 보는 순간 내가 어머님께 짜증을 냈던 일이 죄스러워 가슴이 찡하고 아팠다.

나는 문득 학교에서 배웠던 "인내는 쓰고 결과는 달다"라는 격언이 떠 오르기도 했다.

35. 호미 모심기

　지금은 시골농촌의 다랑이논(비탈 계단으로된 논)도 농지정리가 잘 되여 있고 수리시설 또는 지하수개발로 농사짓는데 큰 어려움이 없으나 나 어린시절 시골농촌 다랑이논은 하늘에서 비를 내려주시지 않으면 모내기를 할 수 없어서 콩, 수수 등 밭작물을 심거나 아니면 논농사를 포기하는 때가 있었다.

　나 어린시절　시골농촌 수리시설 이라고 해봐야 산골짜기 계곡물을 가두었다가 모내기때 논에 물을 대는 방죽(저수지) 또는 연못물이 전부였다.

　가믐이 계속될 때는 논 한 모퉁이에 있는 조그만한 웅덩이 샘물도 말라붙어 논바닥은 거북이 등 같이 쩍쩍 갈라졌다.

　다행스럽게도 가끔 지나가는 소나기 빗물이 논바닥을 적셔주면 그때를 이용해서 호미모를 심었는데 온가족이 총동원 되어 논바닥에 쪼그려 앉아 호미모를 심는 모내기 작업은 보통 힘든 일이 아니다. 새벽일찍 아침식사를 마친 가족들은 함지박에 밥을 담고 양재기에 반찬을 담고 꼬마 항아리에 밀주(막걸리)를 담아 지게에 지고 논에 나와 하루종일 호미모를 심어도 한사람이 이삼십평(100m) 심을까 말까 할 정도였다.

온 가족이 힘들게 호미모를 심었어도 안심할 수가 없다. 호미모를 심고 2~3일 내에 비가 내리지 않으면 심어논 벼포기가 햇빛에 말라 죽기 때문이다. 이때 농가에서는 2km 정도 떨어진 용수샘(땅밑에서 물이 솟아오르는 샘)에서 물지게를 지고 물을 길러와서 바가지로 물을 떠서 벼포기마다 물을 부어 가뭄을 극복하려고 애를 썼다.

어떤 해에는 한달이상 비가 내리지 않아 콩이나 수수 등 밭작물도 심지 못하고 논농사를 포기할 때가 있는데 흉년이든 해 시골 농촌의 생활은 고난의 해이기도 했다.

소작농가(남의 토지를 빌려 농사를 짓는집) 품팔이 가정에서는 부자집에 가서 장리쌀을 얻어 끼니를 때우며 겨울을 지내기도 했는데 쌀 한가마(80kg) 빚을 내면 다음해에 쌀 한가마 반(120kg)을 갚아야 했으니 가난한 농가에서는 허리펴고 살수가 없어 늘 농사 일이나 품팔이 노동에 얼굴에 주름살만 늘어갔다.

나 어린시절 우리 부모님들은 처음만난 사람도 그 사람 얼굴만 보고도 그 집의 살림살이가 어느 정도인지를 척척 알아내고 있는것을 나는 보고 자랐다. 어떤 집은 긴 겨울을 지내기 위해 외처에 나가 공사판일을 하기도 했지만 그리 넉넉치 못해 언제나 힘든 겨울을 지내고 살았다.

가을 김장철이 되면 시골농촌 각 가정에서는 100포기 200포기 배추김치를 담가 땅속에 묻어 놓고 끼니때 배추 김치국에 밀가루 수제비나 쌀싸래기를 넣고 죽을 끊여먹는 집도 많았다.

지금와 생각해 보면 나어린시절 우리 부모님들은 끼니도 제대로 못먹고 입지도 못하면서도 자식들 몇 남매들을 먹여 살린 철인 같은 희생정신에 나는 놀라기 까지 한다.

더욱 감동스러운 일은 먹고 살기 어렵던 고난의 시절에도 장리쌀 빚까지 얻어 형님을 대학공부까지 시키신 나의 부모님의 의지와 신념에 나는 눈물겹다.

성공한 자식들 부모님의 은공을 보상하고 싶어도 잡지 못하는 세월속에 기다려 주시지 못하고 홀연히 떠나가신 부모님의 사랑을 생각할때 마다 못다한 효에 회한의 눈물이 앞을 가려 가슴이 답답할 뿐이다.

36. 느티나무 향수

내가 태어난 시골고향마을 뒷동산 끝자락에 수령이 삼백년이 넘는 느티나무가 웅장한 자태를 뽐내며 우뚝서 있다.

우리마을 사람들은 이 느티나무 밑에 제물을 차려놓고 제사를 지낸후 음식을 나누어 먹으면서 이웃간의 정을 나누기도 했다.

우리마을에서는 비가오지 않을 때는 기우제를 단오날에는 단오제 정원 대보름날에는 소원 기원제를 올리며 마을의 안녕과 각 가정의 만수무강을 빌기도 했다.

이 느티나무는 장정어른 다섯명이 서로 손을 맞잡고 잡을 정도로 커다란 몸집을 하고 있는데 나무 밑둥 한 가운데에는 어린아이 다섯명이 들어가 앉을 수 있는 큰구멍이 나 있는데 우리마을 친구들은 이 느티나무 아래에서 숨박꼭질을 할때 이 구멍안에 숨기도 했다.

마을 친구들 중에 나무를 잘타서 다람쥐라는 별명을 가진 친구가 있었다. 이 친구는 느티나무 꼭대기까지 올라가기도 하고 이

가지 저 가지 옮겨다니며 묘술을 부렸는데 어떤 때는 느티나무 가지 새둥지에서 새알을 꺼내 개울가 뚝방에서 모닥불을 피워 놓고 구워 먹기도 하고 어쩐 때는 새둥지에서 새 새끼를 꺼내 집에 가지고 가서 키우기도 했다.

다람쥐 친구는 까치새끼 세마리와 올빼미 새끼 두마리를 자기집 헛간에서 키웠는데 새 먹이로는 개구리, 미꾸라지, 송사리, 붕어, 구구락지 등 주로 민물고기 였다.

어느날 다람쥐 친구는 까치 새끼 한마리를 가지고 학교에 갔다. 학교에 가는 도중 다람쥐 친구가 까치새끼를 어깨에 앉혀 놓고 가면서 쮜하고 소리를 내자 까치새끼는 입을 쩍 벌리며 먹이를 받아 먹었다. 학교 교실에 도착한 다람쥐 친구는 까치 새끼 묘술을 부리는데 책상위에 까치새끼를 앉혀놓고 10m쯤 떨어져서 쮜~ 하고 소리를 내자 까치 새끼가 친구어깨에 날아가 앉아 먹이를 받아 먹기도 하고 다람쥐 친구가 쉬우하고 소리를 내자 까치새끼가 교실천정을 한 바퀴 날았다가 다시 친구어깨에 와서 앉았다.

까치새끼의 묘술을 바라보던 반친구들은 까치새끼를 갖고 싶어서 어떤 친구는 사겠다고도 하고 어떤 친구는 학용품과 바꾸자고도 했다. 그야말로 다람쥐 친구의 인기는 연예인 뺨칠 정도였다. 수업시간 담임선생님께서 칠판에 글씨를 쓰고 있을때 책상 설합속에 숨겨논 까치새끼가 갑자기 까악까악 하고 울대자 담임선생님께서는 반친구들을 바라보며 누가 까치 소리를 냈느냐고 묻자 반친구들은 모두가 웃음보가 터져 나왔다.

이때 다람쥐 친구가 까치새끼를 손에 들고 일어나서 담임선생님께 보여 드리자 선생님은 다람쥐 친구를 교탁 앞으로 불러내 세워놓고 칠판에 "동물사랑"이라는 글씨를 크게 써놓고 교육을 마친 다음 까치새끼를 창문 밖으로 날려 보냈다.

다람쥐 친구와 반친구들은 모두가 아쉬워하며 남은 수업을 받았는데 나는 까치새끼가 염려되어 공부가 잘 되지 않았다.

한시간 수업이 끝나고 휴식시간 다람쥐 친구와 일부 반친구들이 밖으로 나와 까치새끼를 찾고 있던중 다람쥐친구가 쮜우하고 소리를 내자 화단 꽃나무 가지위에 앉아있던 까치새끼가 까악 까악 소리를 내며 날개짓을 하고 있었다.

이때 다람쥐 친구가 쮜우하고 소리를 내며 팔을 벌리자 까치새끼는 다람쥐 친구팔에 날라와 앉았다.

수업이 끝나고 집으로 오는 길 다람쉬 친구는 나와 함께 개구리를 잡았는데 이때 다람쥐친구는 집에 가서 까치새끼 한마리 너줄테니 너도 한번 까치를 길러 보라고 했다.

나는 어머니께 물어봐야 한다고 했다.보나마나 어머니는 까치를 못기르게 할 것이기 때문이다.

집에 돌아온 나는 어머니께 나도 까치새끼 키우고 싶다고 말
씀드리자 어머니는 짐승은 제에미가 키워야지 사람손을 타면
죽는 법이다 하시며 너 까치 새끼만 집에 가지고 오면 밥도 안
주고 내 쫓겠다고 하시며 불호령을 내리셨다.

나는 어머니가 밉기도 했지만 어쩔수 없는 일로 까치새끼 키
우는 것을 포기하고 친구에게 어머니가 못키우게 한다고 말하
고 집에 돌아와 저녁밥도 먹지 않고 이불을 뒤집어 쓰고 일찍
자 버렸다. 어머니에 대한 일종의 항의 표시였다.

37. 느티나무 위 오줌싸기

시골 우리 마을에서는 단오 때가되면 마을정자 나무인 느티나무에 그네를 매놓고 그네 뛰기를 하면서 단오절을 보냈다.

단오날 10여일 전쯤 마을 형, 누나들은 부잣집을 방문해서 볏짚터미를 얻기도 하고 각자 가지집에서 볏짚 두세단씩 가지고 와서 느티나무 밑에 쌓아 논 다음에 그네를 매는 날 볏짚을 이어 굵은 새끼줄을 꼰 다음 이 새끼줄 세줄을 다시 합쳐 꽈서 동아 밧줄인 그네줄을 만들었다. 그네줄이 만들어지면 나무를 잘 타는 형들이 그네줄 끈을 어깨에 메고 느티나무 가지에 올라가 그네를 매는데 이때 누나들은 동아 밧줄을 들어 도와 주기도 했다.

그네가 매어지면 형, 누나들은 그네 밑에 제사상을 차려놓고 제사를 지냈는데 이 행사는 마을 사람들이 그네를 타다 다치지 않게 해 달라는 소원 기원제였다.

마을 아이들은 느티나무에 매어있는 그네줄을 타고 느티나무 가지 위로 올라 가기도 하고 다시 땅으로 내려오기도 하면서 놀기도 했다.

어느날 그네줄을 타고 땅으로 내려오던 마을친구가 땅으로 떨어져 발목을 크게 다치는 사고가 발생했다.

마을 친구가 발목을 다친 이후 형, 누나들은 밤에 그네를 뛴 다음 그네줄을 느티나무 가지 위에 올려 칭칭 감아 놓았다가 밤에 그네줄을 풀어 그네를 탔다.

나와 마을 친구들은 느티나무 가지 위에 올려 칭칭 동여 매진 그네줄을 풀어 보려고 힘을 다해 노력했지만 그네줄을 풀수가 없었다. 그네줄이 워낙 굵고 무거웠기 때문이다.

그네줄을 풀지못한 나와 친구들은 형, 누나들이 미워서 어떻게 형, 누나들을 골탕을 먹일까 생각하다가 나는 묘안을 생각해 냈다. 밤중에 느티나무 가지위에 미리 나와 있다가 형, 누나들이 그네를 탈때 느티나무 가지 위에서 물을 뿌리자고 했다. 내 말을 듣고 있던 마을 친구들은 내 의견에 별로 관심이 없는지 너혼자 하던지 말던지 하라고 했다. 한 친구도 내말에 찬성하고 나서는 친구가 없었다.

집으로 돌아오는 길, 나는 나와 아주 친한 친구에게 오늘밤에 우리 한번 해보자고 의견을 제시하자 친구는 죽지못해 승락을 했다. 나는 친구에게 물조리는 내가 가지고 올테니 너는 그냥 나오기만 하라고 했다.

저녁식사를 마친 나는 아버지 어머니가 주무시기를 기다리고 있다가 좀 늦은 밤 광으로 들어가 물조리를 꺼내 물을 담아들고 느티나무 밑으로 갔다. 친구는 오지 않았다. 나는 친구네 집에 가서 친구를 데리고 느티나무 가지위에 올라가 누나들이 그네를 타러 오기를 기다리고 있었다.

얼마쯤 지났을때 마을 누나 네명이 그네 옆으로 와서 편을 갈라 그네 타기를 시작했다.

느티나무 가지는 워낙 굵어서 흔들리지 않고 안전했다. 하늘에는 반달이 떠있어 옆사람 얼굴정도는 확인할 수 있을 정도였다. 한 누나가 그네를 타고 있을 때 이 때다 하고 친구는 물조리에 담겨있는 물을 뿌리고 나는 오줌을 깔겼다.

그네를 타고 있던 누나는 땅밑에 서있는 누나들에게 으째 비가 오는것 같다 하자 누나들은 비가 왜 와 저기 달이 떠있는데 웬 헛소리냐 하자 그네를 타던 누나는 그네에서 내려와 내옷 젖은것 보라고 하면서 머리를 감아 올리면서 내머리가 뜨거운 것 같았는데 하며 느티나무 가지위를 바라보고 있을때 나와 친구는 킥킥거리고 웃어버렸다.

그네 옆에 있던 누나들은 어떤놈들이 장난친거 같은데 네가 나무에 올라가 보라고 하면서 나무를 잘 타기로 소문난 누나를 다그치자 누나는 양말을 벗고나서 성큼성큼 느티나무 가지위로 올라 왔다.

느티나무 가지위로 올라온 누나는 나와 친구를 보자 아 느덜이 그랬구나 어쩐지 하면서 나와 친구를 앞장세워 땅으로 내려왔다.

그네 밑에서 기다리고 있던 누나들은 나와 친구를 보자 달려들어 어깨를 흔들며 꼬집고 때리고 야단을 쳤다.

나와 친구는 아무말도 못하고 서 있는데 이때 그네를 탔던 누나가 나에게 너 니가 오줌을 깔렸지 하고 다그쳤다.

나는 누나 눈치를 보면서 죽을 상을하며 모기소리 보다 더 작은 소리로 응 하고 대답하자 누나는 우째서 너는 못된짓은 골라서 하니 이제 느엄마 속좀 작작 썩혀라 이 망난아 하고 내 머리통을 툭툭 때렸다.

마을 누나들은 또 하나의 내 별명을 만들어 준것이다.

어이구 망난이 이 망난아 하고 말이다.

38. 새총의 비극

옛날 시골농촌에서 살았던 아이들이라면 누구나 기억할 수 있는 새총에 대한 이야기다.

새총은 부이자(V) 모양의 나무가지에 빤스끈(고무줄) 기저귀끈 자전거 쥬브를 썰어만든 고무줄을 실로 꽁꽁 동여매 만든아이들 놀이 기구였다.

새총알로는 잔돌, 유리구슬, 쇠구슬, 도토리, 은행알, 콩알 등을 사용했고 표적판으로는 비료푸대 또는 볏짚공을 만들어 썼다.

시골 아이들은 가을 추수가 끝나면 마을에서 가까운 마른 논바닥에서 공도차고 배구도 하고 새총쏘기 경기도 하면서 놀았다.

우리 집에서 300m 정도 떨어진 외딴터에 두집이 살고 있었는데 이집들은 집에서 400m정도 떨어진 논두렁 모퉁이 웅덩이 샘물을 식수로 사용했다. 이 웅덩이 샘은 1년 내내 용천수가 솟아올라 물이 마르지 않았고 수온이 굉장히 차가워 마을 사람들은 이 웅덩이 샘을 옻샘이라고 불렀다.

어느날 이 외딴터 논바닥에서 새총쏘기 경기를 하면서 친구들과 놀고 있을때 외딴터 아주머니가 옹기 물동이를 머리에 이고 샘물을 길러 가시는 길에 벼슬이 크고 몸집이 커다란 숫닭이 아주머니 뒤를 따라가고 있었다.

이 숫닭은 매우 사나운 닭으로 어린아이 어른 할것 없이 주인집 아주머니 옆에만 가면 달려들어 주둥이로 쪼기도 하고 날개를 치며 발로 할퀴면서 달려들어 마을 사람들은 이 숫닭이 개보다도 더 무섭다고 피해 다니기도 했다.

이날 논바닥에서 새총쏘기 경기를 하고 있던 마을 친구들은 이 숫닭을 보자 누가 저 닭을 새총으로 쏘아 잡을 수 있겠느냐하고 공론을 하던 때 나는 내가 한번 해보겠다고 나서자 마을 친구들은 네 새총 실력으로는 안된다고 비꼬았다.

응근히 화가 난 나는 친구들에게 내가 오늘 새총쏘는 실력을 보여 줄테니 보고 있으라고 하면서 새총과 잔돌을 가지고 어른 키 보다도 더 높은 논두렁 샘길 밑으로 가서 숫닭이 오기를 기다리고 있었다. 얼마나 지났을까 아주머니가 물동이를 머리에 이고 집으로 가는 길 뒤에 공포의 숫닭이 따라오고 있었다. 논두렁 밑에 숨어서 숫닭이 오기를 기다렸던 나는 숫닭이 가까이 오자 숫닭을 향해 새총을 쏘았다.

그런데 결과는 대 사건을 이르킨 것이다.

새총알 잔돌이 숫닭을 명중한 것이 아니라 아주머니가 머리에 이고 가는 물동이를 명중해서 물동이가 깨지면서 아주머니께 물벼락을 씌운 것이다. 물벼락을 맞은 아주머니는 뒤를 돌아보며 어떤놈의 짓인가 살피다 나와 눈이 마주친 것이다.

이때 나는 죽어라 하고 줄행랑을 쳐 도망을 갔다. 화가난 아주머니는 깨진 물동이 조각을 들고 어머니를 찾아와 화를 내셨다. 아주머니는 나의 외삼촌과 둘도없는 친한 친구의 아내로 어머니께 형님 형님 하는 사이로 친척같이 정을 나누며 이웃에서 같이 지내온 아주머니다. 아주머니가 화를 내자 어머니는 우리집 장독대로 가서 비어있는 물동이를 들고와 아주머니께 건너주며 올케 우선 이 물동이 가지고 가서 쓰고 있으면 내가 다음장날 물동이를 사다 주겠다고 약속을 하고 아주머니를 달래 보냈다.

아주머니가 집으로 돌아가신 후 늦은 저녁때가 되어 내가 집으로 돌아오자 나를 보신 어머니는 부지갱이 막대를 들고나와 안마당 땅바닥을 치시며 어쩌자구 사람에게 새총을 쏘느냐 이놈아 그러다 눈에라도 맞아 눈 멀면 땅 팔아 지료비 대줄거냐 하시며 대성 통곡을 하셨다.

어머니의 갑작스러운 대성 통곡소리에 놀란 나는 무섭기도 하고 정신이 없어 어머니 등을 안고 나도 어머니와 함께 울었다. 한참을 울고난 어머니는 나에게 안되겠다 내가 어디 먼곳으로 도망을 가던지 해야지 하시면서 내가 도망을 갈테니 어디

263

너 혼자 잘 살아 보라고 엄포를 놓으시며 방으로 들어가셨다. 울음을 그친 나는 누가 내 머리통을 친것처럼 멍하니 서서 허공을 바라보고 한참동안 서 있다가 안방으로 들어가서 무릎을 꿇고 어머니께 용서를 빈 다음 윗방 내방으로 가서 새총을 몽땅 꺼내 부엌 아궁이에 넣고 불을 질렀다.

부엌으로 나오신 어머니는 내가 새총을 태우는 모습을 보시면서 다시는 그러면 안된다 그러다 눈에 맞아 그사람 봉사되면 어쩔려구 그러느냐 하시며 나에게 당부에 당부를 하셨다.

코흘리개 어린시절 나에게 최대의 공포심을 갖게한 새총의 비극, 지금와 생각해 보면 너무나 무섭고 무서웠던 어린시절 나의 옛 추억이었다.

39. 석유 유리병 깨트리기

우리집은 바깥마당이 넓은 길가 집으로 윗마을 어르신들의 장길 이었고 벼, 보리, 밀 등 곡식방아를 찧으려 다니는 우마차 길이며 형, 누나 우리들이 학교를 다니는 등·하교 길이었다.

우리 바깥마당 길모퉁이에는 바깥 똥뒷간(변소)이 있는데 똥뒷간 문은 헌가마니를 뜯어 달았고 똥뒷간 옆에는 퇴비장이 있었다.

나 어린시절 석유는 귀한 생활필수품으로 고가였고 시골농촌 사람들의 밤을 훤히 밝혀주는 등불이며 밥술깨나 먹고사는 부잣집에서는 석유풍로로 요리를 했던 시절이었다. 이때 시골농촌 사람들은 5일장날을 택해서 각종 생활필수품을 구입했는데 이때 윗마을에 사시는 아주머니 한 분은 5일장날 이면 빠지지 않고 석유를 사서 유리 대두병에 담아 머리에 이고 팔장을 끼고 장길을 걸어 다니셨다.

아주머니는 우리 어머니와 친구 사이로 5일장을 갔다 오는길에 우리집에 들려서 어머니와 이야기를 나누며 담배도 피우고 개떡이나 고구마 같은 간식을 드시고 쉬었다가 가시기도 했다.

어느날 느티나무 위에서 놀고 있을때 나는 멀리서 석유 유리병을 머리에 이고 팔장을 낀채 걸어오는 아주머니 모습을 보는 순간 나의 장기인 심술이 발동했다.

느티나무 위에서 내려온 나는 얼른 우리집 바깥마당 똥뒷간 뒤에 숨어서 아주머니가 가까이 오기를 기다리고 있다가 아주머니가 똥뒷간 옆을 지나가고 있을때 갑자기 튀어나와 땅바닥에 업어지면서 아이쿠하고 큰소리를 내면서 아푼척하고 업드려 있을때 아주머니가 깜짝놀라 뒤를 돌아보는 순간 석유 유리병이 땅바닥에 떨어지면서 병이 깨져 석유가 흘러나와 온 길바닥을 적셔 버렸다. 이때 나는 얼른 땅바닥에서 일어나 나잡아 보라는 듯이 줄행낭을 쳐 도망갔다.

화가난 아주머니는 내가 장난을 친 사실을 알고 우리집으로 와서 어머니께 화를 내시자 어머니께서는 아이구 말썽꾸러기 그 놈이 또 장난을 쳤구만 내가 못살아 하시며 아주머니를 안채 마루로 모셔놓고 벽장에서 쓰다남은 석유병을 들고 나와 아주머니께 드리면서 우선 이것으로 다음 장날까지 쓰시라고 하며 사과했다. 아주머니는 어머니와 친한 사이로 모든걸 용서하고 어머니와 담배를 피우시며 개떡과 고구마를 드시고 집으로 돌아가셨다. 멀리도망을가 개울에서 친구들과 목욕을 하고 놀다 저녁늦게 집에 돌아온 나는 어머니께 혼줄이 났다. 나를 보신 어머니께서는 야 이놈아 내가 너 때문에 내명에 못죽겠다 어쩌자고 하루도리로 장난을 쳐 내 속을 태우느냐 하시면서 내등가

죽을 치시며 눈물까지 흘리셨다. 어머니께 혼줄이 난 나는 아무말도 못하고 눈물을 흘리면서 말없이 서 있자 어머니께서는 그래 남에게 욕많이 얻어 먹으면 명이 길어진다고 하더라 비실대는 놈이 명이라도 길어야지 하시며 치마자락으로 눈물을 닦으시면서 부엌으로 들어가 돼지에게 줄 구정물 양재기를 들고 돼지 우리깐으로 가셨다.

이때 나는 얼른 광으로 쫓아가서 보리겨 한양재기를 담아 돼지먹이통에 부어 주면서 어머니께 앞으로 장난을 안치겠다고 굳게 약속을 드렸다. 그러나 그 굳은 약속은 거짓이 되었다. 어머니께 약속을 드린 후에도 나는 장난끼를 이기지 못하고 또다시 말썽을 부려 어머니속을 많이 썩혀 드렸다. 마을 어르신들은 나를 보면 어이구 저 말썽꾸러기 개구쟁이가 오늘은 또 무슨 장난을 칠까 하고 걱정을 할 정도였다. 훗날 성인이 되어 고향을 찾았을때 내가 성장한 모습을 보신 마을 어른들은 어릴때 꽤나 말썽을 부리더니 이제 어엿한 점잖은 신사가 됐구나 하시며 기뻐하셨다.

나는 잘 모르는척 제가 그렇게나 말썽꾸러기 였어요 하고 질문을 하면 어르신들은 말도 마라 느어머니가 너 뒷치닥거리 하느라고 속많이 썩었다 하시며 사람이 열번 변한다더니 그 말이 맞는것 같다고도 하셨다. 마을 어르신들의 말씀을 들은 나는 앞산기슭에 모셔진 어머니 묘소를 바라보며 회한의 눈물을 흘리기도 했다.

40. 옻샘위 귀신놀이 사건

내가 살던 시골마을 논 한가운데 웅덩이 샘이 있었는데 이 웅덩이 샘은 1년 열두달 얼음짱 같은 찬물이 계속 솟아 올라 우리마을 이웃마을 사람들은 이 웅덩이 샘을 옻샘이라고 불렀다.

이 옻샘위로 수령이 100년이 넘는다는 큰 향나무가 논두렁에 뿌리를 내리고 서 있는데 향나무가 얼마나 큰지 향나무 가지가 옻샘위를 뒤덮고 있어 이 향나무 가지위에 올라가 있으면 한낮에도 사람들 눈에 잘 띄이지 않았고 시원해서 낮잠을 자기도 했다.

나와 마을 친구들은 이 향나무 가지위에 올라가 숨박꼭질도 하면서 여름철에는 개구리 잠자리도 잡고 가을철에는 메뚜기를 잡기도 했다.

한 여름철 무더운 밤에는 우리마을 젊은 아낙네 누나들은 이 옻샘에 와서 윗 저고리를 벗고 등목을 했는데 나와 마을 친구들은 이 모습을 종종 보기도 했다. 이 옻샘은 논 한 가운데 논두렁 옆에 자리잡고 있는데 우리마을 윗 마을에서도 가까워서 이웃마을사람들도 이옻샘물을 약수로 이용했다.

어머니 말씀에 의하면 6·25난리때 밤이되면 미군들이 마을에 들이 닥쳐 젊은 아낙네 누나 들을 겁탈하려고 해서 마을 젊은 아낙네 누나들은 밤이되면 이 향나무 가지위에 올라가 숨어 있다가 미군들이 마을을 뒤지고 돌아가면 집으로 돌아 왔다고 말씀하셨다.

어느날 소풀을 뜯기고 돌아가는 길 나와 친구는 이 옻샘물을 떠 먹으면서 문뜩 누나들이 이 옻샘에 와서 등목을 하는 모습을 본것이 생각났다.

이때 나는 호기심이 발동해서 친구에게 오늘밤 귀신놀이 장난을 해보자고 제안을 했다. 나는 친구에게 오늘 저녁 너와 내가 보자기를 머리에 뒤집어 쓰고 이 향나무 가지위에 숨어 있다가 아줌마 누나들이 이옻샘에 와서 등목을 할때 귀신 웃음소리를 내서 아줌마 누나들이 놀라 자빠지는 모습을 보자고 했다.

내말을 듣고 있던 친구는 야 들키면 어쩔려고 그런 무서운 장난을 치느냐고 하면서 해보고도 싶고 말고도 싶은 눈치였다.

이때 나는 친구에게 야 이겹쟁이야 임마 들키긴 왜 들켜 귀신소리를 내고 아줌마 누나들이 무서워서 기절초풍 멍하고 있을때 재 빨리 나무에서 내려와서 윗동네로 도망치면 윗동네 애들이 장난친줄 알것 아니냐 그러니 아무 문제가 없다고 하자 친구는 솔깃 했는지 한번 해보자고 했다. 집으로 돌아오는 길 나는 친구에게 마음의 안정을 위해 보충 설명을 했다. 만일 우리가 장난친 일이 들통난다고 해도 우리는 옻샘에 물먹으러 왔다가 너무나 더워서 향나무 위에 올라가 잠을 자면 시원해서 향나무 가지 위에서 잠을 잤다고 하면 아무 문제가 되지 않는다고 부언 설명을 했다.

친구와 오늘밤 향나무 위에 올라가 귀신놀이 장난을 하기로 하고 집에 돌아온 나는 어머니 앞치마를 숨겨 놓고 저녁을 먹고 난 다음 시간을 맞춰 친구와 만나기로 한 향나무 밑으로 갔다.

친구도 이미 향나무 밑에와서 나를 기다리고 있었다. 나와 친구는 준비 과정으로 논에다 오줌을 싼 다음 향나무 가지위에 올라가 자리를 잡고 앞치마를 머리에 뒤집어 쓰고 아줌마 누나들이 오기를 기다리고 있었다.

한참이 지난 후 누나 세명이 옻샘으로 왔다. 옻샘에 도착한 누나들은 옻샘물을 떠 먹으면서 오늘 있었던 일들을 이야기하며 수다를 떨다 한 누나가 야 엄청 덥다 우리 등목좀 하고 가자 하면서 윗 옷을 벗고 엎드리자 한 누나가 바가지로 옻샘물을 떠서 누나 등에 뿌리자 어차거워 어차거워 어푸 어푸 하면서 즐거워 하자 옆에 있던 다른 누나가 나도 등목해야지 하면서 윗저고리를 벗는 순간 향나무 가지 위에서 이 모습을 보고 있던 나와 친구는 더 참을 수가 없어 킥킥거리고 귀신 웃음소리를 내자 물바가지를 들고 있던 누나가 바가지를 옻샘에 내동댕이치면서 땅바닥에 주저 앉자 다른 누나들은 윗저고리를 챙겨 가슴에 대고 멍하니 서 있었다.

270

나와 친구는 이때다 하고 나무에서 내려와서 윗동네를 향해 도망을 치면서 누나들이 따라오지 않나하고 뒤를 돌아 보았지만 누나들은 얼마나 놀랐는지 아무 기척이 없었다. 나와 친구는 농수로 뚝방 뒤에 숨어서 누나들의 동태를 살폈다. 한참이 지난후 누나 세명은 아무일도 없었던 것처럼 집으로 돌아갔다. 누나들이 각자 집으로 돌아간 후 나와 친구도 집으로 돌아왔다.

다음날 나와 친구는 마을에 어제 저녁 귀신놀이 사건이 떠돌지 않나 하고 신경을 꼰두세워 살폈지만 어쩔일인지 아무 반응이 없었다.

며칠이 지난 후 마을에는 옻샘 향나무 위 귀신소리 장난사건에 대한 말이 나돌았는데 다행스럽게도 귀신 소리를 냈던 놈들이 윗 동네 애들이 한 것이라고 하는 소문이었다.

나와 친구는 안도의 한숨을 쉬며 이제 무서운 장난은 하지 말자고 약속을 하기도 했다.

일부 마을 사람들은 혹시 내가 장난을 친것이 아니냐고 의심을 하는 사람들도 있었지만 소문대로 귀신 소리를 낸 놈들이 윗 동네로 도망쳤다는 소문에 주범인 나는 아무일 없이 향나무 가지위 귀신 놀이 사건은 끝이 났다.

41. 호박 말뚝박기

옛날 시골동네 각 가정에는 흙담이나 수수깡 또는 나무울타리를 만들어 도둑도 막고 경계선을 만들어 놓고 살았다. 흙담 위에는 볏짚으로 초가지붕을 만들어 비바람을 막아 흙담을 보호했는데 이 흙담 밑에나 수수깡 나무울타리 밑에 호박이나 강남콩을 심어 먹었다.

우리집은 집터가 200여평 정도로 긴 흙담과 나무울타리가 있었는데 이곳에 호박과 강남콩을 심어 먹었다. 아침식사 준비를 할때 어머니는 나에게 호박좀 따오라고 심부름을 시키기도 했다.

애호박은 제때 따지 않으면 늙은 호박으로 변해서 가을에 늙은 호박을 따서 광에 보관했다가 국도 끊여먹고 호박범벅을 해먹기도 하고 일부는 돼지나 소에게 먹이기도 했다.

어느날 학교에서 돌아와 보니 집은 텅비어 있었다. 나는 허기증이 나서 큰어머니 집에가서 떡이랑 감주(식혜)를 얻어 먹을까 하고 큰집에 가서 큰어머니께 떡과 감주좀 달라고 했더니 귀찮아서 그러는지 아니면 정말로 떨어진 것인지 큰어머니는 다 떨어져 없다고 했다. 밖에서 동네 친구들과 놀다 집에 돌아와 어머니께 배가고파 큰어머니께 떡과 감주좀 달라고 했더니 다 떨어졌다고 주지 않았다고 하자 어머니는 감주가 먹고 싶은 게냐 내가 감주와 떡을 얻어다 줄테니 손씻고 밥먹으라고 하시며 큰집으로 가셨다.

저녁식사를 마치고 내방에서 학교숙제를 하고 있을때 어머니는 떡과 식혜를 내방에 갔다 주시며 숙제하고 출출할때 먹거라 하시며 내방을 나가셨다.

나의 큰집에는 떡보 일꾼이 있었는데 이 일꾼은 밥은 잘 안먹고 떡만 주면 힘이나서 하루에 땔감 나무를 몇짐씩 해오는가 하면 힘든 일은 도맡아 하는 떡보였다.

큰집에서는 이 떡보 일꾼을 부려 먹으려고 항시 떡과 감주를 준비해 놓고 있다는 일은 동네 사람들도 다 알고 있는 일이었다. 숙제를 하던 나는 응근히 화가 났다. 큰어머니가 나를 속인 것이다. 숙제를 마치고 잠자리에 들무렵 나에 머리에 스치는 장난기가 생각났다.

큰집 담에 열린 호박에 말뚝을 박는 일이 생각났다. 다음날 학교에서 돌아온 나는 우리집 나무터미에 가서 나무가지를 꺼내 나무 말뚝을 만들었다. 초저녁이 지나 동네 사람들이 잠자리에 들어갈 때쯤 나는 큰집 담장으로 가서 호박에 말뚝을 박았다.

큰집에는 세마리의 개를 키웠는데 이 개들은 나와 친해서 내 목소리를 듣고 짖지않고 나를 반겼다. 한 꺼번에 말뚝을 다 박으면 들킬 염려가 있을 것 같아 나는 일부 담장에 있는 호박에는 말뚝을 박지 않았다.

다음날 아침 똥 뒷간에서 똥을 싸고 있던 나는 깜짝 놀랐다. 큰어머니가 나를 찾아오신 것이다.

동네에서 말썽구러기로 소문난 나의 짓이라는 것을 짐작한 큰어머니는 어머니께 내가 큰집 담장위 호박에 말뚝을 박았다고 하시며 화를 내시자 어머니는 내 방문을 열어 보시고는 금방 있었는데 없다고 하자 큰어머니는 그놈이 내 목소리 듣고 숨었구먼 그러면 그렇지 그놈짓이 맞구먼 에이 속상해 하시며 어머니께 애를 그렇게 맨날 오냐 오냐 하니까 애가 그 모양이지 애가 잘못할땐 야단도 쳐야지 하시며 어머니께 야속한듯 원망을 하고 큰집으로 되돌아 가셨다.

큰어머니 목소리를 듣고 똥 뒷간에서 나와 뒤뜰 장독뒤에 숨어있던 나는 어머니에게 닥아가자 어머니는 너 어제 밤에 큰집 호박에 말뚝 박았느냐고 다그치셨다.

나는 고개를 숙이고 모기소리만한 작은 소리로 네 하고 대답하자 어머니는 아침이라 야단 칠수도 없고 너 오늘 학교갔다와서 큰어머니께 잘못했다고 빌으라고 명령을 하신 후 아침식사 준비를 위해 부엌으로 들어가셨다.

274

학교를 갔다 집에 돌아온 나는 나 혼자서는 큰어머니께 용서를 빌러갈 용기가 나지 않았다.

　나는 어머니와 함께 큰집에 가서 큰어머니께 잘못 했다고 빌자 큰어머니는 이놈아 장난을 해도 어지간 해야지 호박에 말뚝을 박으면 그 호박이 썩어서 먹을 수가 있느냐 하시며 또 한번 그런 짓거리 해봐라 그땐 학교 선생님한테 고해 바치겠다고 엄포를 놓으셨다.

　내가 국민학교 다니던 시절 제일 무서운 말이 잘못된 일을 선생님께 일러 바쳐 혼내 주겠다는 경고였다.

　나는 두번 다시 그런 장난은 안치겠다고 큰어머니께 약속을 하고 어머니와 함께 집으로 돌아왔다.

　나 어린시절 순사(경찰) 보다도 더 무서운 분은 학교선생님 이셨다. 선생님의 그림자도 밟지 않는다는 말도 있듯이...

42. 굴뚝 바람 불어넣기

나의 큰아버지댁 바깥마당은 광장히 넓고 마당주위에는 채마밭이 있어 짚더미 나무더미가 쌓여있고 바깥 똥두간(변소)이 있어서 동네 아이들 놀이마당으로는 최적지였다. 학교를 다녀온 동네 아이들은 큰아버지댁 바깥마당에 모여서 구슬치기, 딱지치기, 숨박꼭질 놀이를 하며 놀았는데 이때 사랑채 부엌에서 소 죽을 끓이시던 큰아버지는 짚더미 나무더미 위에 올라가서 놀고있는 아이들을 보시자 부지갱이 막대를 들고 나와 아이들을 쫓아버렸다.

동네 아이들은 큰아버지의 야단이 짜증스러워 언젠가는 큰아버지를 놀려줄 생각들을 하고 있었다.

동네 아이들은 나를 보자 야 느네 큰아버지 왜 그리 고약하냐 우리들이 마당에서 놀기만하면 야단을 치냐 하면서 나에게 항의조로 말했다.

우리동네에서 잘사는 부잣집 큰아버지는 자수성가 하신 분으로 알뜰하고 절약심이 강하고 시체 말로 꾸두세라고 소문이 났지만 남에게 손해를 입히거나 못된 짓은 안하시는 강직하고 부지런하고 선하신 분이셨다.

큰아버지가 아이들을 큰집 마당에서 못놀게 하는 이유는 아이들이 볏짚터미나 나무터미에 올라가서 터미를 허물기도 하고 짚터미나 나무터미에 똥 오줌을 싸 놓기 때문이다.

어느날 나와 동네 친구들이 큰아버지댁 바깥마당에서 놀고 있을 때 오늘도 어김없이 소죽을 젓는 기억자 막대를 들고나와 친구들을 쫓아 버렸다. 큰아버지께 쫓겨난 친구들은 느티나무 밑으로 도망을 와서 큰아버지를 골려줄 모의를 했다.

모의결과 큰아버지를 골탕먹일 일은 큰아버지가 소죽을 끓일 때 굴뚝에 바람을 불어넣어 눈물 콧물을 흘리게 하자는 모의였다.

동네 친구들은 나에게도 동참할 것을 요구해서 동네 친구들에게 왕따를 당할까봐 마음이 내키지 않았지만 할수 없이 동참하기로 약속을 했다.

며칠 후 큰아버지 바깥마당에 모인 동네 친구들은 사랑채 부엌에서 소죽을 끓이시는 큰아버지를 보자 느티나무 밑에서 모의했던 일을 실천하기로 하고 길가 옆에 서있는 굴뚝을 헐고 윗저고리를 벗어 굴뚝에 대고 부채질을 하기도 하고 어떤 친구는 집에서 바람 풍구를 가지고 와서 굴뚝에 대고 바람을 불어 넣었다.

굴뚝이 3개였는데 모든 굴뚝에 대고 바람을 불어 넣자 굴뚝

연기는 아궁이로 흘러나와 안마당 바깥마당 할것 없이 온 주위가 연기로 앞을가려 서로 볼수가 없을 정도가 되었다. 이때 큰아버지는 웬일인가? 굴뚝이 메였나 생각하시고 굴뚝쪽으로 나와 굴뚝에 바람을 불어 넣고 있는 한 아이 옷자락을 붙잡았으나 워낙 세차게 밀어치는 바람에 큰아버지는 땅바닥에 넘어지시며 엉덩 방아를 찌셨다. 땅 바닥에 넘어지면서 엉덩방아를 찐 큰아버지는 허리에 담이들어 며칠동안 일을 못하고 고생을 했다고 했다.

사실은 그날 큰아버지께 옷자락을 잡힌 사람은 바로 나였지만 온 주위가 연기로 가득차서 앞을 제대로 볼수없는 상태에서 큰아버지는 나를 인식하지 못했던 것이다.

굴뚝에 바람을 불어넣다 큰아버지께 발각되여 도망을친 동네친구들은 느티나무 밑에 다시모여 아무일도 없었던 것처럼 평소와 같이 놀다가 각자 집으로 돌아갔다.

친구들과 놀다 집에 돌아온 나는 큰아버지가 엉덩방아를 찧고 땅바닥에 넘어져 방에 누워계신다는 아버지 말씀을 들었으나 나는 아버지께 고백을 하지 못했다. 사실은 나 역시 큰아버지의 꾸중이 싫었기 때문에 아버지께 내가 사고를 친 사실을 고백하지 않았다.

며칠이 지난후 동네 친구들이 큰아버지 바깥마당에 모여 놀고 있을 때 친구들이 놀고있는 모습을 보신 큰아버지는 웬일인지 아무일도 없었다는 듯 야단을 치지 않고 박바가지에 볶은 콩을 들고나와 친구들에게 나누워 주시며 느덜 우리마당에서 노는 것은 좋은데 볏짚터미나 나무터미에는 올라가지 말라고 신신 당부를 하셨다.

결국은 동네 친구들과 큰아버지와의 경쟁싸움은 동네 친구들의 승리로 끝이 났다.

큰아버지께서는 꾸중보다는 사랑을 택하신 것이다. 큰아버지의 꾸중은 동네 친구들에게 보복을 만들었지만 큰아버지의 사랑은 화해와 평화를 만든 것이였다.

지금와서 생각해 보면 그 당시 큰아버지, 아버지께 나의 잘못을 고백하지 못한 것이 죄송스럽기도 하다.

지난 코흘리개 어린시절 시골농촌 마을에서 전쟁과 평화의 한 드라마 같은 굴뚝의 바람불어 넣기 장난은 나에게 고향 향수를 만든 추억이 된것이다.

43. 잔치날 벌집 난동사건

나의 큰집 일꾼형이 장가 가는 날 동네 사람들은 우리 큰집안 마당에 모여 잔치준비가 한창이었다.

큰집에서는 벼를 수확하면 벼통가리를 만들지 않고 별채로 벼 저장 창고를 짓고 그곳에 벼낟알을 보관했다.

이 벼창고 지붕은 초가지붕으로 이 지붕속에는 말벌이 집을 짓고 살고있어 동네 사람들은 이 벼창고 옆길을 피해 다니기도 했다.

큰집 일꾼형이 장가자는 날 신부를 태운 가마가 이 창고 옆길로 온다는 소식을 접한 나는 갑자기 나의 주특기인 심술이 발동했다. 신부를 태운 가마가 벼창고 옆길을 올때쯤 벌집을 건드려서 가마꾼들이 벌에게 쏘이면 도망갈테고 그러면 가마속에 있는 새 신부는 어떤 모습일까 하고 궁금하기도 했다.

나는 큰집 뒤뜰로 숨어들어 빨래줄을 받쳐주는 긴 나무장대를 담뒤로 넘겨놓고 담을 넘어 벼저장 창고벽에 붙어 숨어서 신부를 태운 가마가 오기를 기다리고 있었다. 잠시후 신부를 태운가마가을 건드려서 말벌이 온 주위를 윙윙 거리며 날고 있을때 옆에 있는 볏짚터미 뒤로 숨어서 가마꾼들이 벌에 쏘이는 꼴을 보기로 했다.

내가 볏짚터미 뒤에 숨어있는데도 얼마나 많은 벌들이 밖으로 나왔는지 내머리 위에서도 벌들이 윙윙거리며 날고 있었다.

드디어 가마꾼들이 벼저장 창고 옆 길에 도착하자 마자 가마꾼들이 신부가탄 가마를 땅바닥에 내려 놓더니 가지고 있던 수건으로 이리저리 벌을 쫓더니 아따거 아따거워 하면서 도망을 치기 시작했다.

가마안의 신부는 가마문을 닫고 꼼짝달싹도 못하고 있었다. 볏짚터미 뒤에 숨어 이장면을 보고있던 나는 웃음이 터져나와 킥킥거리고 웃고 있을때 어떤 사람이 내 뒤목덜미 옷자락을 잡더니 너 이놈아 장난도 유분수가 있지 오늘같은 날 벌집을 건드려 장난을 치면 잔치꾼들이 벌에 쏘여 잔치마당을 난장판을 만들려고 그러느냐 하면서 내 목덜미를 잡고 큰집 안마당 잔치 준비장으로 끌고 갔다. 나를 끌고 큰집 안마당으로 간 사람은 우리동네에서 힘깨나 쓰는 아저씨로 동네에서 나쁜짓을 하는 사람을 다스리는 무서운 분이셨다.

안마당에 들어서자 동네 아줌마 누나들이 벌에 쏘였는지 손등 목등에 된장을 찍어 바르며 어떤놈이 벌집을 건드렸는지 꼭 잡아서 혼을 내주어야 한다고 벼르고들 있었다.

이때 나를 본 동네 아줌마 누나들은 그러면 그렇치 저놈 아니면 누가 그런짓을 했겠어 하면서 나에에 닥아와서 너나 할것 없이 내머리통에 꿀밤을 안겼다.

이때 큰집 대청 마루에서 잔치상 준비를 하고 있던 어머니께서 내곁으로 오시더니 내 등을 두어대 치시면서 이눔아 오늘이 무슨날일데 그런 못된 짓을 하느냐 하시며 야단을 치셨다.

이때 어떤 아줌마가 문수엄마 애를 낳아도 저리못된 놈을 낳았느냐고 하면서 핀잔을 주자 내 어머니는 낳기는 주어온 애라 그런거 같애 나중에 크면 크게 될것이니 두고 봐 눈먼 자식이 효자노릇 한다고 하시며 대청마루로 올라갸셨다.

동네 사람과 어머니께 야단을 맞은 나는 눈물을 흘리며 훌쩍거리고 서 있자 아주머니 한분이 과방에서 떡과 과자가 담긴 접씨를 가지고 와서 나에게 주시며 다시는 이런 장난하면 못쓴다 앞으로 장난좀 작작하고 느엄마 속좀 고만 썩혀라 하시며 앞치마 자락으로 내눈물을 닦아 주셨다. 야단을 맞고난 다음에도 잔치마당에 벌들이 윙윙날아 다니자 어르신 한분이 소죽을 퍼나르는 양동이에 볏짚을 태우고 그 위애 소외양간 풀을 한줌 얹어 연기를 내서 벌들을 벌집으로 몰아 넣었다.

잔치예식이 끝나고 신부가 안방으로 들어가 다소곳이 앉아 있자 동네아줌마 누나 할머니들이 새색씨 구경을 하면서 코도 오똑하고 귀도 잘 생기고 얼굴도 가름한 것이 예쁘게 생겼네

하니까 어떤 할머니는 엉덩이가 펑퍼짐하고 큰걸보니 애도 쑥
쑥 잘 낳겠네 하고 맛장구를 치자 옆에 있던 잔치꾼 모두가 깔
깔거리며 웃었다.

밤이되어 신방차림 이라고 해서 신랑이 새색시 옷을 벗기는
예식이 치러졌는데 이때 동네 아줌마 누나들이 문창호지에 침
을 발라 손가락으로 구멍을 내고 신방안을 들여다 보며 농담을
나누며 신랑 신부의 첫날밤을 축하했다. 신방 구경을 하고 집
에 돌아온 나는 어머니께 꾸중을 들었다. 어머니는 이눔아 장
난도 어지간히 해야지 오늘같은 날 벌집을 건드려 온동네 사람
들이 아우성을 치게하면 어쩔려구 그리심한 못된 장난질을 하
느냐 하시며 한숨을 내 쉬셨다.

우리 동네는 말할것도 없고 이웃동네 까지 소문난 말썽구러기
망난이 같은 놈 그 망난이가 내 이름표가 된 것이다.

44. 떡보일꾼 업복이형

나의 큰집은 마을에서 밥술깨나 먹는 부잣집으로 일꾼을 큰일꾼, 작은일꾼 해서 두명씩이나 두고 식모까지 두고 살았다.

큰일꾼은 소 몰이 농사일을 잘하는 농사일, 경력이 많은 일꾼으로 1년에 새경(임금)으로 쌀 열두가마를 받았고, 작은 일꾼은 힘이 장사인 농사일 경험이 적은 젊은 일꾼으로 1년에 새경(임금)으로 쌀 아홉가마를 받았다. 힘이 센 젊은 일꾼은 짐운반 땔감 나무 등 주로 힘을 많이 쓰는 일에 종사했다.

큰집에는 업복이라는 힘이 장사인 젊은 일꾼이 있었는데 이 업복이 젊은 일꾼은 흰쌀밥에 고기반찬을 해주어도 별로 좋아하지 않고 떡소리만 나면 자다가도 벌떡 일어나는 떡보였다.

큰집에서는 떡보 일꾼을 부려먹기 위해서 늘 떡을 만들어 광속에 보관했다. 떡보 일꾼은 큰 박바가지 하나를 자기방에 준비해 놓고 식사 시간이 되면 박바가지에 떡을 잔뜩담아 동치미 국물이나 냉수 한사발을 상에 올려놓고 눈깜짝 할 사이에 떡을 먹어 치우는 말 그대로 떡보였다.

큰집에서는 이 일꾼이 큰집에 들어와서 힘든 일을 척척해 내니까 큰어머니는 경사가 난 일이라고 이 일꾼을 복덩어리 업복이라고 불렀다.

나는 업복이 일꾼을 형이라고 불렀는데 이 업복이 형은 떡만 주면 좋아했기 때문에 우리집에서 떡을 하면 나는 양재기에 떡을 담아 업복이 형에게 갔다 주기도 했다.

나는 학교에 다녀와서 이 업복이 형과 놀기도 했는데 어느날 나는 목마가 타고 싶어 업복이 형을 찾아갔는데 업복이 형은 소죽을 쑤고 있었다.

나는 업복이 형에게 목마가 타고 싶다고 부탁을 했더니 업복이 형은 소죽솥 아궁이에 장작불을 짚어놓고 바깥 마당으로 나와 나를 번쩍들어 목위에 태우고 마당을 돌기도 하고 갑자기 허리에 나를 둘러매고 빙빙 돌기도 하면서 나를 공기돌 놀리듯 했다.

업복이 형이 나를 땅바닥에 내려 놓으면 나는 어지러워서 일어서지도 못하고 비틀거리면 업복이 형은 허허 하고 웃으면서 나를 골리기도 했다.

아버지 말씀에 의하면 업복이 형은 6·25 난리에 부모님을 잃고 누나와 단둘이 북에서 남으로 왔는데 누나는 얼마되지 않아 시집을 가고 업복이 형은 이곳 저곳을 돌며 머슴(일꾼) 살이를 살다가 지인의 소개로 우리 큰집으로 오게 되었다고 말씀 하셨다.

우리 큰집은 앞산, 뒷산해서 산이 두곳이 있는데 업복이 형은 주로 이 산에서 땔감을 해오고 있었다. 큰집 뒷산에서 집으로 오는 길가 옆에는 수령이 삼백년도 더 넘는 느티나무 정자 목이 서있는데 이 정자 목 밑은 우리동네 사람들의 쉼터이며 동네 아이들 놀이터 였다.

어느날 나는 이 느티나무 밑에서 친구들과 놀고 있는데 업복이 형이 산더미 같은 나무짐 지개를 길가에 받혀놓고 쉬고 있었다. 업복이 형은 호주머니에서 엽초담배 쌈지를 꺼내 종이에 엽초를 말아 피우면서 개울건너 있는 큰집 앞산을 바라보며 눈물을 흘리고 서 있는 모습이 보였다.

나는 업복이 형이 불쌍했다. 6·25 난리통에 부모님을 잃고 누나와 단 둘이 남으로 내려와 이집저집을 전전하며 남의 집 살이를 하는 자신의 신세를 한탄하며 부모님 생각이 나지 않았나 생각된다. 나는 업복이 형이 큰집에서 오래오래 살면서 우리동네에 터를 잡고 장가도 가고 논, 밭도 사서 친척처럼 우리와 같이 살았으면 하고 마음속으로 갈망했다.

어느날 업복이 형이 큰집을 떠나 업복이 형 누나가 살고 있는 동네로 간다고 했다. 아버지 말씀에 의하면 업복이 형 누나가 신부감을 골라 놓고 장가를 보내 누나와 한 동네에서 같이 살기로 했다고 했다. 업복이 형 누나는 업복이 형이 받은 새경(임금)을 잘 관리해서 누나네 동네에 초가집도 사 놓고 논도 서너마지기(600평) 사 놓았다고 했다.

업복이 형이 큰집을 떠나던 날 나는 업복이 형 옷자락을 붙잡고 우리동네에서 같이 살면 안되느냐고 울면서 애원했다. 순진하고 인정많고 웃음 많았던 업복이 형은 나를 쳐다보며 빙그레 웃으면서 내가 가끔 놀러올께 하면서 눈물을 흘렸다.

업복이 형이 큰집에서 마련해준 짐보따리를 지게에 지고 떠날 때 나는 업복이 형이 장가 가서 아들 딸 많이 낳고 돈도 많이 벌어 부자가 되어서 행복하게 살았으면 하고 마음속으로 빌었다.

큰집을 나서며 짐보따리를 지게에 지고 가던 업복이 형이 뒤돌아보며 손을 흔들던 순진한 얼굴 모습이 지금도 어렴풋이 떠 오르기도 한다.

45. 다비밭 개간 하던 날

다비밭이란 경사가 낮은 임야에서 큰나무를 베어낸후 잡목 또는 풀뿌리 등을 불로 태운후 삽, 괭이 등을 가지고 땅을 뒤엎어 만든 밭을 말한다.

우리나라는 국토의 70% 이상이 임야로된 나라로 대부분 임야가 정부 또는 지방자치단체 법인 종중 사찰 소유이고 남은 임야가 개인소유 사유림으로 구분되어 있다.

우리 마을에서는 마을에서 가까운 정부소유 임야를 마을 위탁 관리 임야로 무상 임대받아 땔감 나무를 채취 하기도 하고 구석진 외딴 터 임야 한곳을 선정해서 마을 공동묘지 터로 이용하기도 했다.

내가 살던 집에서 2㎞ 정도 떨어진 정부소유 임야에 우리마을 윗마을 아랫마을 소를 갔다매는 마장터임야 밑으로 오백평 정도의 밭이 있는데 아버지께서 놀음판에서 쌀 세가마 값을 주고 구입했다고 하셨다.

우리 집은 이 밭에 매년 밀을 심고 밀을 수확한 후 콩을 심었는데 이 밭에서 생산되는 밀은 우리집의 밀가루 공급원이었고, 콩은 우리집의 장과 된장을 만드는 원료가 되었다.

아버지는 이 마장터 임야를 개간하여 밭을 넓혀 나갔는데 일요일이나 방학때는 나를 데리고 가서 개간일을 하기도 했다.

새로 개간한 다비밭에는 맨처음 콩을 심어 땅질을 높인 후 2년 이후 부터 일반 작물을 심었는데 우리집에서는 이 개간한 다비밭에 고추를 심었다. 새로 개간한 땅이라 그런지 고추를 심으면 병도없이 잘 자라서 김장철에 많은 고추를 생산해서 김장도 하고 5일장에 내다 팔아 돼지새끼도 사와서 키웠다.

뜨거운 여름 방학 어느날 나와 아버지는 삽과 괭이로 다비밭을 일구어 나가는데 나는 손에 물집이 생겨 몹씨 괴로워 하자 아버지는 그렇게 끈기도 없고 약해서 앞으로 뭘 해먹고 살겠느냐 하시며 농사일이란 그렇게 힘든거라고 하시며 그래서 농사일 하지 말고 양복입고 네꾸다이(넥타이)매고 편하게 살라고 빚까지 얻어 느형 서울 유학시켜 대학공부시키는 것 아니냐 너도 공부 열심히 해서 출세해야 농사일을 안해도 되는거여 하시며 괭이 지게에 갔다 놓고 주막에 가서 막걸리 한되박 받아 오거라 하고 말씀 하셨다.

우리마을 앞산 외딴터 한 모퉁이에 마을 구멍가게가 있는데 마을 사람들은 이 가게에서 술, 두부, 묵 간식거리 등을 외상으로 갔다 먹고 나중에 정산하기도 했다. 아버지 말씀이 끝나자 나는 기다리기라도 한듯 쏜살같이 주막을 향해 달려갔다. 내가 숨이 차서 헐레벌떡 거리며 주막에 도착하자 나를 보신 주막집 아주머니는 왜 그리 헐떡거리느냐 하시며 막걸리 가지러 왔구나 하고 물으셨다. 나는 네 아버지가 막걸리 한주전자 가지고 오라고 해서 심부름 왔다고 하자 주막집 아주머니는 땅속에 묻어둔 술독에서 막걸리 한주전자를 담아 나에게 건너 주시며 술값은 느네 외상장부에 달아 놓는다고 말씀드리라고 했다.

막걸리 주전자를 들고 아버지께로 돌아오는 길 나는 막걸리 주전자 뚜껑을 열어보니까 아주머니는 주전자 뚜껑에 닿도록 가득 막걸리를 담아 주셨다.

나는 날씨도 덥고 목도 말라 주전자 주둥이에 입을 대고 막걸리를 마셔 보았더니 막걸리 맛이 달착지근한 것이 요즈음 요구르트 맛 같았다. 나는 목도 마르고 막걸리 맛도 좋아 한모금 두모금 막걸리를 마시며 오다 주전자 뚜껑을 열어 보았는데 거짓말 안보태서 주전자 막걸리는 반으로 줄었다.

이때 나는 머리가 핑돌고 눈앞에 물체가 빙빙 돌아가면서 몸의 중심을 못잡고 길가 옆 큰소나무 밑에 업드려 잠이 들어 버렸다.

내가 막걸리를 가지고 오기를 기다리고 계시던 아버지는 이놈이 웬일인가 하고 주막집을 향해 걸어오시다 길가 옆 소나무 밑에서 잠이 들어버린 나를 발견하시고는 나를 이르켜 세워 잠을 깨우자 내가 몸을 못가누고 비틀거리며 정신을 못 차리는 모습을 보면서 이놈이 술을 먹어 술에 취했구면 하시며 나를 업고 집으로 오셨다. 나를 등에 업고 집에 들어오는 아버지를 향해 어머니는 깜짝 놀라시며 웬 일이냐고 묻자 아버지는 얼른 안방에 이불좀 깔라고 하시며 나를 안방 이불위에 뉘여 놓고 밖으로 나오셨다.

아버지는 땀을 닦으시며 어머니께 목이 말라서 막걸리 한주전자 가지고 오라고 했더니 막걸리를 받아 오다가 막걸리 반을 마시고 소나무 밑에 쓰러져 자고 있는것을 데리고 왔다고 하시면서 애 잠에서 깨면 꿀물이나 한양재기 타서 주라고 하시고는 다시 다비 밭으로 가셨다.

저녁해질 무렵 잠에서 깨어난 나는 어머니께 물좀 달라고 하자 어머니는 양재기에 물을 가득담아 벽장에서 꿀단지를 꺼내 꿀 세숟갈을 타서 나에게 주시며 이놈아 머리에 피도 안마른 어린놈이 벌써 술을 먹으면 어쩔려고 그려 하시면서 몹씨 속이 상해 하셨다. 나는 아무말도 못하고 꿀물을 마신후 다시 안방 이불위에 누워 잠을 잤다.

내 생애 제일 처음 술에 취해 부모님 속을 태워드린 불효의 추억을 만든 사건이다.

46. 이동영화 구경하던 날

5·16이 끝나고 제3공화국 시절인 1960년 초반 정부에서는 대대적인 홍보활동을 하던 시절 시청·군청에서 각 읍·면·동을 돌아가며 이동영화를 상영하면서 정부정책도 함께 홍보했다.

그 당시 시골 농촌 생활이란 삼시세끼 밥 먹기도 어렵던 시절, 미국에서 구호물자 구호식량을 지원받고 있을때 시골 농촌의 문화생활이란 보잘것 없이 초라했고 라디오 방송소리도 제대로 듣기가 어려웠다. 이런 시절 시청·군청에서 상영하는 이동영화 구경은 시골농촌 사람들의 마음을 설레게 하였고, 최상의 문화 혜택이기도 했다.

면사무소에서 몇월 몇일날 이동영화 상영이 있다는 공지사항이 각 리동에 전달되면 각 리동에서는 반장을 통해 각 가정에 연락이 되고 이동영화 상영 소문은 마을의 젊은이들의 입과 입을 통해 온 마을에 전파 되었다.

이때 형, 누나들은 영화상영 날자를 종이에 적어 윗조고리 주머니에 보관하기도 하고, 어떤 형, 누나는 안방 출입문 옆 벽이나 마루 기둥 모퉁이에 날자를 적어 놓기도 했다.

이동영화 상영이 있는 날 저녁 형, 누나들은 얼굴 화장도 하고 새옷을 갈아 입은 다음 각자 배짱이 맞는 친구끼리 짝을지어 영화 상영 장소인 면사무소 마당으로 갔다. 이때 나도 형, 누나들을 따라 영화구경을 갔었는데 면사무소 마당엔 수백명이 넘는 많은 사람들이 모여 말 그대로 인산 인해를 이루고 있었다.

그 때 면사무소에 모인 사람들은 이웃 마을에 사는 자기친구 이름을 부르며 친구를 찾기도 하고 이웃 마을 친구를 찾은 사람들은 서로 덕담을 나누면서 영화보기가 좋은 자리를 찾기도 했다.

군청에서 나온 이동영화 차량 스피커를 통해 10분후 영화 상영이 시작된다고 예고하면 면사무소 마당에 모여있던 사람들은 스크린을 향해 각자 자리를 잡고 모여 앉기도 하고 형,누나들은 뒤에 서서 스크린을 향해 모여 들었다.

영화가 상영되어 많은 사람들이 영화에 빠져 넋을 잃고 있을 때 어떤이들은 눈물을 흘리기도 하고 또 어떤이는 흑흑 소리까지 내며 흐느끼기 까지 했다. 한참 영화에 빠져있을 때 갑자기 스크린에서 화면이 사라지고 불이 꺼졌다. 영화 필림이 끊어진 것이다.

이때 많은 사람늘이 와와하고 소리를 지르기도 하고, 여기 저기 서는 휘바람 소리까지 들리기도 했다. 사방이 캄캄한 면사무소 마당은 사람들의 아우성 소리로 지옥과도 같았다.

영사기 기사가 땀을 뻘뻘 흘리며 끊어진 영화 필림을 이을때 뒤에 서서 영화를 보던 어떤 선남 선녀들은 서로 껴안기도 하고

293

어떤 형, 누나들은 입을 맞추기도 했다.

끊어진 영화 필름이 이어져 다시 영화가 상영되면 모여있던 사람들은 환호성을 지르며 영화구경은 계속 되었다.

영화상영이 끝나고 집으로 돌아올때 여기 저기서는 같이갈 사람들 이름을 부르며 야단법석 이었다.

나는 영화가 끝나고 같이 갔던 형, 누나들을 찾았으나 찾을 수가 없었다. 나는 마을 어르신들을 따라 몰려오는 졸음을 참고 간신히 집에 돌아와 깊은 잠에 빠졌다.

나는 지금도 옛날 이동영화 구경 생각을 할때마다 피식하고 웃음이 나온다.

그때 영화구경을 같이 갔던 형, 누나들중 이웃마을 형, 누나와 결혼을 한 사람들이 있기 때문이다. 어찌 되었던 나 어린시절 이동영화 구경은 나에게 잊지못할 추억이 되었고, 그당시 시골 농촌 사람들에게는 마음을 설레게 했던 최상의 문화혜택이 아닌가 생각된다.

47. 동냥 젖

옛날 우리 부모님들은 자식을 많이 낳은 집을 복받은 집이라고 부러워 했다. 자식을 못둔 집에서는 양자를 드리거나 밥술깨나 먹는 부잣집은 작은댁을 얻어 자식을 낳기도 했다.

내가 살았던 시골동네에도 한 가정에 평균 네 다섯명의 자식들을 두었는데 아버지 말씀에 의하면 우리 동네에서 열 두명까지 애를 낳은 집도 있다고 하셨다.

지금은 먹거리도 풍부하고 의술도 발달하여 어린아이 사망율이 적지만 우리동네 예를 보면 태어난 아이들 반정도가 첫돌전 또는 다섯살 전에 사망한것 같다.

내가 태어난 해 정해년(1947년) 삼십여호 정도인 작은 우리동네에서 아홉명의 아이가 태어낳는데 아홉명중 다섯명만 살아 있다.

아버지 연세 사십이 넘고 어머니 연세 사십 가까이에서 늦동이로 나를 낳으셨는데 나는 건강하지 못하고 몸이 약해 비실 비실대서 동네 친구들로 부터 서리배라는 별명을 얻었다.

서리배란 서리가 내리는 늦 가을에 깐 병아리로 봄, 여름에 깐 병아리 보다 몸집도 작고 힘이 약해 비실비실 대는 병아리를 말한다.

어머니 말씀에 의하면 어머니는 몸도 약하고 해수병이 있어 애를 더 안낳으려고 했는데 갑자기 내가 드러서서 할수 없이 나를 낳으셨다고 하셨다. 내가 태어날때 이웃집 할머니가 상관 (아기를 받는 일)을 했다는데 내가 태어난 모습을 보신 할머니는 동네 사람들에게 어이구 무슨놈의 애가 새까만게 꼭 쥐새끼만 하다고 하면서 그게 인간구실을 하면 아마 인간에 치어 죽겠다고 말했다고 하셨다.

어머니는 이십대에 해수병을 얻어 몸이 건강하지 못하셨는데 사십 가까운 연세에 나를 낳아서 젖이 나오지 않아 쌀미음과 동네 새댁들의 동냥젖을 얻어 먹여 키우셨다고 말씀하셨다. 동네 건강한 새댁들은 애를 낳으면 젖이 남아돌아 억지로 젖을 짜내기도 했는데 어머니께서는 이 새댁들을 찾아다니며 동냥 젖을 얻어 먹였다고 했다.

나보다 열 여섯살이나 위인 누님의 말씀에 의하면 어머니가 출타하고 집에 안계실때 내가 젖달라고 보채고 울면 누님이 나를 업고 동네 새댁들을 찾아다니며 동냥젖을 얻어 먹였는데 내가 생글생글 웃으며 새댁들을 엄마라고 부르면서 젖을 잘 빨아 먹었다고 했다.

296

동냥젖과 쌀 미음으로 성장한 나는 다섯살이 되도록 제대로 걷지도 못하고 비실거리며 대문밖을 나가지 않고 맨날 안마당에서 어정거리며 장마철 초가지붕 밑에 씻겨쌓인 모래를 끌어 모아 손에 한 움큼을 쥐고 있다가 주위를 이리저리 살핀 후 아무도 보는 사람이 없다고 판단되면 손에 움켜진 모래를 얼른 입에 털어 넣고 먹었다고 한다. 방에 있을 때는 숫갈로 문틈사이 벽흙을 파 먹어서 밖이 훤히 보일 정도였다고 했다.

내가 모래알을 먹는 모습을 보신 어머니는 시골 5일장날 떠돌이 만담 약장수에게 회충약 산토린 과자를 사와 나에게 먹였다.

다음날 아침 내가 똥을 쌌는데 콩나물 같은 회충을 뭉티기로 쏟아 놓았다고 했다. 회충을 쏟고 난 나는 차츰 살이 붙기 시작하면서 몸이 건강해져 여덟살에 국민학교에 입학을 했다.

남들보다 키도작고 몸이 약한 나는 늘 친구들에게 얻어맞고 울면서 집에 왔는데 부모님들은 몹시 속이 상해 하셨다.

내가 국민학교 1학년때 부터 2학년 까지 부모님은 교대로 나를 업고 학교에 보냈는데 아버지가 나를 학교에 데리다 주고 집에 오시면 나는 아버지 뒷따라 몰래 집으로 왔다고 했다.

내가 몰래 집에오면 어머니는 다시 나를 업고 학교에 가서 담임 선생님께 인계를 하고 집에 돌아오시기도 했다고 한다.

옛말에 쭈그렁 밤송이 삼년 간다는 말이 있다.

이 말은 나의 어린시절 성장과정을 말하는 듯하다. 성인이
되어 시골고향 마을을 찾았을 때 나에게 동냥젖을 먹여 주셨던
새댁 아줌마들은 노인이 되었다.

경노당을 찾아 새댁 아줌마들께 인사를 드리자 아이구 애기
때 내젖 많이 먹었는데 이렇게 신체도 좋고 건강하니 내 맴이
좋다 하시며 내 손을 잡고 기뻐하셨다. 나는 보답하는 마음에
서 칼라테레비와 선풍기를 사서 경노당에 선물을 했다. 80년대
칼라 테레비를 경로당에서 보기는 그리 많지가 않았다.

나에게 동냥젖을 먹여 주셨던 고향동네 새댁 할머니들은 나
를 볼적마다 내 손을잡고 지난날을 회상하시는 듯 눈물까지 흘
리시기도 했다. 고향 새댁할머니들의 동냥젖 향수는 내코 흘리
게 어린시절 감격스러운 잊지못할 그리운 추억이 된것이다.

48. 공동 묘지

내고향 마을에서 2㎞미터 정도 떨어진 외딴 산기슭에 마을 공동 묘지가 있는데 개인 산이 아닌 군유림 이었다.

밥술깨나 먹는 부잣집이나 또는 종중에서는 개인 소유산에 종중 묘지나 개인묘지를 만들지만 가난한 집에서는 개인소유 산이 없었기 때문에 할수 없이 국·공유지산에 한사람 두사람씩 묘지를 만들다 보니 자연스럽게 마을 공동묘지가 만들어진 것이다.

요즈음은 장례를 치를 때는 80% 이상이 화장을 해서 납골당이나 수목장에 모시지만 나 어린시절에는 90% 이상이 매장이었다.

마을마다 비슷하겠지만 옛날 시골농촌 마을에는 공포스러운 괴소문이 마을 사람들의 입과 입을 통해 전해졌다.

밤마다 흰 소복을 한 여자 귀신이 공동묘지에 나타나서 돌아다닌다고 하기도 하고 캄캄한 그믐밤에 도깨비 불이 번쩍 거린다고 하는가 하면 공동묘지에서 으흐흐 으흐흐 하는 신음소리 같은 귀신 목소리도 들린다고 하는 소문도 있었다.

심지어는 묘지에서 사람시체 발이 밖으로 튀어나온 것을 보았다는 소문도 나 돌았다.

6·25 사변이 끝나고 전쟁중에 이북에서 넘어온 일부 사람들은 시골농촌을 찾아와 머슴살이도 하고. 어떤이는 식구들과 함께 남의집 사랑채에 방한칸을 얻어 품도 팔고 새우젓 장사를 하며 사는 이도 있었다.

이때 우리큰집 사랑방에는 이북에서 피난온 노인 한분이 잔심부름을 하면서 밥을 얻어 먹고 큰집 머슴들과 함께 기거하며 살았다.

이북에서 오신 노인은 몇년을 살다 큰집 사랑채에서 사망했는데 동지섣달 엄동설한에 바깥마당 모퉁이에 있는 똥두간(화장실)에 다녀오다 사랑채 문지방 댓돌위에 쓰러져 죽은 것이다.

마을에서는 땅이 얼어붙은 엄동설한에 아무연고도 없는 이북노인이 죽었으니 황망할 뿐이었다. 마을에서는 회의 끝에 이 노인을 마을공동묘지에 매장하기로 하고 공동으로 장사를 지냈다.

겨울 추위가 지나가고 따뜻한 초봄 마을에는 괴소문이 나돌았다. 공동묘지에서 사람시체 발목이 보인다는 것이다. 알고보니 땅이 얼어 붙어 땅을 제대로 파지 못하고 장사를 지낸 이북노인 묘지에서 해동과 동시에 봉군 흙더미가 무너지면서 발목이 보인 것이다.

마을에서는 해동과 동시 발목이 나온 이북노인의 묘지를 땅을 깊이 파고 새 묘지를 만들어 주었다. 공동묘지에 이북노인 장사를 다시 지내고 난 후에는 공동묘지에서 한밤중에 불빛이 왔다 갔다 하면서 사람목소리가 들리는 것 같다는 괴소문이 나돌았다.

이때 마을에서 간크기로 소문난 힘이 센 한청년이 귀신은 무슨 귀신이냐 내가 그 귀신을 잡아 오겠다고 큰소리를 치면서 덴찌(손전등)와 낫을 들고 한밤중에 공동묘지를 찾아 갔다고 한다.

다음날 마을에는 공동묘지의 불빛과 사람 목소리는 놀음꾼들이 모여 공동묘지에서 놀음을 했다는 소식이 전해졌다.

마을사람들은 그러면 그렇지 귀신이 어디 있겠어 하면서 모두들 놀라워 했다.

옛날 시골 농촌에서는 겨울철에 농한기가 되면 놀음이 성행했는데 어떤이들은 토지와 집까지 팔아먹고 알거지가 되어 고향을 떠나는 이도 가끔 있었다.

지금이나 옛날이나 놀음은 패가 망신하는 범죄 행위로 경찰서 단속대상이 되다보니 놀음꾼들은 사람들이 근접하지 않고 경찰 단속도 피할 수 있는 공포스러운 공동묘지에 놀음꾼들의 안전한 놀음방을 만든 것이다.

나 어린 시절 공포스러웠던 공동묘지의 괴소문은 놀음꾼들의 놀음방 소문으로 마을 사람들의 이야기 거리가 되기도 했다.

49. 물 귀신 소동

 내가 다니던 학교 통학길 옆에는 1000여평 정도 되는 방죽(저수지)이 있다. 방죽 뚝방으로는 면소재지와 인근 부락이 연결되는 우마차 길로 많은 사람들이 이 길을 이용했다.

 방죽 옆으로는 산이 있고 이 산은 공유지로 인근마을 사람들의 공동묘지로 밤길을 다니기가 무서웠다.

 그런데 언제부터 인지 이 방죽에 물귀신이 나타나고 있다는 소문이 나돌아 우리 어린 아이들은 이 길을 피해 먼길을 돌아 등·하교 하기도 했다.

 지금은 장례를 치르려면 대다수가 장례식장을 이용하여 장례를 치르지만 나 어린 시절 시골에서는 모두 자기집에서 장례를 치렀다. 이 시절 각 시골 마을에는 시체를 잘 묶는 일을하는 사람이 한 두명씩 있었다.

 마을 사람들의 입을 통해 이 방죽에 물귀신이 나타난다는 소문이 널리 퍼지자 우리 마을에서 힘이 제일 센 장사라고 이름난 아저씨 한 분이 내가 그 물귀신을 잡겠다고 나섰다.

해가 서산에 넘어가고 달빛이 흐미하게 비추는 한밤중 솜방 망이 횃불을 들고 아저씨가 방죽에 도착했을 때 소문대로 방죽 한 가운데서 으흐흐 히히히 하는 소리가 들리면서 산발을한 물체가 첨벙첨벙 물장구를 치면서 왔다 갔다 방죽을 휘젖고 다녔 다고 했다.

이때 물귀신을 잡겠다고 방죽에간 아저씨가 횃불을 치켜들고 그 물체를 향해서 거기 누구냐 귀신이면 썩 물러가고 사람이면 빨리 나오라고 소리를 지르자 물장구를 치던 물체는 순식간에 온데 간데 없이 사라져 버렸다고 했다. 물귀신을 잡겠다고 방죽 에 갔던 힘이센 아저씨는 온몸이 오싹하고 소름이 돌아 더 이상 말도 못하고 줄행낭을 처서 집으로 돌아왔다고 했다.

그 다음날 우리 마을에는 물귀신을 잡겠다고 방죽에 갔던 아 저씨가 물귀신에게 기가 눌려서 줄행낭을 치고 집에 돌아 왔다는 소문이 나돌자 마을에서 시체를 잘 묶는 일로 소문난 아저씨가 귀신같은 소리들 한다면서 귀신이 어디 있느냐 내가 그 귀신을 잡아 올테니 다들 기다리고 있으라고 장담을 하면서 어제밤 방 죽에 물귀신을 잡으로 갔다 줄행낭을 쳤던 아저씨와 함께 다음 날 밤 그 방죽으로 갔다.

이들 두분이 솜방망이 횃불을 들고 이 방죽에 도착하자 그날 도 역시 방죽 한 가운데서 흐흐흐 히히히 하는 소리가 들리면서 첨벙첨벙 물장구를 치는 물체를 발견했다.

이 장면을 한참동안 바라보고 있던 염사 아저씨가 겉 옷을 벗어 옆에 있던 힘이 센 장사 아저씨에게 던져준 다음 방죽 한 가운데에서 물장구를 치고 있는 물체를 향해 물속으로 헤엄쳐 들어가서 그 물체를 잡았다. 물체를 잡고 보니 그 물체는 귀신이 아닌 사람이었고, 확인결과 방죽 인근 마을에 사는 정신병자였다. 이 정신병 환자는 한밤중에 집에서 몰래 빠져나와 이 방죽에서 물장구를 치며 놀았다는 것이다.

다행스럽게도 이 물귀신 소동 소문은 끝이 났지만 우리 어린 아이들은 정신병 환자가 방죽에서 놀고 있다는 소문 만으로도 공포 대상이었다. 방죽 물귀신 소동이 끝난 후 이 정신병 환자는 미친 사람을 잘 고친다는 민간요법 전문가 집으로 보내졌다고 했다.

세월이 흘러 이방죽(저수지)은 농지정리 사업으로 논으로 만들어지고 이방죽은 없어졌다.

50. 애기책 안방극장

옛날 우리집 안방은 우리마을 할머니, 아주머니, 누나들의 애기책 안방극장이었다.

우리마을에서 유일하게 한글을 배우신 어머니는 애기책 읽기를 무척 즐기셨다.

나 어린시절 어머니 옆에는 항시 애기책 한두권이 놓여 있었다. 농사철이 지나가고 긴 겨울이 오면 어머니는 시골 5일장터 좌판 책장사를 찾아가 춘향전, 심청전, 흥부 놀부전, 홍길동전, 구운몽, 삼국지 등 옛날 애기책을 구입해서 긴겨울밤 우리집 안방에 모인 이웃 할머니, 아주머니, 누나들에게 애기책을 읽어주시면서 겨울밤을 지내셨다.

시골 농촌의 긴 겨울철은 농한기라고 해서 농촌사람들의 휴식기였는데 이때 우리집 안방에서 흘러나오는 어머니의 애기책 읽는 소리는 한편의 영화를 보는 듯한 우리마을에 단 하나뿐인 안방극장이었다. 어머니는 음식솜씨, 바느질 솜씨가 뛰어나서 우리 마을은 물론 이웃 마을까지 소문난 재주꾼으로 인기가 대단했다.

지금은 통신산업이 발달되어 앉아서 소식을 전하기도 하고 받기도 하지만 나 어린시절에는 편지가 유일한 통신 수단이었다.

6·25가 휴전되고 반공을 외치던 1950년대 군대에간 아들로부터 편지가 오면 마을 할머니, 아주머니들은 편지를 들고 우리집을 찾아와서 어머니께 편지를 읽어 달라기도 하고 답장편지를 써달라고 부탁을 하기도 했다.

어머니가 편지를 읽어주시면 어떤 아주머니는 머리에 쓰고온 수건을 벗어 흘러내리는 눈물을 닦으시며 긴 한숨을 쉬는 모습을 나는 가끔 보기도 했다.

이웃 할머니, 아주머니, 누나들이 우리집 안방으로 애기책 읽는 소리를 들으러 올때는 개떡, 시루떡, 찐고구마, 콩엿 등 간식을 싸가지고 왔는데 나는 윗방에서 공부를 마치고 안방으로 건너와서 간식도 얻어먹고 어머니의 책 읽는 소리도 듣고 했는데 할머니 한분이 애기책 읽는 소리를 듣는 도중 코를 골며 잠을 자면 옆에 있던 아주머니가 할머니 어깨를툭툭치자 할머니는 응하고 잠에서 깨어 일어나면서 뭐 이도령이 춘향이를 버렸다고 에이 몹쓸인간 천벌을 받지 천벌을 하며 헛소리를 하면 아주머니들은 춘향이를 버린게 아니고요 지금 춘향이를 데리고 한양으로 가는 중이라고요 하며 마치 영화관 스크린에 비친 영화장면을 설명하듯 하면서 핀잔을 주기도 했다.

이때 나는 옆에 있는 누나에게 이도령과 춘향이는 지금 어디서 살아요 라고 묻자 누나는 살아있기는 땅속에 들어간지 100년도 넘는다 하면서 조용히 하라는 신호로 손가락을 입에 갔다 대면서 주의를 주기도 했다.

흰눈이 펑펑내리는 긴 겨울밤 우리집 안방에서 흘러나오는 어머니의 애기책 읽는 소리와 우리집 옆 느티나무 가지위에서 울어대는 부엉이 울음소리가 한데 어울려 시골농촌의 긴 겨울밤은 깊어만 갔다.

51. 이 (석카리) 잡기

지금은 도시 시골 어느 곳에서도 찾아 볼수 없는 풍경이지만
나 어린시절 이(석카리)잡는 일은 흔히 볼수있는 우리네 일상이
였다.

눈보라가 몰아치는 엄동설한 추운 겨울밤 잠자리에 들기전
어머니께서는 나에게 속내의 (속샤스)를 벗으라고 하시면서
부엌으로 나가셨다.

나는 속내의(속샤스)를 벗고 벌거숭이 알몸으로 이불을 둘둘
감고 따뜻한 안방 아랫목에 웅크리고 앉아 있으면 어머니께서
는 참나무 장작숯불을 화로에 담아 들고 방으로 들어 오시면서
나에게 사랑방에 가서 아버지 속내의를 달래가지고 오라고 심
부름을 시키셨다.

나는 이불을 몸에 둘둘 감은채로 사랑채 아버님 방에 가서 아
버님 속내의를 어머니께 갔다 드리면 어머니께서는 화로가에
등잔불 두개를 켜 놓으신 다음 나에게 속내의 한곳을 잡으라고
하시면서 화로불 위에 속내의를 올려 손으로 쓱쓱 문지르시면

화로불에서 이(석카리)타는 냄새와 함께 뚜득뚜득 하고 마치 깨볶는 소리가 들리기도 했다. 화로불에 이(석카리)를 잡고 난 다음 어머니께서는 속내의 이음새 사이에 낀 이 알을 앞니로 지근지근 씹으신 다음 벽장문을 열고 하얀 가루약을 꺼내 속옷에 골고루 뿌린후 약가루가 묻은 속옷을 둘둘말아 마루바닥에 모아 놓았다.

부엌으로 나가신 어머니께서는 아궁이에 묻어 놓았던 군고구마를 박바가지에 담아 방으로 들어 오시면서 이(석카리)도 애들피가 더 맛있는지 네 속내의에 엄청나게 더 많다고 하시며 이 군고구마 먹고 나서 머리 이(석카리)도 잡아야 겠다고 하셨다.

군고구마를 먹고나면 어머니께서는 내머리 통을 잡고 벽장에서 꺼낸 하얀 가루약을 머리에 뿌리시면서 눈 꼭 감거라 눈뜨면 봉사된다 하시며 겁을 주기도 했다. 흰가루 약을 내 머리에 뿌리신 어머니께서는 이번에는 큰보자기로 내머리통을 꼭꼭 싸맨후에 오늘밤은 이대로 잠을 자거라 그리고 내일 아침 일찍 일어나서 바깥마당 두엄터미에 가서 눈 꼭감고 약을 턴 다음 따뜻한 물로 머리를 감도록 하라고 딩부하셨다.

다음날 두엄 터미에서 머리에 하얀 가루약을 털고 들어오는 나를 보신 어머니께서는 미리 준비한 참빗을 들고 마루에서 내머리를 빗어 내리면 마루바닥이 하얀색으로 변하기도 했다. 내머리를 다 빗고난 어머니께서는 마루기둥에 걸어논 빗자루로 이(석카리)알을 쓸어 안마당에 버리면 안마당에서 모이(먹이)를 찾던 닭들이 우르르 몰려들어 이(석카리) 알을 맛있게 쪼아 먹었다

어머니께서는 따뜻한 물을 떠다 내 머리를 감겨 주신후 안방 궤짝농에서 내 속내의(속샤스)를 꺼내 갈아 입히시면서 어떠냐 시원한 것이 날아갈꺼 같지 않느냐 어서 옷 입고 아침 밥 먹고 학교 가거라 하시며 부엌으로 들어 가셨다.

아침밥을 맛있게 먹고 학교가는 길 동네 친구들은 나에게서 무슨 냄새가 난다고 하면서 내몸에 코를 들이대고 냄새를 맡았다. 나는 냄새는 무슨 냄새가 난다고 그러느냐고 짜증을 내면 친구들은 야 너 냄새 못맡는 코병신 아니냐 하면서 나를 놀려대기도 했다. 사실 나도 내몸에서 약냄새가 나는 것을 느끼기도 했지만 친구들에게 이(석카리)잡는 약을 뿌렸다고 말하기가 싫었다.

내가 초등학교 다니던 시절 보건시간이 되면 운동장에서 담임 선생님께서 오늘은 이(서카리) 잡는 날이다 하시며 한사람씩 불러내 하얀 가루약을 손 분무기로 머리 또는 몸에 골고루 뿌려 주시면서 머리를 문질러 약이 골고루 퍼지게 하라고 당부도 하셨다. 삼시세끼 밥먹고 살기 어렵던 시절 보건위생 이라고 해야 옛부터 내려오던 민간요법 정도였고 큰병이 나야 간호원도 없는 시골병원 진료가 전부였다.

이가 아프면 소금물을 입에 물고 있다가 뱉어 내기도하고 음식에 체하면 손가락을 바늘로 찌르기도 하면서 양귀비 대궁 삶은 물을 마시기도 했다.

벌에 쏘이거나 벌레에 물리면 간장을 바르기도 하고 몸에 상처가 나면 된장을 바르거나, 쑥이나 질경이를 찧어 상처위에 올려 놓고 헝겊으로 동여 매기도 했다. 속내의 머리몸에 뿌렸던 하얀가루약은 DDT 라는 독성이 강한 약으로 논, 밭 들녘에 벌레를 잡는 약이라고 한다.

그런 독성이 강한 약을 속내의나 온몸에 뿌려가면서 이(석카리)를 잡아야만 했던 어린시절의 슬픈사연의 추억이 떠올라 이 글을 써 본다.

52. 성냥내기 놀음

　지금도 화투놀이가 많이 있지만 나 어린시절 겨울철이 되면 농한기라고 해서 시골농촌에서는 놀이가 많았다. 이때 시골농촌 사람들은 사랑방이나 술집에 모여 술내기, 묵내기, 과자내기, 담배 성냥내기 등 다양한 내기 화투 놀이를 했지만 일부 전문 놀음꾼 들은 돈따먹기 화투놀음으로 논, 밭을 팔아 먹기도 했다.

　우리 동네에서 1km쯤 떨어진 산 밑 자락 외딴터에 남매 아이들 데리고 술 장사를 하는 과수댁 집이 있었는데 이집은 우리동네에 단 하나 밖에 없는 구멍가게 였다.

　이 과수댁은 밀주를 만들어 팔면서 술안주로 묵, 두부, 빈대떡, 돼지고기 등을 팔았고 담배, 성냥, 사과, 엿, 사탕, 쫀득이과자, 비과, 강냉이, 티밥 등 간식거리도 팔았다.

　겨울철이 되면 동,서, 남, 북 형.누나 아이들이 이 구멍가게를 이용했는데 이때 이 구멍가게 집에 모여 화투놀이도 했다. 이 구멍가게 집은 단칸방에 부엌이 딸린 집이다. 방이 한칸이라서 먼저온 사람이 자리를 잡고 화투판을 차리면 나중에 온 사람은 그냥 돌아가거나 아니면 옆에서 구경을 하거나 하는 실정이 었다.

어느날 동네 놀이터에서 딱지치기 놀이를 하고 있는데 이 때 힘이 제일 쎈 대장친구가 나에게 닥아와서 귀속말로 오늘 저녁 간난이네 구멍가게에서 윗동네 친구들과 성냥내기 놀음 을 하기로 했으니 너도 같이 놀고 싶으면 저녁먹고 그 곳으로 오라고 했다.

대장말을 듣고난 나는 간난이네 구멍가게에 가고 싶은 마음은 굴뚝같지만 돈이 없는데 어떻게 하지 고민을 하다가 쌀을 훔쳐 가지고 가면 되겠다는 생각이 떠 올랐다. 간난이네 구멍가게 에서는 쌀을 받고도 물건을 팔았기 때문에 가능한 일이었다.

집에 돌아온 나는 마침 어머님께서 집에 안계시는 틈을 타서 광으로 들어가 쌀독에서 쌀 세바가지를 광목자루에 담아 대문 뒤 멍석 걸이속에 쌀자루를 숨겨 놓았다.

우리집은 쌀독에 쌀을 담아 놓고 이용했는데 어머님께서는 쌀 독에 쌀바가지를 놓고 이용하셨다.

나 어린 시절 시골농촌에서는 각종 곡식을 마당에 널어 놓고 햇빛에 말렸는데 이때 깔판으로 멍석을 만들어 이용했다. 저녁 식사도중 나는 부모님께 오늘 밤에 동네 아이들이 놀이방에 모여 연극 놀이를 하기로 했다고 거짓말을 했다.

내 말을 듣고 계시던 부모님은 농사일 가사일에 지치셨는지 귀찮다는 듯 네 마음대로 하라고 하시며 저녁상을 물리셨다. 윗방 책상앞에 앉아 숙제를 하면서 나는 어머님, 아버님이 언제 잠을 주무시나 하고 고민을 하고 있는데 안방에서 어머님 코고는 소리가 들려왔다.

나는 이 때다 하고 살그머니 내 방문을 열고 나와 사랑방 아버지 방문앞에 가서 동태를 살폈는데 아버지 역시 코를 드르렁 드르렁 골며 잠을 주무시고 계셨다.

이 때가 가장 좋은 기회라고 생각한 나는 대문뒤에 있는 멍석걸이에 숨겨 놓았던 쌀 자루를 메고 간난이네 구망가게로 갔다.

간난이네 구멍가게에 도착하자 간난이 어머니는 부엌에서 음식을 만들고 계셨다.

나는 메고온 쌀자루를 간난이 어머니께 맡기고 친구들이 모여 있는 안방으로 들어가자 방에서는 윗동네 친구들과 대장 친구가 묵을 먹고 있었다. 나를 본 대장친구는 야 임마 일찍와야지 이렇게 늦게오면 어떻게 하느냐 하고 핀잔을 주면서 너도 얼른 묵 먹고 같이 놀자 하면서 문을 열고 묵을 청했다. 묵을 다 먹고 난 다음 친구들은 성냥내기 놀음을 시작했는데 이때 나는 성냥내기 놀음을 하지 않고 대장 친구 회계사 노릇을 하면서 대장 친구가 딴 성냥을 자루에 담는 일을 하기로 했다.

성냥내기 "섯다" 화투놀음은 4~5명이 한자리에 둘러앉아 화투장 두장씩을 각자 앞에 돌려놓고 각자 자기 화투 끝수를 본 다음 내기 물품인 성냥을 걸고 화투패를 깐 다음 가장 높은 끝수를 가진 사람이 내기에 건 성냥을 한꺼번에 몽땅 가져 가는 놀음이다. 섯다 화투놀음은 뱃짱이 쎈 사람이 이길수 있는 놀음이다. 화투 끝수가 낮아도 뱃짱이 있으면 많은 양의 내기 물건을 걸기 때문에 뱃짱이 약한 사람은 포기를 하므로 화투끝수가 낮아도 내기 물건을 딸수가 있는 것이다.

성냥 내기가 시작될 무렵 한 친구가 야 이까짓거 성냥 따봐야 돈도 안되는데 무엇하러 하느냐 하고 말하자 대장친구가 아이구 저병신 같은 놈 으째 너는 머리가 그렇게 안돌아 가느냐 임마 성냥 따가지고 구멍가게 아줌마한테 팔면 되지 않느냐 핀잔을 주면서 화투패를 돌렸다. 대장친구는 싸움도 잘하지만 힘도 워낙 쎈 친구라 형들도 이 친구를 건드리지 못하는 대장 친구였다.

이날 성냥내기 화투놀음은 대장친구의 승리로 대장친구는 성냥 두자루가 넘게 땄다. 성냥 내기가 끝난후 대장친구는 성냥 한자루만 남겨놓고 나머지 성냥은 구멍가게 아줌마께 다시 넘겨주고 엿, 과자, 사과 등을 사서 친구들과 나누어 먹고 가자 집으로 돌아왔다.

나 어린시절 성냥은 작은곽에 성냥 개비를 넣고 그 작은 성냥 곽을 열개씩 묶어 큰 뭉치를 만들어 팔았다.

윗동네 친구들과 헤어진 나와 대장친구는 집으로 돌아오는 길에 개울 돌다리를 건널때 대장친구가 메고 가던 성냥자루에서 불이나서 성냥 자루가 타기 시작하자 대장친구는 성냥자루를 손에 들고 이리저리 흔들어 댔다.

성냥불은 더 활활타기 시작했다. 대장친구를 뒤따라 가던 나는 대장친구에게 야 이병신아 얼른 개울에 던져 버려 옷에 불붙으면 너 타 죽어 하고 소리치자 대장친구는 성냥자루를 개울물에 던져 버렸다. 지금껏 내가 대장친구에게 병신같다고 욕해본 적은 처음이었다. 그 만큼 그 당시 상황은 긴박하고 위험했다.

개울 돌다리를 건너 개울 뚝방에 걸터 앉은 나와 대장친구는 떠내려 가는 성냥자루를 바라보면서 아까워 했다.

개울 뚝방에 앉아 떠내려 가는 성냥자루를 바라보던 나와 대장친구는 옷에서 성냥황 냄새가 나는 것을 확인하고는 개울물에 들어가 목욕을 하고 집에 돌아왔다.

목욕을 하고 집으로 돌아오는 길에 대장친구는 오늘일은 비밀이다 하고 나에게 주의를 주면서 그래도 우리가 오늘 놀음에서 이겼으니 맡겨놓은 쌀 가지고 내일 소풀 뜯러 갈때 과자 사먹으면 돼지 않느냐 하면서 즐거워 했다.

나 역시 대장의견에 찬성을 하면서 서로 웃으면서 헤여졌던 어린시절의 추억이었다.

53. 놀음 방

우리집에서 3㎞ 정도 떨어진 산골 외딴터에 묵밥집이라고 해서 술, 고기, 묵, 두부, 과자류 등을 파는 구멍가게 집이 있었는데 이 묵밥집에서는 밤이되면 놀음꾼들이 모여 놀음을 했다.

마을에 널리 퍼진 소문에 의하면 어떤이는 놀음을 해서 논 두 마지기 400평을 팔아 먹었다고 했고, 누구 아버지는 놀음판에서 장리쌀 세가마 값을 얻어 놀음을 해서 털어먹고 다음해 가을 쌀 네가마 반 값을 갚았다고도 했다.

옛날 나 코흘리개 시절 시골농촌에서 살림이 어려운 집에서는 부잣집에서 장리쌀을 얻어 겨울철 식량도했고, 자식들 학비도 냈는데 쌀한가마 얻어쓰고 다음해 가을 쌀 한가마 반을 갚았다.

묵밥집 놀음방에 모인 놀음꾼들은 물주에게 현금 또는 땅문서를 맡겨놓고 콩을 가지고 놀음을 했다. 묵밥집에는 일반인들이 술과 고기, 묵 등을 사서 먹는 술방이 있고 놀음꾼들이 놀음을 하는 비밀 놀음방으로 구분되어 있는데 놀음판 구경을 하는 사람들은 놀음판에서 개평으로 얻은 콩을 가지고 묵밥집 주인에게서 술, 고기, 묵 등을 사먹기도 했다.

어느날 마을 친구들이 놀이마당에 모여 놀고 있을 때 마당 주인집 일꾼 아저씨가 사랑채 부엌에서 소죽을 끓이면서 주머니에서 흰콩을 꺼내 숯검정을 입히고 있었다.

나는 일꾼 아저씨의 행동이 이상해서 일꾼 아저씨 옆에 닥아가서 왜 콩에 검정을 바르느냐고 묻자 일꾼 아저씨는 콩에 숯검정을 발라 먹으면 배탈도 나지않고 맛도 좋다고 했다.

일꾼 아저씨 말을 듣고 나는 콩이 먹고 싶다고 하자 아저씨는 숯검정을 입힌 콩 반 움큼을 나에게 건네 주면서 먹고 싶으면 먹어 보라고 했다.

나는 콩을 받아 입에 넣고 씹었는데 아뿔사 콩에서 비린내가 나서 나는 콩을 뱉어 버렸다. 내가 콩을 뱉어내자 일꾼아저씨는 누가 날 콩을 먹느냐 소나 먹지 하면서 힛쭉 힛쭉 웃으며 나는 날콩을 꼭 쓸대가 있다하고 이상한 소리를 했다.

낮말은 새가 듣고 밤말은 쥐가 듣는다는 말이 있다.

이 묵밥집 놀음꾼들의 뒷 이야기는 입에서 입을 통해 점점 퍼져나가면서 우리 마을을 떠나 이웃마을 까지 소문이 났다.

어느날 이 묵밥집에 큰 난리가 났다.

놀음판에서 돈을 잃은 사람 마누라가 이 묵밥집을 찾아와서 묵밥집 살림살이를 뒤집어 놓고 지서에 고발해서 묵방집 주인을 깜빵(감옥)에 보내겠다고 으름장을 놓았다고 했다. 묵밥집 난리사건은 순식간에 우리마을 이웃마을 까지 소문이 나돌았다. 묵방집 난리가 난지 며칠 후 지서에서 경찰이 나와 묵방집 아저씨를 데리고 갔다는 소문이 나돌았다.

지서에 끌려갔다 돌아온 묵방집 주인은 가산을 정리하고 우리마을을 떠나 외처 먼곳으로 이사를 갔다. 묵방집 아저씨가 우리마을을 떠나자 마을 사람들은 알턴 이빨 빠진것 같다고 하면서 기뻐했다.

묵방 아저씨가 우리 마을을 떠난 후 마을에는 콩에 숯검정을 입힌 일꾼 아저씨의 칭찬이 대단했다. 일꾼 아저씨가 묵방집 아저씨를 우리마을에서 떠나게 만든 일등공신 노릇을 했다고 했다.

일꾼 아저씨는 숯검정을 입힌 콩을 놀음판을 벌린 묵방집에 가지고 가서 술과 고기를 사서 놀음판에 구경온 사람들에게 먹이고 담배까지 사서 나누어 주면서 묵방집 아저씨가 빚을 많이져서 땅까지 팔아먹고 날거지가 되어 우리마을을 떠났다고 했다. 못된짓을 하면 벌 받는다는 말 잇지 말아아겠나.

54. 상그머리 깍기 (이발)

옛날 나 어린시절 시골마을에는 이발소가 없었고 면소재지 장터에 나가야 이발소나 이발관 두 세개 있을 정도였다.

이 시절 시골농촌에는 가위나 창칼로 머리를 깍았는데 어머니가 가위로 싹뚝싹뚝 잘라준 머리는 군데군데 움푹 움푹파인 곳이 있어 학교에 가면 친구들이 쥐파먹은 늙은 호박 같다고 놀리기도 했다.

아버지가 창칼로 머리털을 싹밀어 버린 머리는 햇빛을 받을 때마다 머리통이 반짝이어서 친구들이 머리통을 붙잡고 자기 얼굴을 비쳐 보겠다고 골려 대기도 했다. 이런 웃지못할 머리깍기 풍경이 벌어질때 우리큰집에는 큰아버지가 머리깍는 이발기계를 사 놓으시고 일꾼 형을시켜 머리를 깍으셨다.

일제 이발기계인데 양손으로 이발기계 손잡이를 잡고 좌우로 움직여서 머리를 깍았다.

추석이나 설 명절이 닥아오면 큰집 일꾼형이 동네 아이들을 안마당에 모여 놓고 머리를 깍아 주었는데 이때 나도 일꾼형에게 머리를 깍았다.

추석대비 이발을 하는 날 큰집 안마당에 동네 아이들 5~6명 정도가 모여 앉아 머리를 깎을 때 일어난 진풍경을 소개하겠다.

나이가 어린 4~5세 아이들은 엄마가 업고와서 머리를 깎는데 엄마는 앞치마를 벗어 꼬마아이 머리 앞에 깐 다음 꼬마 머리통을 양손으로 붙들고 머리를 깎는데 기계에 머리카락이 찝혀 꼬마가 괴성을 지르면 엄마가 꼬마등을 손바닥으로 툭치면 꼬마는 쥐죽은듯 꼼짝도 하지 않고 머리를 깎았다. 머리를 다 깎고난 꼬마 얼굴을 보면 어린놈이 얼마나 고통을 참고 버텼는지 얼굴에 눈물 콧물 범벅이었고 머리통이 땀으로 젖어있고 김이 피어올랐다.

이때쯤 큰집 일꾼형은 잠간 쉬는 시간을 이용해서 사랑채 방에 들어가서 등잔을 들고 나와 등잔불 심지로 이발기계에 석유기름을 바른 다음 다시 머리를 깎았다. 다시 이어서 머리를 깎는 도중 이번에는 이발기계가 아이 머리털을 잔뜩 찝어서 머리를 들이 대고 이발을 하던 아이가 나죽겠다고 고함을 치며 도망을 치는데 이때 이발기계가 도망치는 아이 머리통에 매달려 아이와 함께 도망을 치는 진풍경이 일어나기도 했다. 모여있던 아이들은 이 광경을 보고 공포심을 느껴 모두가 긴장되어 눈만 꿈뻑꿈뻑 거리고 있었다.

순서대로 머리를 깎고나면 먼저 머리를 다 깎은 사람이 몽당수수빗자루로 머리털을 모아 안마당 한옆으로 밀어 모아 놓고 몽당수수 빗자루 손잡이 끝으로 자기 머리통을 긁어대면 거짓말

같지만 그 당시 일어난 사실 그대로를 말하면 얼마나 오랜동안 머리를 감지 않았는지 하얀머리 석카리이가 하늘에서 눈송이 떨어지듯 했고 시루떡 팥고물 같은 머리 비듬이 땅에 떨어져 땅바닥을 덮었다. 이때 큰집 앞마당에서 놀고 있던 닭들이 모아놓은 머리털 속을 발로 헤쳐가며 석카리이와 팥고물 같은 머리 비듬을 조아 먹었다.

이때 모이를 조아먹던 큰숫닭이 날개를 치며 꼬기오 하고 울자 모아둔 머리카락이 흩어져 큰집 안마당을 온통 머리카락으로 덮기도 했다. 머리 깍기를 기다리고 있던 친구중 한사람이 머리 깍는 것이 무서워서 눈만 꿈뻑거리고 있더니 무슨 생각을 했는지 오줌 누러 간다고 하면서 집으로 도망을 갔다.

집으로 도망친 친구는 엄마에게 꾸중을 듣고 그 다음날 엄마손에 이끌려 우리 큰집 일꾼형에게 추석대비 머리를 깍았다.

지금 말하지만 나 역시 머리털이 찝혀 따갑고 고통스러웠지만 이를 악물고 참고 머리를 깍고 나면 얼굴이 눈물반 콧물반 범벅이었고 고쟁이 속 빤스에 오줌을 싸기도 했다.

나 어린시절 시골 농촌 아이들은 머리 깍기를 죽기보다 더 싫어했던 어린시절 추억이 새롭다.

55. 참외 농사

옛날 나 어린시절 시골 우리 마을에는 쌀, 보리, 밀, 콩농사가 주를 이루었고 참외농사는 특수농사로 많치가 않았다.

지금은 참외농사를 지을때 참외묘를 구입해서 본 밭에 참외묘를 옮겨심어 참외 농사를 시작하지만 그 옛날 참외농사는 참외 본 밭에 두둑을 만든다음 두둑위에 적당한 간격으로 참외씨를 심어 싹을 틔운다음 참외농사를 시작했다.

이때 참외 덩쿨 줄기가 1m 정도 자라면 윗거름을 주는데 우리 집에서는 퇴비와 인분 거름을 교차시비 하면서 참외농사를 지었다.

참외밭에 인분액비를 뿌리기 전날 아버지는 바깥 마당에 있는 똥뒷간(변소) 세멘트 인분 탱크에 그동안 오줌독에 모아둔 오줌을 퍼다붓고 긴 자루가 달린 갈퀴로 인분과 오줌을 섞어 분뇨 액비를 만든 다음 똥장군에 액비를 담아 지게에 지고 참외밭에 가서 참외두둑에 뿌리셨다.

아버지는 햇볕이 쨍쨍 내려 쫓이는 날을 택해 액비를 뿌리면서 액비가 어지간히 땅속으로 스며들면 나와 아버지는 괭이를 들고 액비 뿌린 자리를 흙으로 덮는 작업을 했는데 나는 똥냄새가 역거워 밭뚝에서 쑥을 뜯어 코를 막고 작업을 했다. 아버지는 작업을 하면서 참외농사에는 인분액비가 최고라고 하시며 인분을 먹고 자란 참외는 달고 맛이 좋다고 하셨다.

우리 참외밭에 인분을 뿌리는 날이면 이웃논밭에서 일을 하던 아저씨 아주머니들은 새참, 점심시간이 되면 100m쯤 떨어진 개울 뚝방으로 자리를 옮겨 식사를 하기도 했다.

참외가 주렁주렁 맺히기 시작하면 참외밭 한모퉁이에 원두막을 짓고 참외도둑을 지켰다.

여름방학이 되면 나는 원두막에서 생활하다시피 하면서 참외도둑을 지켰는데 이때 외사촌 여동생이 원두막으로 식사음식을 배달했다.

서울에 사시는 외삼촌이 누님(내 어머니)이 몸이 약해 힘들어하니까 잔심부름을 하면서 시골서 학교를 다니라고 우리집으로 여동생을 내려 보내셨다.

참외 수확기가 되면 원두막 밑에는 쌀자루와 보리쌀 자루가 등장한다. 참외 값으로 쌀과 보리쌀도 받았기 때문이다.

이때 쯤이면 온가족이 눈코 뜰새가 없었는데 특히 아버지는 말 그대로 황소 노동이었다. 새벽 이른시간 남들은 잠을 자고 있을 때도 아버지는 참외밭을 돌면서 판매할 익은 참외를 따서

324

꼴망태에 담아 원두막 밑에 옮겨놓은 다음 시장에 내다 팔 참외를 지게에 지고 십리길 4㎞를 왕복하며 참외를 팔았다.

옛날 참외는 노란참외가 아니고 얼룩개구리 등색과 같은 참외는 개구리참외, 색이 온통 파란 참외는 수박참외, 참외 속살이 붉은 참외는 호박참외라고 불렀다. 이때 참외는 어린아이 머리통만큼커서 참외 하나를 먹고나면 밥 생각이 없을 정도였다.

참외수확이 시작되면 광주리 참외 장사꾼이 등장하는데 우리 원두막에서 참외를 띠다가 광주리에 담아 머리에 이고 이동네 저동네를 돌며 참외장사를 했다. 이때 아주머니들은 아버지께 외상으로 참외를 가져갔고, 다음날 계산을 하기도 했다.

참외를 가지러온 아주머니들은 우리집 참외가 유난히 더 달고 맛이 좋다고 한다고 하면서 아버지께 참외를 계속해서 공급해 달라고 부탁도 했다. 아버지의 인분 참외농사가 명품참외를 만든 것이다.

어떤 아주머니는 광주리 참외장사를 해서 돼지새끼 두마리를 샀다고 하면서 기뻐하기도 했다. 우리집도 참외농사를 지어 번 돈으로 우리 참외밭에 붙어있는 남의 밭 300여평을 시들여 참외밭을 늘려 나갔다.

우리집 참외농사는 나에게 힘들고 곤욕스럽던 일이었지만 나 어린 시절 우리집 참외밭 똥냄새가 그리워지는 내 어린시절 추억이기도 하다.

추억이 담긴 시골 풍경 이야기

발행일 : 2024년 8월 30일
지은이 : 나문수
발행인 : 도서출판 유성
펴낸곳 : 도서출판 유성
주   소 : (우 03924) 서울시 마포구 월드컵북로 332-19,
          상안라이크3빌딩 201호
전   화 : 070-7555-4674
E-mail : youseong001@hanmail.net
등   록 : 2019-000098호
정   가 : 15,000원
ISBN : 979-11-988954-0-0 (03810)